W0399195

Le secret de Maddie

DU MÊME AUTEUR CHEZ MIRA

Les disparus du Mississippi
Rumeurs

GAYLE WILSON

Le secret de Maddie

Roman

MIRA

Titre original :
BOGEYMAN
publié par MIRA®

Traduction de l'américain par VASSOULA GALANGAU

Mira® est une marque déposée par le groupe Harlequin

Photos de couverture
Enfant derrière un arbre : © DAG SUNDBERG / GETTY IMAGES
Réalisation graphique couverture : © T. SAUVAGE

© 2006, Mona Gay Thomas.
© 2010, Harlequin S.A.
83-85 boulevard Vincent-Auriol 75646 PARIS CEDEX 13.
www.harlequin.fr
ISBN 978-2-2808-1517-8 — ISSN 1765-7792

Je dédie ce roman au groupe de femmes les plus fortes et les courageuses que je connaisse, avec toute mon affection, ma gratitude et mon admiration :

Jill, Kelley, Connie, Lisa, Michelle, Dorien, Peg, Linda, L.J., Karen, Sherry, Geralyn, Stef, Teresa, Diane, Nic, Donna, Julie et Allison.

Merci pour tout !

J'ajoute une mention spéciale pour Angelon.

Elle sait pourquoi.

Prologue

Vingt-cinq ans plus tôt

Ce soir, il viendrait la chercher. Malgré la pluie et le froid. Et malgré la prière « S'il te plaît, aide-moi, petit Jésus ! », qu'elle n'avait cessé de répéter, encore et encore, jusqu'à ce que Rachel éteigne la lumière.

Elle l'attendait, l'oreille tendue, mais à part la respiration régulière de sa sœur et le ruissellement de la pluie sur le toit, elle ne percevait pas le moindre bruit suspect.

« La pluie l'empêche de venir », songea-t-elle pour se rassurer.

Ce fut alors qu'elle l'entendit :

Toc-toc-toc.

Plus aucun doute ne subsistait. Elle avait attendu, anticipé, redouté depuis trop longtemps ce bruit rythmé pour ne pas le déceler… pour ne pas reconnaître le doux tapotement contre la vitre.

Les yeux écarquillés dans le noir, elle fixa le plafond comme s'il avait été possible de voir au travers le ciel tourmenté. Peut-être que si elle ne bougeait pas, si elle faisait semblant de dormir, cette fois-ci, Rachel pourrait l'entendre, elle aussi. Ou peut-être que maman entrerait dans leur chambre pour s'assurer qu'elles étaient bien couvertes.

Les coups avaient repris contre la vitre. Plus forts. Plus insistants.

Le souffle de sa sœur se fit hésitant — une longue pause que la petite fille effrayée mit à profit pour réciter son mantra. Puis la respiration repartit de plus belle. Inspiration, arrêt, expiration accompagnée d'un léger sifflement.

Souvent, maman disait que Rachel dormait comme une souche.

Maman…

Si elle se glissait hors du lit, si elle traversait la pièce silencieusement, sur la pointe des pieds, la pluie battante estomperait le grincement de la porte. Peut-être qu'alors, elle arriverait à l'ouvrir sans qu'il s'en aperçoive. Et s'il ne s'en apercevait pas, il ne mettrait pas sa menace à exécution.

« Si jamais tu en parles à quelqu'un… »

Elle chassa vite l'horreur que ces mots faisaient naître dans son esprit. Elle n'osait imaginer ce qui se passerait si jamais elle ne se présentait pas à la fenêtre.

Un flot de larmes lui brûla les yeux, alors elle serra les paupières.

« Oh ! s'il te plaît, petit Jésus ! »

Sauf que Jésus n'avait pas répondu à ses prières, jusqu'à maintenant. Quelque part, au fond de son cœur, elle savait qu'il n'y aurait pas davantage de réponse cette nuit que les nuits précédentes.

Ça voulait dire que personne au monde ne pouvait l'aider. Qu'elle ne devait compter que sur elle-même.

Elle rouvrit les yeux et essuya ses joues mouillées avec la manche de sa chemise de nuit. Il n'aimait pas quand elle pleurait. Il disait que ça gâchait tout le plaisir. Il disait aussi que si elle ne prenait pas garde…

La petite fille retint un sanglot. Ensuite, elle rejeta les couvertures, s'assit lentement dans le lit, posa enfin son pied nu sur le sol de pierre glacé.

Quand il tapa de nouveau, elle était déjà derrière la vitre. De ses doigts minces, elle saisit les tourniquets métalliques pour relever la fenêtre à guillotine. Elle n'avait plus le courage de répéter la litanie qu'elle avait murmurée toute la nuit. Au catéchisme, on lui avait dit que ces mots la protégeraient du mal. Mais à présent, elle savait qu'on lui avait menti.

1.

Aujourd'hui

L'orage grondait et la pluie cinglait les vitres par rafales. Ce n'était pas la première fois que Blythe Wyndham regrettait d'avoir emménagé dans cette maison isolée, avec sa petite fille.

Oh ! pas à cause de l'orage ! Blythe n'avait jamais eu peur des éclairs ni des coups de tonnerre. Mais ce soir, elle se demandait pourquoi elle avait décliné l'offre de sa grand-mère qui lui avait proposé de s'installer dans la vaste demeure familiale, une solide bâtisse centenaire qui avait vu défiler plusieurs générations de Mitchell et qui était tout aussi isolée que ce pavillon où elle avait choisi de vivre avec Maddie. Pourtant, chez sa grand-mère, elle se serait sentie plus à l'abri.

A l'abri ?

Blythe secoua la tête avec incrédulité. Allons bon ! Elle n'avait aucune raison de penser qu'elle n'était pas à l'abri ici. Jusqu'alors, cette idée ne l'avait même pas effleurée.

— Maman ? On n'a pas dit ma prière.

La voix fluette de Maddie tira la jeune femme de ses réflexions. Avec un sourire, elle repoussa les bouclettes blondes du front de la fillette qu'elle venait de border dans son lit.

Maddie était ce qu'il lui était arrivé de plus merveilleux dans sa vie, la raison pour laquelle elle était revenue dans la petite ville où elle avait grandi.

— On va la dire tout de suite, ma chérie.

Maddie ferma aussitôt les paupières et joignit ses menottes devant son visage.

— Seigneur, gardez-moi pendant mon sommeil, et si je dois mourir avant mon réveil, prenez soin de mon âme…

Mais qui avait décidé qu'une telle prière convenait à un bout de chou de quatre ans ? Heureusement que Maddie ignorait la véritable signification des mots qu'elle avait appris par cœur !

— Bénissez ma maman, Mme Ruth et Delores…

Ces deux noms, Maddie les avait ajoutés à sa liste des bénédictions depuis leur arrivée à Crenshaw, deux mois plus tôt.

— Et bénissez mon papa, qui est au ciel.

— Amen, murmura Blythe.

Les yeux bleus de Maddie se plantèrent dans les siens.

— Pourquoi tu n'as pas fermé tes yeux, maman ?

— Pour mieux te regarder, mon ange.

— Oooh ! mais il ne faut pas me regarder ! Il faut baisser la tête et fermer les yeux. Tout le monde sait ça, maman !

Maddie aimait bien se plier aux règles. Ce trait de caractère faisait d'elle une enfant obéissante, douce et docile, mais Blythe se demandait parfois si son rôle ne consistait pas à introduire un peu de rébellion dans l'existence trop ordonnée de sa fille.

— Je suis désolée, mon trésor. J'avais oublié, dit-elle doucement.

Maddie prit un air concerné qui arracha à sa mère un sourire attendri.

— Alors, il va falloir que tu demandes pardon avant d'aller te coucher. N'oublie pas, hein ?

Eh bien, la religiosité ambiante semblait avoir déteint sur le langage et sur la manière de penser de Maddie. Blythe ne s'en plaignait pas, loin de là. C'était l'une des raisons qui l'avaient incitée à regagner sa terre natale. Cela, et le fait que sa seule famille, ou ce qui en restait, habitait cette région.

— Je n'oublierai pas, c'est promis. Et toi, promets-moi de dormir à poings fermés, d'accord ?

— D'accord.

La fillette se tourna sur le côté, et glissa la main sous l'oreiller de plumes que Blythe avait emprunté à sa grand-mère en même temps que la plupart des meubles.

L'argent de l'assurance n'avait pas fait long feu. Une fois les factures et les frais du déménagement payés, son bas de laine était pratiquement épuisé. La générosité de sa grand-mère lui permettrait, toutefois, de tenir le coup jusqu'à ce qu'elle trouve un emploi stable.

— Ne me dis pas la même chose que Mme Ruth ! dit Maddie d'une voix ensommeillée.

— Quelle chose ?

— Ce truc sur les punaises.

Blythe crut entendre la voix de sa grand-mère, teintée de l'accent traînant du Sud, lui souhaitant une bonne nuit lorsqu'elle avait l'âge de Maddie.

« Dors à l'aise, et gare aux punaises ! »

— Oh ! c'est une vieille rime stupide ! dit-elle en se penchant pour embrasser la petite fille sur la tempe. Il n'y a pas de punaises ici, ni chez Mme Ruth, d'ailleurs.

Maddie avait pris l'habitude d'utiliser le nom que les habitants de Crenshaw, et notamment Delores, la gouvernante, donnaient à la grand-mère de Blythe. La petite fille passait toutes ses matinées avec les deux femmes. Pour Blyth, cependant, Ruth Mitchell restait ce qu'elle avait toujours été pour ses enfants, puis pour ses petits-enfants : une amie, une confidente, et un exemple à suivre. Le meilleur que Maddie pourrait jamais avoir.

Se redressant, la jeune femme éteignit la lampe de

chevet. Dans l'obscurité, un éclair lança une lueur blafarde suivie d'un fracas de tonnerre. Elle scruta sa petite fille, mais celle-ci ne bougea pas. Elle s'était endormie. Apparemment, l'orage ne la dérangeait pas.

Pourvu que les plombs ne sautent pas !

Cette réflexion la ramena à des préoccupations plus pragmatiques. Dénicher la lampe torche et les bougies, au cas où… Depuis qu'elle avait loué le pavillon, elle n'avait pas encore eu le temps de défaire tous les cartons. Son travail à mi-temps au cabinet juridique de Raymond Lucky l'occupait jusqu'à 13 heures, après quoi elle allait chercher Maddie chez sa grand-mère.

Quand elle avait commencé à travailler pour Ray, Blyth s'était juré de se rendre indispensable. Hélas ! l'avocat n'avait pas suffisamment de clients pour l'embaucher à plein temps, et la jeune femme s'était mise à la recherche d'un job permanent, mieux rémunéré.

Certes, les petites communautés rurales offraient des avantages, tels que la vie calme et l'air pur, mais on y rencontrait aussi bien des difficultés. Au bout de deux mois de recherches infructueuses, Blythe s'était rendue à l'évidence : elle ne trouverait pas d'emploi correspondant à ses qualifications.

En fait, son diplôme de langue et littérature anglaise ne lui offrait aucun débouché à Crenshaw. Pas plus que l'expérience professionnelle qu'elle avait acquise cinq ans plus tôt, avant la naissance de Maddie, en tant que rédactrice en chef d'un magazine de Boston.

Une vague d'amertume la submergea, comme chaque fois qu'elle procédait au bilan de sa vie. En s'efforçant de chasser cette sensation qu'elle considérait comme négative, elle entra dans la cuisine et appuya sur l'interrupteur. Le plafonnier s'alluma, dispensant une chaude lumière orangée qui donna à la pièce une allure familière.

Un air sécurisant.

La jeune femme fureta dans les tiroirs, mais les bougies demeurèrent introuvables. Peut-être les avait-elle oubliées dans l'un des cartons qu'elle avait rangés dans le salon ? Elle fut d'abord tentée de monter dans sa chambre sans s'en préoccuper davantage. Et tant pis si les plombs sautaient ! Elle ne s'en rendrait pas compte avant le lendemain matin.

A moins que Maddie ne fasse un nouveau cauchemar…

Cette pensée la poussa à ressortir dans le hall. Elle se dirigea vers l'escalier et prêta l'oreille. Aucun bruit en provenance de la chambre de sa fille. Seul le martèlement de la pluie ponctuait le silence.

Blythe traversa le hall dans l'autre sens pour aller ouvrir la porte du salon. Pour l'instant, la vaste pièce lui servait d'entrepôt. Elle ne l'utilisait presque jamais, dans l'espoir de réduire ses factures de chauffage et d'électricité. Elle abaissa l'interrupteur, mais aucune lumière ne jaillit. Elle se rappela alors qu'elle n'avait pas changé les ampoules des appliques. Logique, étant donné qu'elle n'entrait dans le salon qu'en plein jour.

Laissant la porte ouverte, elle s'avança vers l'un des nombreux cartons qui s'alignaient contre le mur, et tenta de déchiffrer les mots qu'elle avait soigneusement tracés au feutre. Pourquoi diable n'avait-elle pas eu le réflexe de prendre la lampe torche ?

« Parce que tu fais trente-six mille choses à la fois, parce que tu ne dors pas assez et que tu es stressée. »

Bon, d'accord, elle se passerait de bougies. La lampe torche suffirait. Pivotant sur ses talons, elle retraversa la pièce. L'absence de meubles créait une caisse de résonance, et le bruit de ses pas sur le parquet lui parut anormalement sonore.

Soudain, elle se figea. Un autre bruit se mêlait à celui de ses pas. Une espèce de tapotement qui faisait toc-toc-toc.

Blythe pencha la tête sur le côté, et écouta attentivement. Le tapotement s'arrêta brusquement. Puis, un instant plus tard, il reprit.

Elle avait déjà entendu ce bruit, toujours la nuit, toujours quand elle oscillait entre la veille et le sommeil. Elle n'en avait jamais localisé la source et, à vrai dire, elle ne s'en était pas souciée. Or, ce soir, ajouté à son anxiété et à la tempête qui faisait rage dehors, cela risquait de la tenir éveillée.

Qu'est-ce que ça pouvait bien être ? Un volet ? Une branche qui giflait le mur extérieur ?

Elle déboucha dans le hall, songeuse. La lumière de la cuisine lui rappela qu'elle était descendue pour chercher la lampe torche. Le martèlement de la pluie s'était intensifié et, soudain, le bruit bizarre se fit de nouveau entendre.

Blythe releva vivement la tête. Ça venait de l'étage.

La jeune femme se précipita vers la cuisine. La lampe torche était posée sur le comptoir chromé. Elle la prit, puis vérifia le verrou et la chaîne de la porte de service. Tout était bien fermé.

Prudemment, elle écarta le rideau de macramé qui masquait la moitié supérieure de la porte. L'espace d'une seconde, son propre reflet la fit sursauter. On aurait dit que quelqu'un la fixait de l'autre côté de la vitre. Un flot d'adrénaline déferla dans ses veines. Mais non, il n'y avait personne, se dit-elle en laissant retomber le rideau.

Blythe jeta un dernier regard alentour, éteignit la lumière et ressortit dans le hall où elle attendit que sa vision s'adapte à l'obscurité. Depuis qu'elle avait pris la décision de ne plus fermer la porte de la chambre de Maddie, elle évitait d'allumer le plafonnier du palier, de crainte de la réveiller.

Tout en montant les premières marches, elle alluma la lampe. Un maigre pinceau lumineux balaya la cloison avant de trembloter… et de s'évanouir.

Et merde !

Furieuse, elle secoua la lampe. Les piles cliquetèrent dans leur cage métallique, après quoi, presque miraculeusement, le faisceau lumineux réapparut. Les batteries étaient presque à plat. Blythe éteignit la lampe. Posant la main sur la rampe, elle se mit à monter les marches étroites. Elle se trouvait au milieu de l'escalier quand le tapotement recommença, mais cette fois-ci, elle força l'allure, déterminée à en découvrir la provenance.

Guidée par la lueur de la veilleuse qu'elle avait installée près du lit de Maddie, après que la fillette eut fait ses premiers cauchemars, elle longea le mur.

Un éclair fulgurant illumina la fenêtre de la chambre, suivi presque aussitôt d'un fracas épouvantable qui sembla secouer la petite maison. Blythe s'attendait à ce qu'un arbre s'abatte sur le toit, mais il ne se passa rien de tel. Alors, elle poursuivit sa progression vers la fenêtre. La vitre sombre lui renvoya de nouveau son reflet — un visage pâle aux yeux écarquillés. Elle le scruta, retenant une folle envie de regarder par-dessus son épaule. Mais non, voyons ! Il n'y avait rien dehors. Personne.

Elle se tourna vers sa petite fille. Maddie était couchée sur le côté, en chien de fusil, exactement dans la même position que tout à l'heure. Ses yeux étaient fermés, sa frêle épaule dépassait de la couverture duveteuse.

Blythe écouta la respiration légère de son enfant. Les longs cils de la fillette jetaient une ombre immobile sur sa joue fraîche. Mon Dieu, comment pouvait-elle dormir au milieu de ce vacarme ?

« Visiblement, elle a moins peur de l'orage que toi ! »

Il était grand temps d'aller au lit ! Sa grand-mère lui avait donné un sac plein de livres de poche. Des romans d'amour, avait-elle précisé, avec happy-end garanti. Le genre de lecture qui vous aide à vous détendre et peut-être même à passer une bonne nuit.

A peine avait-elle atteint le seuil de sa chambre que le toc-toc-toc se fit entendre dans son dos. La jeune femme se retourna vivement. Quelque chose avait heurté la vitre. C'était bien là que ça tapait. Blythe rebroussa chemin pour regarder au-dessus du petit secrétaire qu'elle avait placé devant la fenêtre. Celle-ci surplombait le toit d'un porche qui avait dû être ajouté à la structure d'origine. Aucun arbre à proximité, et donc aucune branche susceptible de frotter contre la vitre. Et pas de volets non plus.

Elle ralluma la torche électrique, la braqua vers la fenêtre. La pluie formait des rigoles bouillonnantes sur la surface polie, mais à part ça, elle ne vit rien.

Soudain, le bruit recommença, juste là, devant

elle, tellement insistant que la vitre se mit à trembler. Pourtant, le cône lumineux n'éclairait rien, à part l'obscurité.

Blythe cligna des yeux. Une peur étrange la glaçait. S'écartant de la fenêtre, elle se pencha sur le lit et souleva Maddie dans ses bras. La petite fille remua, puis ouvrit les yeux.

— Maman ? Qu'est-ce qui se passe ?

— Rien, rien. J'ai seulement pensé que tu voudrais dormir dans mon lit, à cause de l'orage.

Le regard de Maddie glissa vers la fenêtre avant de revenir se poser sur le visage de sa mère.

— N'aie pas peur, maman ! Ce n'est que la pluie.

Incapable de parler, Blythe hocha la tête.

Il y avait sûrement une raison rationnelle à ce phénomène. Une raison qui, pour le moment, ne l'intéressait pas. Elle ne voulait qu'une chose : emmener vite Maddie hors de cette pièce, peut-être même hors de cette maison.

2.

Cade Jackson pénétra dans l'office, une pièce étroite attenante à sa cuisine. Il commença par ôter son Stetson dégoulinant de pluie, qu'il tapa vigoureusement contre sa cuisse avant de l'accrocher à l'une des patères fixées sur la porte de derrière. Il s'assit ensuite sur le banc et entreprit de retirer ses bottes boueuses, puis ses chaussettes trempées.

Les pompiers avaient demandé des renforts pour dégager l'épave d'un semi-remorque accidenté sur l'autoroute. Cade et ses hommes avaient accouru. Il avait fallu détourner le trafic vers la départementale, sous une pluie battante. Les conditions atmosphériques avaient considérablement ralenti les opérations.

Fourbu, frigorifié et affamé, Cade chercha tout d'abord à établir une liste des priorités. C'était un homme méthodique.

Une douche s'imposait en premier lieu, décida-t-il en se redressant pour se débarrasser de son ciré jaune. Une longue douche, bouillante de préférence, suivie de deux cachets d'aspirine afin de soulager un début de migraine qui lui vrillait les tempes. Ensuite, il sortirait un plat surgelé du congélateur, et il le ferait réchauffer au micro-ondes.

Il passa dans la cuisine tout en déboutonnant sa chemise. Le voyant rouge de son répondeur clignotait, signe qu'il avait des messages. Compte tenu de la nuit qu'il venait de passer à affronter les intempéries, ça ne présageait rien de bon, mais il jugea inutile de prolonger l'attente. Avec un soupir, il appuya sur la touche d'écoute. En attendant que l'enregistrement se déclenche, il tira sa chemise hors de son pantalon. Il était en train de l'enlever quand la voix un peu nasillarde de Teresa Payne retentit.

— Coucou, Cade ! Je viens aux nouvelles. Rappelle-moi, s'il te plaît. J'aimerais qu'on se mette d'accord pour demain soir.

Rappeler Teresa ne faisait pas partie de ses priorités, loin de là. Il avait déjà inventé toutes sortes d'excuses pour décliner ses invitations. Que pouvait-il faire de plus ? Il était à court d'imagination.

« Dis-lui la vérité. Dis-lui que tu n'es pas intéressé et que tu ne risques pas de changer d'avis. »

Mais son éducation ne lui permettait pas de se montrer aussi goujat avec une femme.

« Bon, je verrai… », se dit-il.

Il fit une boule de la chemise et traversa le hall sans se donner la peine d'allumer les lumières. Il avait grandi dans cette maison ; il en connaissait tous les recoins et jusqu'au moindre craquement du parquet.

Dans la salle de bains, il appuya sur l'interrupteur. Les tubes fluorescents scintillèrent au-dessus du lavabo. Il se débarrassa de son pantalon, de son maillot de corps et de son boxer. L'air froid le fit frissonner. S'il allumait le chauffage maintenant, la maison serait chaude quand il ressortirait de la douche. Il courut tout nu jusqu'à la cuisine, et actionna le levier de la chaudière avec le pouce. Aussitôt, il entendit un ronflement familier venant de la cave.

Cade regagna la salle de bains, ouvrit les robinets en grand, attendit que l'eau soit bien chaude. C'était le jour où Maria venait faire le ménage. Les chromes étincelaient et une agréable odeur de propreté régnait partout.

Il choisit sur l'étagère une serviette-éponge propre et, en se retournant, il capta son image dans le miroir.

Les gouttes de pluie luisaient dans ses cheveux bruns striés de mèches grisonnantes sur les tempes. L'ombre d'une barbe naissante sur ses joues minces — il s'était rasé à 5 heures, ce matin — lui donnait une mine de papier mâché, sans oublier les cernes profonds sous les yeux, qui le vieillissaient.

« Mais tu es vieux, mon pauvre ! Trente-sept piges, c'est pas rien ! »

Il se détourna du miroir, épuisé, les muscles douloureux. Il avait besoin de repos. Un rêve qu'il n'était pas en mesure de réaliser. Il ne pouvait s'offrir le luxe de deux jours de congé, alors que la météo avait annoncé une semaine de pluies glaciales.

Cade fit coulisser la porte vitrée, puis enjamba la baignoire. Le jet chaud lui fouetta le dos. Il se lava les cheveux, se frotta au gant de crin lentement, méthodiquement, comme pour éliminer la tension de la journée. Et peu à peu, il se détendit.

Lorsqu'il sortit de la douche, la température avait grimpé de dix degrés. Il attrapa la serviette-éponge, s'essuya les cheveux, puis le corps. Après quoi il enroula la serviette autour de ses reins et rouvrit la porte. Un nuage de buée s'échappa dans le couloir. Il se dirigea vers sa chambre où il enfila un pantalon de pyjama et un T-shirt propres, fraîchement repassés par Maria.

Les deux cachets d'aspirine commençaient à faire leur effet. Sa migraine s'était presque dissipée lorsque la sonnerie du micro-ondes l'avertit que son plat était prêt. Ignorant le voyant du répondeur, il transporta son repas dans le salon, posa le plateau sur la table basse. Le fumet appétissant du gigot d'agneau aux pommes de terre lui mit l'eau à la bouche, mais avant d'y goûter, il prit le temps d'allumer le poste de télévision.

Tout en dévorant, il regarda les informations locales

qui relataient l'accident survenu sur l'autoroute. Quand le journal céda la place à la pub, il jeta un coup d'œil vers la cuisine.

Tant qu'il n'aurait pas rappelé Teresa, il n'arriverait pas à dormir, il le savait. Il devait également passer un coup de fil au policier de garde, après quoi il pourrait enfin se mettre au lit et oublier ses devoirs vis-à-vis de ses concitoyens jusqu'à ce que son réveil se mette à sonner.

Cade s'extirpa du canapé garni de coussins joufflus, puis se fraya un passage vers le comptoir de la cuisine. Il réécouta le message, consulta sa montre, sélectionna le numéro de sa correspondante et appuya sur la touche « rappel ». Tandis qu'un signal électronique s'enclenchait, il chercha frénétiquement une nouvelle excuse.

— Salut, Cade, dit Teresa. Je te croyais encore dehors, à cause de cet accident sur la 65.

— Je viens de rentrer. Il n'y a pas eu de morts.

— Tant mieux. J'espère que tu n'as pas attrapé une pneumonie !

— Moi aussi.

Il s'adossa à la cloison, tandis que le silence s'installait.

Ça ne changerait jamais. Autant en finir, avant d'aller se coucher.

— A propos de demain soir, commença-t-il.

Puis il s'interrompit.

Tout était sa faute, il le reconnaissait. Il n'aurait pas dû entrebâiller la porte, sachant ce qui allait suivre.

Teresa laissa échapper un rire doux-amer.

— Je te vois venir avec tes gros sabots.

— C'est-à-dire ?

— Tu es pris. Tu as du boulot. Une enquête en cours. Ou l'un de tes copains a besoin de toi et tu lui as promis de l'aider.

— Teresa...

— Pourquoi tu ne me dis pas de te laisser tranquille une fois pour toutes ?

— Mais non, voyons, il ne s'agit pas de cela !

— Bon sang, Cade, arrête de mentir ! Ça n'arrange rien.

— Ecoute, si tu veux, on pourrait...

— Ah, non ! Pas de compassion, s'il te plaît ! On est un peu vieux, tous les deux, pour ce genre de petit jeu.

Que répondre à cela ? Elle avait raison. Ils n'étaient pas des gamins. Quant au petit jeu en question, Cade avait déjà donné, jusqu'au jour où Jean, sa femme, l'avait quitté, cinq ans plus tôt.

— Je ne t'en veux pas, reprit-elle. Les célibataires se comptent sur les doigts d'une main, à Crenshaw. Je me suis dit que ça pourrait marcher entre nous, qu'on avait un tas de points communs... du moins, je l'espérais.

Des points communs, ils en avaient. Par exemple, ils avaient reçu la même éducation. Ils étaient tous deux natifs de Davis County et, comme lui, Teresa n'envisageait pas de vivre ailleurs. Seulement voilà : il manquait quelque chose. De la part de Cade, en tout cas. Il n'éprouvait aucune attirance pour Teresa, et il savait que ses sentiments n'évolueraient pas. Il résista à l'envie de lui servir une quelconque platitude. Plus vite ils résoudraient ce problème, moins ce serait douloureux pour tous les deux.

— Visiblement, je me trompais, conclut-elle.

— Je suis désolé, murmura-t-il.

La phrase lui avait échappé. Il n'avait pas eu l'intention de la blesser. Le fait qu'il ne fût pas prêt à entamer une liaison n'avait pas grand-chose à voir avec Teresa, en réalité. Il s'agissait d'une sorte de blocage psychologique, de quelque chose d'insurmontable. Peut-être que s'il le lui disait…

— Tu n'y es pour rien, Teresa.

— Mon Dieu, Cade ! Epargne-moi ces foutaises.

— Désolé.

— Et arrête de dire « désolé ».

Il obéit. Le silence retomba entre eux, une fois de plus.

— Tu es quelqu'un de bien, Cade Jackson, dit-elle finalement. Même si nos relations ne sont pas destinées à évoluer, je t'estime énormément. Tu ne me dois aucune explication, ne t'en fais pas. Seulement… si jamais tu changes d'avis…

Il attendit, les lèvres serrées, mais Teresa ne termina pas sa phrase. Un déclic, puis la tonalité l'avertirent que la communication avait été coupée.

Il raccrocha à son tour. Et en dépit de sa fatigue, il resta là, immobile, pendant un long moment.

« Nous sommes trop vieux pour ce genre de petit jeu. »

C'est exactement ce qu'il s'était dit, ce soir, en se regardant dans le miroir. A trente-sept ans, il se sentait vieux. Et Teresa Payne était trop jeune pour lui. De toute façon, il n'avait pas l'intention de refaire sa vie avec qui que ce soit.

Il n'y avait pas de branche près du porche. Et pas de volet non plus, constata Blythe. Donc, rien qui puisse cogner contre la vitre.

— Qu'est-ce que tu regardes, maman ?

Blythe se retourna. Maddie se tenait à ses côtés, les yeux levés vers la fenêtre de la chambre. La petite fille portait une chemise de nuit en flanelle à manches longues, dont l'ourlet frôlait le gazon roussi par le givre — une mince protection contre le froid matinal.

— Quelque chose a tapé contre ta fenêtre, hier soir. Je me demandais ce que ça pouvait bien être, voilà tout.

Aussitôt réveillée, elle était descendue, laissant Maddie endormie dans le lit qu'elles avaient partagé — du moins l'avait-elle cru.

— Je n'ai rien entendu, maman.

— Tu ne t'en souviens pas ?

— Je n'ai rien entendu !

Maddie faisait preuve de la même obstination quand sa mère lui posait des questions concernant ses cauchemars.

« Quelle obstination ? Elle n'a que quatre ans ! Alors, si elle te dit qu'elle n'a rien entendu, c'est sûrement vrai. Elle est incapable de dissimulation. Oui, mais comment se fait-il qu'une petite fille ne se rappelle pas les rêves qui lui font pousser des hurlements ? »

— Eh bien, quoi qu'il en soit, il n'y a plus rien, maintenant.

Blythe sourit à sa fille.

— Ça te dirait un bon petit déjeuner ?

— Oui ! Des céréales ! Des Coco Charlies !

— D'accord. Va pour les Coco Charlies !

— Quand on les met dans du lait, ça fait du chocolat au lait ! s'écria joyeusement Maddie.

Avec son sol en ciment, ses piliers en bois sombre et son toit d'ardoises, le porche était presque aussi froid que le jardin. Mais dans la petite cuisine, il régnait une agréable chaleur, depuis que Blythe avait allumé le chauffage. Si l'électricité laissait à désirer, la plomberie et la chaudière semblaient fiables… du moins, pour le moment.

« Je croise les doigts ! »

Laissant Maddie s'installer à sa place habituelle, la jeune femme prit la boîte de céréales dans le placard. Puis elle sortit le lait du réfrigérateur et disposa le tout sur la table.

C'était nettement plus simple que les œufs au bacon. Et si le sucre rendait Maddie hyperactive, tant pis ! Ruth et Delores auraient eu du mal à canaliser l'énergie de l'enfant, mais pas Blythe. Malgré le manque de sommeil, elle arriverait à faire face.

— Alors, tu es sûre que tu n'as rien entendu, hier soir ? demanda-t-elle tout en versant le lait sur les pépites de chocolat.

— Non… A part la pluie et le tonnerre.

Maddie plongea sa cuillère dans la mixture, qui présentait déjà une belle teinte chocolat.

— Et… l'orage ne te fait pas peur ?

La petite fille secoua ses boucles blondes.

— Non. Et toi, maman ?

— Quoi, moi ?

— Tu as peur de l'orage ?

— Non… Pas d'habitude.

— C'est peut-être la pluie qui tapait sur la vitre.

— Je ne crois pas.

Elle se reprit, soucieuse de ne pas effrayer sa fille.

— Ça devait plutôt être un oiseau. Ou un écureuil.

Une étincelle d'intérêt dansa dans les prunelles bleues de Maddie.

— Oh ! les pauvres ! Ils devaient être trempés, soupira-t-elle, la bouche pleine.

— Sans doute, dit Blythe en souriant. Ils devaient aussi avoir froid.

— Alors, la prochaine fois, je pourrai ouvrir la fenêtre ?

— Ouvrir la fenêtre ?

Blythe frissonna. Malgré les rayons de soleil qui pénétraient à flots dans la cuisine, elle eut la sensation que la nuit glaciale était revenue.

— Mais oui, maman : pour laisser entrer le petit oiseau ou l'écureuil.

Dans l'univers que Blythe avait créé pour sa fille, on prenait soin des animaux. On nourrissait les oisillons tombés du nid, on sauvait les souris des griffes des chats du voisinage, et lorsqu'une petite bête égarée avait faim ou froid, on la laissait entrer.

Mais pas cette fois-ci. Pour rien au monde elle n'aurait laissé entrer dans sa maison la chose qui avait tapé à la fenêtre.

3.

— Maman, aide-moi ! Au secours !

Les cris tirèrent Blythe d'un profond sommeil. Elle s'était tournée et retournée des heures durant dans le lit étroit de Maddie, car elle avait fini par changer de chambre avec sa fille, à force de faire des allers et retours pendant la nuit. Les craquements de la vieille maison l'avaient tenue éveillée très longtemps. A un moment donné, elle avait réussi à s'endormir pour se réveiller au son des cris, comme si on lui avait jeté un seau d'eau glacée à la figure.

Elle repoussa les couvertures et se rua dans le couloir, pieds nus, sans même s'arrêter pour enfiler sa robe de chambre. Durant la journée, elle s'était quelque peu ressaisie, et s'était promis de ne pas dormir avec Maddie. Mais, le soir venu, elle n'avait pas eu le cœur de la laisser seule dans sa chambre. Elle était convaincue que c'était ce tapotement bizarre contre la vitre qui provoquait les cauchemars de la fillette. Visiblement, elle s'était trompée.

— Maman, réveille-toi ! Aide-moi ! Papa ! Non ! Papa !

Quand Blythe atteignit le seuil de sa propre chambre, les cris s'étaient mués en hurlements. La petite fille criait des mots inintelligibles, à présent, et elle continua à gémir, même lorsque Blythe alluma la lampe de chevet.

La scène qui s'offrit à ses yeux l'épouvanta. L'enfant semblait la proie d'une terreur folle. Les yeux ouverts, les pupilles dilatées, elle demeurait prostrée, inconsciente, prisonnière de son cauchemar.

Blythe repoussa la couette, saisit Maddie dans ses bras, la souleva et se mit à la bercer comme un bébé.

— Chut ! Je suis là. Je suis là. Tout va bien, ma chérie.

Après un très long moment, la petite fille remua enfin, puis enfouit sa frimousse dans le cou de sa mère. Blythe sentit ses cheveux mouillés de sueur. Elle la serra sur son cœur et, peu à peu, les hurlements cessèrent.

La jeune femme posa le menton sur le haut de la tête de son enfant et poussa un soupir de soulagement. Dans ses propres cauchemars, elle se voyait incapable de ramener Maddie de l'endroit affreux où son rêve l'avait plongée. Ce soir, elle y était parvenue. Fermant les paupières, elle adressa un remerciement muet au Tout-Puissant.

Depuis son retour à Crenshaw, elle priait de plus en plus souvent — une habitude qu'elle avait perdue, à Boston, même pendant la maladie de John.

Peut-être devrait-elle réclamer plus souvent l'intervention divine, maintenant qu'elle avait retrouvé ses racines. Petite, elle avait été croyante, comme toute sa famille. Sa foi fervente s'était émoussée dans la grande ville. Il était grand temps d'y remédier. Il existe des situations où l'esprit humain reste impuissant.

La situation présente, par exemple : ces cauchemars, cette sombre épouvante qui s'abattait sur la maison à la tombée de la nuit…

Blythe regarda la fillette blottie dans ses bras, son petit corps souple et tiède encore tout tremblant.

— Ça va aller, mon cœur. Je suis là. Ce n'était qu'un mauvais rêve. Calme-toi.

Pas de réponse. Peu à peu, les tremblements cessèrent. La peur de Blythe reflua. A la lumière du jour, elle tâcherait de se convaincre que cette scène effrayante qui s'était reproduite plus de douze fois, depuis leur installation ici, n'avait rien d'extraordinaire.

Elle repoussa les boucles soyeuses du front moite de Maddie. L'enfant releva enfin la tête.

La douce clarté de la lampe sculptait ses traits fins, et ses yeux avaient perdu leur expression de terreur.

— Maman ? Qu'est-ce qui se passe ? fit-elle en fronçant ses sourcils pâles.

Blythe se força à lui sourire.

— Tu as fait un mauvais rêve. Tu ne t'en souviens pas ?

La petite fille secoua la tête et se frotta les yeux.

— Tu ne te rappelles rien, Maddie ? Tu ne sais plus pourquoi tu m'as appelée ?

Encore un mouvement de tête négatif. L'enfant posa la joue sur la poitrine de sa mère en suçant paisiblement son pouce. Elle n'allait pas tarder à se rendormir, maintenant, mais ce ne serait pas le cas pour Blythe.

D'après la pédopsychiatre, le fait que Maddie suce son pouce ne posait pas de problème. Les cauchemars non plus, d'ailleurs. Elle avait décrété que les terreurs nocturnes constituaient un symptôme commun à beaucoup d'enfants de cet âge. L'hérédité pouvait également jouer un rôle, mais la plupart des mauvais rêves étaient dus au stress.

Le décès de son père, puis le déménagement avaient probablement perturbé la petite fille. Avec le temps, ces troubles disparaîtraient.

— Soyez présente, montrez-lui de l'affection, rassurez-la. Expliquez-lui que vous serez toujours à ses côtés, et ignorez ses cauchemars.

Facile à dire ! Blythe avait lutté farouchement contre l'envie d'interroger Maddie sur ses visions nocturnes. Au début, se rangeant à l'opinion de la psy, elle avait fait semblant d'ignorer les rêves qui, presque tous les soirs, plongeaient la fillette dans un état de prostration. Pourtant, la situation avait empiré. La psy lui avait également conseillé de ne pas dormir dans le même lit que sa fille. Mais Blythe décida, une fois encore, de passer outre.

— Je vais dormir avec toi, dit-elle d'une voix douce.

Obéissante, Maddie se poussa pour faire de la place à sa mère. Blythe s'allongea tout contre elle et remonta les couvertures. Un instant après, elle respirait régulièrement. Blythe contempla d'un air incrédule ses longs cils immobiles. Se pouvait-il qu'elle se soit rendormie aussi facilement, alors que, quelques minutes plus tôt, elle poussait des cris stridents ? Visiblement, elle ne se souvenait plus de rien.

« Dieu soit loué ! » pensa Blythe. Puis elle acheva la prière qu'elle avait commencée.

« Accordez-moi, Seigneur, un peu de cet oubli bénéfique ! »

Il n'y eut pas de réponse à sa requête. Comme il n'y avait jamais eu aucune réponse aux prières qu'elle avait adressées au ciel, depuis son retour à Crenshaw.

— Bonté divine, mon chou ! Tu es blanche comme un linge. Tu couves une grippe ou quoi ?

— Je ne dors pas assez, répondit Blythe en acceptant la tasse de café mêlé de chicorée que sa grand-mère lui tendait.

Par la fenêtre de la cuisine, elle pouvait voir Maddie, qui jouait dans la cour ensoleillée où elle-même avait passé une partie de son enfance. La vieille balançoire était toujours suspendue à la branche la plus basse du grand chêne. Maddie se balançait. Son corps frêle s'envolait dans les airs et, de sa place, Blythe n'apercevait que le bas de son blue-jean et les semelles de ses petites bottes fourrées.

— Elle ne fait plus de cauchemars ? demanda Ruth d'une voix légèrement tendue.

Elle aussi regardait la petite fille. Blythe prit une gorgée de café fumant pour faire passer la boule qui lui obstruait la gorge. Le goût puissant de la chicorée — vestige de l'enfance de sa grand-mère à St Francisville — la réchauffa un peu. Elle se sentit apaisée, comme chaque fois qu'elle se trouvait dans cette maison.

— Terreurs nocturnes, corrigea-t-elle doucement. Un terme approprié, car elle semble terrifiée par ses rêves.

— Mais si elle ne s'en souvient pas…

— Moi, je m'en souviens. Hier soir, j'ai cru…

Incapable de formuler avec des mots ses propres terreurs elle s'interrompit.

— Qu'est-ce que tu as cru ? lui demanda sa grand-mère après un silence.

— Qu'elle ne reviendrait pas de l'endroit où elle se trouvait.

— Oh, mon Dieu ! Comment as-tu pu penser une telle horreur ?

Ruth tendit vers Blythe ses doigts déformés par l'arthrite, et caressa la main glacée de sa petite-fille.

— Tu ne l'as pas vue, murmura Blythe en serrant la tasse bouillante entre ses paumes, dans l'espoir de chasser le froid intense qui semblait l'habiter en permanence. Tu n'as pas…

Elle n'acheva pas sa phrase. Il aurait été impossible de décrire le gouffre qui existait entre la scène à laquelle elle avait assisté la nuit précédente et l'image paisible que Maddie offrait aujourd'hui.

— Si tu me racontais tout ? suggéra Ruth. Assieds-toi, mon chou, et explique-moi ce qui se passe.

— Je ne peux pas m'asseoir. Il faut que je la surveille.

— Tu n'as pas besoin de la surveiller quand vous êtes ici !

La vieille dame avait raison. La cour paraissait aussi calme qu'une église, pour reprendre l'une des expressions favorites de son mari. Maddie était en sécurité ici, et c'était l'une des raisons pour lesquelles Blythe avait décidé de revenir à Crenshaw.

Mais elle avait du mal à parler de ses appréhensions, à mentionner le bruit suspect qu'elle entendait à la fenêtre. La voix douce de sa grand-mère l'encourageait à partager ses peurs, comme elle l'avait toujours fait.

Ici, dans cette cuisine, elle avait révélé à Ruth des dizaines de secrets, quand elle était adolescente...

— Delores, apportez-nous donc ce gâteau que vous avez fait hier !

— Tout de suite, madame Ruth. Vous voulez aussi des confitures ?

Delores Simmons, la gouvernante noire qui s'occupait de la maison depuis des temps immémoriaux, était presque aussi âgée que sa maîtresse. Les deux femmes entretenaient des rapports amicaux, voire sororaux, mais elles avaient conservé les formules de politesse exigées par la tradition.

La grand-mère de Blythe opina, tandis qu'elle prenait place à la table de la cuisine et faisait signe à sa petite-fille d'approcher.

— La confiture de pommes, alors ! C'est la meilleure !

— Pas pour moi, merci, dit Blythe en s'asseyant sur une chaise en rotin.

— Bon, alors juste le gâteau, Delores.

— Entendu. La confiture, c'est trop sucré pour Mlle Blythe : vous savez bien qu'elle aime l'amertume.

La jeune femme ne put s'empêcher de sourire à cette petite pique, somme toute méritée.

— Donc, Maddie appelle sa maman la nuit ? reprit Ruth.

Blythe haussa les épaules. Depuis hier soir, une

vague idée avait germé dans son esprit, une idée dont elle ne parvenait pas à se défaire. Elle n'était pas vraiment sûre que Maddie l'appelait. D'ailleurs, elle n'était plus sûre de rien…

Elle hocha la tête, hésitant à s'engager sur un terrain glissant.

— Bien ! reprit la vieille dame. Tu accours aussitôt et… que se passe-t-il ensuite ?

— Elle ne fait pas que m'appeler, murmura Blythe. Elle produit des sons. Des cris. Des cris hystériques. Mais avant, elle dit des mots.

— Quels mots ?

— Aide-moi, maman… papa… non, papa !

— Si elle appelle son père, peut-être que cette psy de Montgomery avait raison quand elle t'a dit que les rêves avaient un rapport avec la mort de John.

— Elle n'a pas dit ça exactement. Elle a dit que le stress généré par le décès de son père, plus le stress du déménagement sont à l'origine de ses troubles du sommeil… Mais, grand Dieu, elle n'a que quatre ans ! Comment peut-on être stressé à quatre ans ?

— Elle fait des cauchemars, ma chérie. Comme tout le monde.

— Au point de ne plus pouvoir respirer ? Au point de… de…

— Est-ce qu'elle pleure quand elle crie à l'aide ? demanda Delores en posant devant Blythe un plat de porcelaine contenant un gros gâteau au cœur coulant disposé sur une feuille de papier sulfurisé.

C'était joliment présenté, pourtant Blyth fut assaillie par une vague de nausée à l'idée d'avaler une bouchée.

— Oui, un peu. Au début. Ensuite, elle m'appelle au secours. Elle crie : « Petit Jésus, aide-moi ! », répéta la jeune femme sans quitter du regard les yeux noirs de la gouvernante.

— Alors, ça n'a rien à voir avec la mort de M. John, quoi qu'en pense votre psy. Ce bout de chou a peur de quelque chose.

Blythe inclina la tête. C'était exactement ce qu'elle pensait.

— Elle est terrorisée. Elle parle en dormant, puis les mots deviennent des cris. Des hurlements. Comme si... comme si quelqu'un...

— Comme si quelqu'un voulait lui faire du mal, acheva doucement Delores.

— Personne n'a jamais fait de mal à cette enfant, objecta Ruth. Pourquoi, au nom du ciel, rêverait-elle d'une chose pareille ?

— Nos rêves ne reproduisent pas toujours des événements que nous avons vécus. Parfois, ils viennent d'ailleurs.

— Delores, arrêtez donc ces balivernes ! Nous sommes dans une maison chrétienne, ici.

— Je suis aussi bonne chrétienne que vous, madame

Ruth. Mais je sais qu'il existe des mystères que l'on passe sous silence aux cours de catéchisme.

Si cette pensée ne lui avait pas déjà traversé l'esprit, Blythe aurait ignoré la théorie de la gouvernante. Mais certains mots que la petite fille avait prononcés dans son sommeil l'avaient amenée à conclure que les rêves n'étaient pas forcément le produit de l'inconscient de Maddie.

— Quels mystères ? demanda-t-elle.

Les deux femmes, qui s'apprêtaient à entamer une discussion théologique, se tournèrent vers elle.

— Que savez-vous des rêves, Delores ?

— Elle ne sait rien de plus que nous ! affirma Ruth. Les rêves sont des rêves, point final. Tout le monde rêve : il n'y a pas de quoi s'affoler.

— Ce petit ange fait le même rêve depuis que vous êtes revenue, n'est-ce pas ? résuma Delores, ignorant les commentaires de sa patronne.

Quand Blythe opina, les lèvres de la vieille femme se pincèrent.

— Et elle ne l'avait jamais fait avant ?

— Je ne crois pas, répondit Blythe. Maddie ne criait pas dans son sommeil quand elle était bébé. Sinon, je m'en souviendrais... On dirait que quelqu'un veut l'égorger.

Malgré les objections qu'elle avait exprimées haut et fort, une minute auparavant, Ruth pressa la main de sa petite-fille.

— Oh, Seigneur !

— Je ne sais plus quoi faire, souffla Blythe, soulagée de pouvoir enfin partager son fardeau. John est parti il y a un an. Pourquoi n'a-t-elle pas rêvé de lui tout de suite ? Quant au stress du déménagement, je n'y crois pas. Maddie se sent très bien ici. Je ne l'ai jamais vue aussi heureuse, depuis la mort de son père.

Des larmes emplirent les yeux de Ruth. Ses doigts déformés étreignirent gauchement la main de Blythe.

— Je n'ai pas les réponses, ma chérie, dit-elle d'une voix empreinte d'affection. Peut-être devrais-tu reprendre rendez-vous avec ce médecin ?

La jeune femme secoua la tête. Elle n'accordait plus aucun crédit au diagnostic de la psy. Celle-ci lui avait recommandé de ne pas réveiller Maddie et, au début, elle avait essayé. Résultat : les cauchemars s'étaient intensifiés. Comme si… Une fois de plus, le problème de la maison s'imposa à elle. Pourtant, Ruth et Delores vivaient dans cette ville depuis plus de quatre-vingts ans. Si le pavillon qu'elle avait loué avait été le théâtre d'événements tragiques ou violents, elles l'auraient su.

« Dois-je leur demander si la maison où je vis est hantée ? »

Elle serra les lèvres. Une telle question ne ferait que bouleverser inutilement sa grand-mère. Dans le monde de Ruth Mitchell, quand les gens mouraient, ils allaient au ciel ou en enfer. Ils ne rôdaient pas sur terre et ne tapaient pas sur les fenêtres des vivants.

Il existait certainement d'autres façons de percer le mystère, songea Blythe.

4.

Ada Pringle était bibliothécaire à Crenshaw depuis des lustres. Blythe ne l'avait pas vue depuis plus de quinze ans, mais elle ne la trouva guère changée. Ses cheveux aile-de-corbeau et ses sourcils charbonneux laissaient supposer qu'elle avait recours aux teintures depuis la nuit des temps.

Elle regarda Blythe avec une expression sévère, par-dessus ses grosses lunettes cerclées d'écaille.

Sous ce regard scrutateur, la jeune femme eut l'impression d'avoir de nouveau douze ans et de chercher de la documentation pour faire un exposé.

— Bonsoir, mademoiselle Pringle.

— Blythe Mitchell, quelle surprise ! J'ai entendu dire que vous étiez revenue.

— Oui, depuis deux mois.

— Mais vous ne vivez pas chez votre grand-mère, n'est-ce pas ?

— Eh bien, revenir ne veut pas dire retomber en enfance.

Elle comprit que son trait d'esprit était tombé à

plat en constatant que rien ne bougeait dans les yeux bruns de la bibliothécaire.

— Nous avons loué une maison, précisa-t-elle.

— J'ai appris que vous aviez une petite fille.

— Oui. Maddie. Elle a quatre ans. J'aurais bien voulu l'emmener : elle adore les livres.

— Les enfants en bas âge ne sont pas admis, déclara Ada d'un ton sec. Les chiens non plus, d'ailleurs. Le règlement n'a pas changé. Que puis-je pour vous ?

Blythe se rappela que, malgré sa passion pour la littérature, elle n'aimait pas venir ici.

— Si ma mémoire est bonne, vous avez le *Herald* ?

Le *Crenshaw Herald* était un hebdomadaire, le seul de la ville. La plupart des chroniques étaient consacrées aux activités caritatives et aux résultats sportifs du lycée. Bien sûr, la rédaction prenait soin d'inclure les rares faits divers survenus entre deux éditions.

— J'ai tous les numéros, en effet, depuis la création jusqu'à nos jours. D'autres établissements sont équipés de microfilms, mais tant que les pages tiennent ensemble, je les garde. Je préfère le papier à l'écran, et je ne suis pas la seule.

— Pourrais-je les consulter, s'il vous plaît ?

— Bien sûr !

Ada contourna le pupitre en bois où elle était accoudée, passa devant Blythe et se dirigea vers le fond de la salle, presque vide à cette heure-ci. Arrivée devant une rangée d'étagères allant du sol au plafond, elle indiqua à sa visiteuse plusieurs gros volumes reliés de cuir. Sur la tranche, en caractères dorés, était inscrit le nom du journal suivi de l'année de parution.

— Les voilà ! Vous cherchez quelque chose en particulier ?

Accoutumée à l'anonymat de Boston, Blythe ne s'était pas préparée à répondre à cette question. D'habitude, on ne vous demandait pas quel était l'objet de vos recherches, et elle n'avait pas l'intention de le dévoiler à cette commère.

— Oh rien ! Juste un peu de couleur locale.

— Que voulez-vous dire par « couleur locale » ?

— Des histoires sur les habitants de Crenshaw. J'ai plusieurs années à rattraper.

— Vous écrivez toujours vos articles ?

Le ton réprobateur d'Ada n'échappa pas à Blythe. Elle avait publié deux ou trois carnets de voyage dans un magazine universitaire, quand elle était étudiante, et elle n'y avait plus pensé depuis des années.

— Euh… c'est une possibilité, répondit-elle. Si je trouve quelque chose d'intéressant.

Elle avait hâte de parcourir les journaux. Si un incident quelconque s'était produit dans la maison qu'elle avait louée, ce serait relaté dans le *Herald*. Ce matin, elle avait demandé à sa grand-mère de garder

Maddie toute la journée, en prétextant qu'elle avait rendez-vous pour un nouvel emploi.

— Qu'entendez-vous par « quelque chose d'intéressant » ? demanda Ada. Des trucs pour touristes ?

Le ton était de plus en plus revêche. Blythe tressaillit. Elle ne s'était jamais considérée comme un écrivain mais, après tout, elle avait été payée pour écrire ces récits.

— Pas forcément. N'importe quoi pourvu que ça se vende bien.

Ada la dévisagea à travers ses verres épais.

— Si vous cherchez un sujet qui rapporte...

Son doigt osseux courut sur la rangée de livres jusqu'à ce qu'elle trouve l'année qu'elle cherchait.

— C'est arrivé après les inondations qui ont endommagé la maison de ma tante. Je sais que ça s'est passé en hiver, alors...

Elle tira un volume de l'étagère, le posa sur la longue table en bois sombre, puis l'ouvrit.

— Pardon ? fit Blythe.

Elle n'avait pas compris à quoi Mme Pringle faisait allusion.

— Sarah Comstock ! déclara Ada sans lever les yeux des pages qu'elle feuilletait fébrilement.

Blythe se figea. Elle avait oublié l'événement qui avait défrayé la chronique, vingt-cinq ans auparavant. Elle n'était alors qu'une gamine de cinq ou six ans — à peine plus âgée que Maddie aujourd'hui.

Naturellement, aucun adulte n'avait parlé ouvertement du crime devant elle, mais Blythe avait su. Tous les enfants de Crenshaw avaient su que Sarah avait été enlevée alors qu'elle se trouvait dans la chambre qu'elle partageait avec sa sœur, et qu'on l'avait sauvagement assassinée.

Blythe était venue à la bibliothèque municipale pour faire des recherches sur une mort violente et, étrangement, elle avait refoulé au tréfonds de son inconscient le souvenir de Sarah Comstock.

Les pages tournaient sous les longs doigts maigres de la bibliothécaire. Soudain, ses mains s'immobilisèrent de part et d'autre du livre ouvert.

— Voilà ! Décembre. Je n'en étais pas sûre. Je vais vous donner le volume suivant. Ce genre de feuilleton dure des mois.

Elle se tourna vers les étagères, laissant le livre sur la table. Un cliché en noir et blanc au milieu de la page de gauche montrait des policiers en uniforme sur un site que les natifs de la région appelaient Smoke Hollow. Grâce à Dieu, le petit corps qu'ils avaient découvert ne figurait pas sur la photo.

Réprimant une vague de nausée, Blythe tendit la main pour refermer le volume au moment où Ada lui présentait le deuxième.

— Regardez aussi les premiers mois de celui-ci, mais à vrai dire, il n'y a pas beaucoup d'informations.

— Merci.

— Les affaires non classées intéressent toujours le public avide de sensations fortes.

— Les affaires non classées ?

— Les crimes non élucidés, si vous préférez. Surtout les meurtres. Vous vous souvenez de Mark Furman, n'est-ce pas ? Il a écrit un bouquin sur le meurtre de cette adolescente dans le Connecticut, et il a fait fortune… Ne remettez pas les volumes sur l'étagère : je m'en occuperai. La plupart des gens se trompent de place.

— Entendu. Merci, mademoiselle Pringle.

Après tant d'années, elle n'arrivait toujours pas à appeler cette vieille fille aigrie par son prénom.

— Je suis navrée pour votre mari, dit soudain Ada d'un air maladroit. Vous avez bien fait de revenir. Votre grand-mère a besoin de vous.

Blythe chercha une réponse adéquate, mais la bibliothécaire s'était éloignée. Restée seule, la jeune femme poussa un gros soupir avant de regarder de nouveau le journal déployé sur la table. Elle approcha une chaise, s'y assit, et déboutonna lentement son manteau. Les mots imprimés autour de la photo, un quart de siècle plus tôt, se mirent à défiler sous ses yeux.

— On ferme !

Ada, manteau de lainage rouge et sac de vinyle noir

accroché à son bras, se tenait devant elle. Blythe cligna des paupières, puis se frotta la nuque. Ses muscles l'élançaient, ce qui n'était guère surprenant car elle lisait depuis des heures.

Ce n'étaient pas tant les détails morbides relatés dans les pages jaunies du *Herald* qui avaient capté son attention. Elle avait été fascinée par cette petite société rurale et par les sombres secrets que les investigations avaient percés à jour. Et comme elle connaissait déjà les principaux protagonistes, elle s'était laissé subjuguer par l'histoire.

Depuis le début, le shérif Hoyt Lee, qui avait mené l'enquête, avait déploré le manque de preuves. Le corps mutilé et dénudé de la petite victime avait été retrouvé dans la rivière qui coupait en deux la vallée étroite de Smoke Hollow. L'eau glacée avait lavé les souillures, effacé les indices. Il n'y avait pas d'empreintes digitales, rien que la police scientifique de l'époque ait pu analyser. Apparemment, Sarah n'avait pas subi d'agression sexuelle au moment du meurtre et en conséquence, les enquêteurs n'avaient pas pu prélever l'ADN du meurtrier.

— Puis-je vous les emprunter ? demanda Blythe.

Elle n'avait pas eu le temps de chercher des informations concernant la maison qu'elle habitait.

— Quoi, les journaux ? Ils ne sortent pas d'ici.

— Je ferai très attention, je vous le promets.

De nouveau, Blythe eut l'impression d'avoir douze ans.

— Je ne peux pas faire d'exception. Désolée.

Ada s'empara du premier livre.

— Vous devriez aller voir Hoyt.

Son sac se balança, tandis qu'elle se hissait sur la pointe des pieds pour ranger le lourd volume à sa place.

— Il doit détenir des renseignements qui n'ont pas été communiqués à la presse. Des indices, j'entends.

Ce disant, elle prit le deuxième volume.

Ce n'était pas une mauvaise idée, se dit Blythe. Et pas seulement à cause de l'affaire Comstock. L'ex-shérif de Crenshaw saurait sûrement l'éclairer sur ce qui s'était passé dans son pavillon. Et elle pouvait compter sur sa discrétion.

Quand Blythe était petite, Hoyt Lee lui avait témoigné une grande gentillesse. Peut-être parce qu'il était le meilleur ami de son père et que ce dernier avait disparu prématurément. Toujours est-il que Hoyt se comportait vis-à-vis d'elle comme un oncle bienveillant. Une fois, il l'avait même accompagnée à un banquet pour pères et filles organisé par la mairie.

— C'est une excellente suggestion, Ada. Je vous remercie.

Elle ramassa son sac et son manteau. Elle avait fait

exprès d'appeler la bibliothécaire par son prénom. La surprise qu'elle lut dans ses yeux bruns lui arracha un sourire satisfait.

Du temps de Hoyt Lee, le poste de police était installé dans un bâtiment tout en longueur. Aujourd'hui, il englobait les immeubles voisins. L'explosion démographique nécessitait de nouvelles mesures. Des problèmes variés se posaient dans ce département rural, autrefois si paisible, tels que la prolifération de laboratoires clandestins d'alcool frelaté. Le shérif Lee n'aurait pas pu contrôler la situation avec les maigres effectifs dont il disposait, quinze ans plus tôt. A en juger par les fourgons et les véhicules de patrouille qui s'alignaient dans la cour du bâtiment principal, le nombre des policiers avait singulièrement augmenté.

Blythe passa sous le fronton gravé de majuscules dorées disant DÉPARTEMENT DE POLICE DE DAVIS COUNTY, puis elle s'engagea dans un couloir au fond duquel se trouvait une porte ornée d'une plaque de bronze avec, dessus, le nom du nouveau shérif : Cade Jackson. Elle s'apprêtait à tourner la poignée quand la mémoire lui revint. Cade Jackson. Elle n'avait plus pensé à son premier amour depuis au moins une décennie, mais ce nom raviva ses souvenirs.

Adolescente, elle avait furieusement fantasmé sur le plus beau garçon du lycée.

La jeune femme retint un sourire amusé. Elle avait déjà croisé deux de ses anciens camarades d'école, et tous deux semblaient avoir abusé de la riche cuisine régionale, car leur ventre débordait de leur pantalon. Il serait dommage que la même chose soit arrivée à Cade, pensa Blythe.

« Et alors ? Qu'est-ce que ça peut bien te faire ? »

Eh bien, ça lui ferait de la peine !

Cade avait incarné le prince charmant dans son imagination de petite fille, bien qu'il n'en ait jamais rien su.

L'espace d'une seconde, elle faillit faire demi-tour pour regagner sa voiture. Elle était venue ici pour voir Hoyt qui, visiblement, était parti à la retraite, et son remplaçant ne savait probablement rien de l'affaire qui la préoccupait.

En dépit de cette conclusion logique, elle tourna la poignée et poussa le lourd battant. Le jeune homme qui leva les yeux sur elle n'était pas plus âgé que Cade la dernière fois qu'elle l'avait vu. En ce temps-là, il avait décroché une bourse grâce à ses performances dans l'équipe de football du lycée, et il allait entamer des études à l'université d'Alabama. Blythe, qui n'avait que douze ans, avait versé des larmes secrètes sur le départ de son idole. Tel avait été son premier chagrin.

Un chagrin bien léger, comparé au déchirement dévastateur qu'elle avait ressenti à la mort de John.

— Puis-je vous aider ? s'enquit le jeune policier.

— Je voudrais voir le shérif Jackson, s'il vous plaît.

— C'est à quel sujet ?

« Je voudrais savoir si ma maison est hantée. »

— Je voudrais contacter Hoyt Lee, dit-elle.

Le policier lui lança un regard entendu avant de décrocher son téléphone.

— Il y a une dame ici qui demande l'adresse du shérif Lee.

Après avoir raccroché, il indiqua à la jeune femme une porte en verre dépoli, sur sa gauche.

— Allez-y. Le shérif vous attend.

— Merci.

A peine avait-elle esquissé trois pas que la porte s'ouvrit. Une longue silhouette vêtue d'un uniforme clair se découpa dans le chambranle. Le visage restait dans la pénombre, mais pour autant que Blythe puisse en juger, Cade paraissait plus mince que du temps où il assurait la défense des Davis County Warriors. Néanmoins, ses épaules étaient toujours aussi larges.

Lorsqu'il avança dans la lumière, Blythe se dit qu'il n'avait pas changé. Ce qui n'était pas tout à fait vrai. Ses traits, autrefois trop fins, s'étaient affirmés. Son nez avait dû être cassé, car une petite cicatrice en marquait l'arête étroite. Ses lèvres paraissaient plus fines. Plus masculines. Et plus… sensuelles.

Blythe fut choquée par cette pensée. Et par l'espèce de réaction physique qu'elle ressentit et qui ressemblait à une secousse électrique. Jeune, Cade Jackson était très beau garçon. Aujourd'hui, c'était un homme extrêmement séduisant. Elle n'avait plus réagi ainsi à l'approche d'un homme, depuis la mort de John.

La fin du deuil, songea-t-elle, abasourdie. La nature avait sans doute décidé qu'il était grand temps qu'elle recommence à s'intéresser aux représentants du sexe fort.

Cependant, elle refusa d'analyser ses sentiments. Surtout en présence de celui qui avait personnifié ses rêves d'adolescente les plus fous.

Il s'avança vers elle, la main tendue. Elle avala sa salive. Qu'allait-elle ressentir en touchant la main de Cade ?

— Cade Jackson.

A l'évidence, il ne se souvenait pas d'elle. Mais c'était normal : elle avait à peine douze ans quand il avait quitté Crenshaw, et après tout, c'était plutôt flatteur qu'il ne reconnaisse pas la gamine maigrichonne qui assistait religieusement à tous les matchs de son équipe.

— Blythe Wyndham.

Ils se serrèrent la main, et elle sentit ses doigts calleux autour des siens — une poignée de main ferme et virile. Rien à voir avec les manigances des hommes quand ils trouvent une femme attirante.

« Est-ce parce qu'il ne te trouve pas attirante ? »

— Wyndham ? fit-il avec un léger froncement de sourcils.

Ses yeux n'avaient pas changé non plus. Ils avaient toujours cette nuance rare entre le bleu et le vert, qui formait un contraste étonnant avec sa peau mate, tannée par le soleil.

— Née Mitchell, précisa-t-elle.

— Ah ! Blythe Mitchell ! Bien sûr ! On m'a dit que vous étiez revenue.

Elle attendit les inévitables condoléances qui ne vinrent pas. Soit les cancans ne le passionnaient pas, soit il les avait oubliés.

Elle s'éclaircit la gorge.

— J'ai une requête un peu bizarre à vous soumettre, shérif Jakson.

L'ombre d'un sourire apparut sur les lèvres de Cade.

— Je doute qu'elle soit plus bizarre que les requêtes que nous recevons quotidiennement, madame Wyndham.

Elle jeta un coup d'œil au jeune policier qui ne perdait pas une miette de leur conversation. Inutile de raconter devant témoin qu'elle effectuait des recherches sur le meurtre le plus célèbre de la région. Cela ne ferait qu'alimenter les rumeurs.

— Est-ce qu'on peut parler dans votre bureau ?

Il hésita une seconde, signe qu'elle l'avait pris de court. Ensuite, il lui indiqua la porte qu'il avait laissée ouverte. Elle passa devant lui, consciente de sa présence physique. De sa taille. De l'odeur subtile de son after-shave. Elle se demanda qui s'occupait de ses vêtements. Une épouse dévouée, si l'on se fiait au pli impeccable de son pantalon kaki.

Blythe se secoua mentalement : ce n'était pas l'homme qui l'intéressait en cet instant, mais les forces de l'ordre qu'il représentait. Et c'était seulement à ce titre qu'elle désirait lui parler.

Elle entra dans un bureau de petites dimensions, bien ordonné. Un vieux fauteuil en cuir lustré derrière la table de travail et une chaise constituaient le mobilier.

Cade traversa la pièce sans refermer la porte. Il resta debout derrière son bureau, et fit signe à la jeune femme de s'asseoir.

— Jarrod m'a dit que vous vouliez contacter Hoyt Lee. Cette requête n'a rien de bizarre, encore que Mme Ruth aurait pu y répondre.

— En fait, je n'avais pas tenu compte du fait qu'il avait pu prendre sa retraite. Je pensais le voir personnellement.

— Voulez-vous que je l'appelle ? Que je vous arrange un rendez-vous ?

— Non. Vous avez raison. Ma grand-mère doit

avoir son numéro de téléphone. En fait... j'écris des articles en free lance pour différents magazines. C'était mon ancien métier.

— Vous avez l'intention d'écrire quelque chose sur Hoyt ?

Elle ne pouvait détacher son regard de la fossette qui creusait le menton de Cade et qui l'avait toujours fascinée.

Pouvait-elle se permettre de lui dire la vérité ? Et pouvait-elle exiger de lui qu'il n'en parle à personne ?

— D'après ma grand-mère, si je recommençais à écrire, j'aurais une source supplémentaire de revenus.

Il haussa les sourcils.

— Ça paraît évident. Qu'est-ce qui vous en empêche ?

— Cet après-midi, je suis allée à la bibliothèque municipale pour effectuer des recherches sur l'histoire de la ville. J'ai relu des vieux numéros du *Herald* dans l'espoir de trouver un sujet intéressant.

— L'avez-vous trouvé ?

— Ada m'a rappelé l'affaire Comstock. Elle m'a dit que le crime n'avait jamais été élucidé.

— Exact.

La brièveté de la réponse semblait vouloir dire qu'il désapprouvait son initiative et, une fois de plus, elle fut tentée de lui avouer la vérité. Mieux valait passer pour une idiote avec son histoire de maison hantée que pour une journaliste sans scrupules.

— La police connaissait le coupable, mais elle manquait de preuves, c'est ça ?

— Pas que je sache.

— Ah… vous avez lu le dossier ?

— Je me suis intéressé de très près à toutes les affaires non résolues quand j'ai pris mes fonctions de shérif.

— Puis-je jeter un coup d'œil au dossier ?

— Pourquoi ?

— Comme je vous l'ai déjà dit…

— Je sais ce que vous m'avez dit. Je voudrais savoir pourquoi vous vous intéressez à un meurtre vieux de vingt-cinq ans.

— Les affaires non classées passionnent les lecteurs, dit Blythe. Ainsi que les éditeurs.

— Vous projetez d'écrire un livre ?

— Je n'y ai pas encore pensé. Tout dépend de ce que je vais trouver.

— On n'a jamais arrêté le meurtrier. Par conséquent, vous ne pourrez pas conclure votre histoire.

Blythe hocha la tête.

— Oh ! mais je n'essaierai pas de résoudre l'énigme, shérif Jackson ! Je ne suis pas détective. Je veux simplement écrire un article sur l'affaire.

Après un long silence, il reprit la parole.

— Pardon, dit-il, je ne vous ai pas présenté mes condoléances.

Elle commença par s'interroger sur cette compassion tardive, puis elle comprit qu'il associait l'article au décès de son époux. Il devait se dire qu'elle avait besoin d'argent, ce qui, du reste, n'était pas faux.

— Merci.

— Jarrod va vous sortir le dossier. Vous pourrez le consulter dans le bureau qui se trouve de l'autre côté du hall. Naturellement, vous ne serez pas autorisée à l'emporter, mais la photocopieuse est à votre disposition.

Il se redressa, indiquant que l'entretien était terminé. Blythe ne lui avait posé aucune question sur la maison qu'elle occupait. Sa fascination morbide pour l'affaire Comstock lui avait fait oublier le véritable motif de sa visite.

Elle tenta de se rattraper.

— Y a-t-il d'autres…

— Meurtres aussi glauques que celui de Sarah ? coupa-t-il d'un air franchement désapprobateur.

— … cas de mort violente.

— Non. Quelques bagarres, quelques accidents… C'est le genre de sujet que vous cherchez ?

— Non, pas vraiment. Mais on m'a laissé entendre qu'il s'était produit quelque chose dans la maison que je loue actuellement. Il s'agit d'un pavillon à un étage, au coin de Wheeler Road.

— Je n'en ai pas la moindre idée. Lee Hoyt ou votre grand-mère en savent certainement plus que moi. Ils ont passé toute leur vie à Crenshaw.

— Vous avez raison, répondit Blythe en se levant à son tour. Je leur poserai la question. Merci de m'avoir consacré un peu de votre temps.

Cade sortit de son bureau, et Blythe lui emboîta le pas. Le jeune policier qui se trouvait à la réception leva les yeux.

— Jarrod, voulez-vous sortir le dossier de Sarah Comstock pour Mme Wyndham, s'il vous plaît ?

Blythe se retourna. Elle se rendit compte qu'elle allait partir sans avoir pris connaissance du fameux dossier.

— Je repasserai, dit-elle en jetant un coup à sa montre. Je dois aller chercher ma fille chez ma grand-mère. Je suis en retard et elles risquent de s'inquiéter.

— Oui, bien sûr. Vous vous occuperez de Mme Wyndham la prochaine fois, Jarrod.

— Bien, shérif.

Le jeune policier inclina la tête.

— A votre service, madame.

— Merci. Merci à tous les deux.

Elle se dirigea vers la sortie.

— J'ai été très heureux de vous revoir, dit Cade. Bienvenue au pays !

Elle le remercia d'un sourire qu'il ne lui rendit pas.

Forçant l'allure, elle poussa la porte et sortit dans le crépuscule froid, pressée d'échapper aux yeux aigue-marine qui la jaugeaient.

5.

Cette fois, elle ne fut pas réveillée par les cris de Maddie mais par un signal d'alarme.

Le détecteur de fumée !

Il se trouvait au-dessus de la cage d'escalier.

Rejetant ses couvertures, Blythe bondit de son lit.

Elle était au milieu du palier quand la fumée lui parvint. Elle jeta un regard par-dessus la balustrade. Une sombre colonne tourbillonnait dans le hall.

La jeune femme ne s'arrêta pas. Peu lui importait que la maison brûle ! Il fallait avant tout récupérer Maddie, puis sortir. Sortir à tout prix.

Lorsqu'elle atteignit le seuil de son ancienne chambre qu'elle avait cédée à Maddie, la fumée était si épaisse qu'elle se figea un instant, paniquée, étonnée de pouvoir encore respirer.

La petite fille était assise dans le lit, les yeux écarquillés, tandis que la sirène d'alarme beuglait de plus belle.

— Maman ?

Blythe se pencha, repoussa les couvertures, souleva sa fille dans ses bras. Puis prit la direction de l'escalier. La fumée avait envahi tout le rez-de-chaussée et dans l'obscurité, elle aperçut un rougeoiement.

Effrayée, elle fit demi-tour. Il était hors de question de descendre les marches.

Blythe se rabattit vers le couloir. Il y avait une fenêtre, au fond, mais… elle était trop haute !

Elle passa mentalement en revue toutes les fenêtres de l'étage. La seule qui offrait une possibilité d'évasion donnait sur le toit du porche. Elle se trouvait dans l'ancienne chambre de Maddie, et c'était là qu'elle avait entendu le tapotement.

Elle n'avait guère le temps de réfléchir. En bas, la fumée s'épaississait et les flammes léchaient déjà les marches et la rampe de bois.

La jeune femme s'élança vers la petite chambre. Se penchant au-dessus du secrétaire, elle pressa le front contre la vitre froide qui surmontait le toit pointu du porche. Ensuite, elle posa Maddie par terre.

— Baisse-toi et ne bouge pas avant que je te le dise, ma chérie !

La petite fille obéit. Alors, Blythe écarta le meuble du mur, comme s'il ne pesait pas plus de quelques grammes. Il fallait bien ouvrir la fenêtre si elle voulait continuer à respirer.

Elle tira sur le tourniquet métallique vissé dans le châssis, mais la vitre refusa de bouger. L'humidité avait dû faire gonfler le bois, à moins que la peinture n'ait séché dans les rainures.

Un rapide coup d'œil par-dessus son épaule l'avertit que la fumée avait atteint le palier.

Il devait y avoir une autre issue. Une autre fenêtre. Un autre moyen de s'échapper. Une lucarne permettant d'accéder au toit de la maison.

Hélas! il n'y avait rien de tel. Les autres fenêtres n'offraient qu'une chute de plusieurs mètres. D'ailleurs, rien ne prouvait qu'elles s'ouvriraient plus facilement.

Elle repéra soudain une chaise qu'elle avait apportée en même temps que le secrétaire. En toussant, elle saisit le dossier des deux mains.

— Baisse la tête! dit-elle à Maddie.

Se reculant, elle souleva la chaise et la propulsa sur la vitre. Les pieds sculptés rebondirent sur le panneau translucide. Blythe recommença l'opération. Elle frappa de toutes ses forces. Cette fois, la vitre se craquela. Au troisième coup, elle vola en éclats.

La jeune femme inspira profondément l'air froid de la nuit. Derrière elle, le feu se mit à crépiter et à rugir, alimenté par le flot d'oxygène qui s'engouffrait à l'intérieur de la maison.

Son sentiment d'euphorie céda alors la place à une autre vague de panique.

Elle recula encore, se servit de la chaise pour casser les éclats de verre qui hérissaient le cadre de la fenêtre. Enfin, se retournant, elle reprit Maddie dans ses bras.

— Où on va, maman ?

— On va essayer de sortir par la fenêtre, d'accord ? Fais ce que je te dis et n'aie pas peur.

Elle sentit un hochement de tête sur son épaule.

« Mon Dieu, faites que je ne la perde pas, elle aussi ! »

Elle s'avança vers l'ouverture sombre et béante.

Au dernier moment, elle hésita. Devait-elle passer en premier et, une fois sur le toit, ouvrir les bras afin d'amortir la chute de Maddie ?

Non. Ce plan ne tenait pas la route. Parce que si elle perdait conscience en tombant ou si Maddie refusait de sauter, le feu… Elle chassa vivement cette pensée horrible, et se pencha vers la fenêtre ouverte.

Le toit en dessous lui parut beaucoup plus bas qu'elle ne l'avait imaginé. Il faudrait laisser tomber la petite fille sur le bon côté de la pente, afin qu'elle ne roule pas vers le trou qui creusait une bouche d'ombre entre le mur de la maison et le porche.

Maddie s'était mise à pleurer, mais Blythe ignora ses sanglots. Il n'y avait pas d'alternative, elle le savait.

Elle fit passer l'enfant par-dessus l'appui. Un éclat de verre lui taillada la chair, mais elle ne prêta aucune attention à la douleur, alors qu'elle positionnait la fillette avec précaution.

Les muscles de ses épaules se raidirent douloureusement. Elle fit glisser Maddie le long du mur extérieur. Ses mains se resserrèrent autour des poignets de la petite fille, qui resta un instant suspendue dans les airs.

Blythe sentait l'haleine brûlante du feu dans son dos. Elle entendait l'infernal crépitement des flammes et le craquement du bois. Pourtant, la peur de lâcher Maddie dans le vide la retint encore un instant.

— J'arrive, ma chérie ! dit-elle, haussant le ton pour couvrir le rugissement du brasier. Je vais sauter, moi aussi.

Ouvrir les mains pour laisser tomber son enfant fut la chose la plus difficile qu'elle ait eu à accomplir durant toute sa vie. Le cœur serré, elle vit le petit corps drapé dans la chemise de nuit en flanelle blanche dégringoler.

Maddie atterrit sur la pointe du toit, roula sur la pente et s'arrêta près du bord, exactement comme sa mère l'avait prévu.

Aussitôt après, Blythe enjamba l'appui de la fenêtre. La chaleur était telle, dans la chambre, que plus aucune hésitation n'était permise. A travers le rideau de fumée, elle pouvait déceler la lueur rouge qui, à présent, se répandait rapidement sur le palier.

« C'est ta seule chance… »

Elle sauta. Le toit vint à sa rencontre à une vitesse hallucinante.

Blythe tomba lourdement sur le versant. Tandis

qu'elle roulait, elle tenta de s'accrocher aux ardoises, s'écorchant les paumes. Une douleur aiguë lui transperça la hanche.

— Maman !

Elle se tourna vers Maddie. La fillette la regardait, les yeux agrandis.

La lune apparut entre deux nuages, dispensant une lumière presque aussi vive qu'en plein jour.

Maddie avait l'air effrayé, mais elle n'était pas blessée. Du moins ne portait-elle aucune blessure apparente.

— Tout va bien, lui dit Blythe d'un ton rassurant.

Elle prit appui sur le mur pour se relever, et se mit à descendre prudemment la pente. Du pied droit, elle tâtait les ardoises, se frayant un chemin en direction de sa fille.

Enfin, elle lui tendit sa main libre.

— Allez, viens ! dit-elle.

Maddie saisit la main de sa mère et se redressa.

Blythe évita soigneusement de regarder la fenêtre. Elle savait qu'en un rien de temps, les flammes engloutiraient la charpente en bois.

« Oh ! mon Dieu, aidez-nous ! Ne me prenez pas mon enfant ! Je ferai tout ce que vous voulez, si vous protégez ma fille. »

Ses doigts étreignirent la menotte fragile. Elles se tenaient toutes les deux au bord du toit. Le porche semblait intact. Si elles arrivaient à sauter à terre, elles seraient sauvées.

Blythe lança un regard circulaire : pas de gouttière, aucun arbre à proximité. Rien pour s'accrocher. De l'autre côté du porche, il y avait bien deux ou trois arbres, mais pour les atteindre, il faudrait escalader le toit avant de redescendre l'autre pente.

— Viens, Maddie ! dit-elle en resserrant son étreinte.

— Où, maman ?

— De l'autre côté.

La fillette secoua la tête. Des larmes mouillaient ses joues.

— Non, maman : j'ai peur !

« Moi aussi, mon bébé. »

— Je te tiens et je ne te lâcherai pas. Ça va aller, trésor, je te le promets !

Bien qu'elle dût se pencher pour affermir sa prise sur le poignet mince de sa fille, elle atteignit le sommet avec une facilité relative, en se retenant aux ardoises de sa main libre. Mais une fois là-haut, une nouvelle difficulté lui sauta aux yeux. Comment redescendre en entraînant Maddie dans son sillage, sans glisser ?

Blythe s'assit et attira la petite fille dans ses bras en s'efforçant de lui communiquer un peu de chaleur. Maddie tremblait comme une feuille dans l'air froid, mais le seul fait de la toucher, de la réconforter, redonna à Blythe un peu d'espoir. Jusqu'alors, tout s'était bien passé, songea-t-elle avec un regain de détermination.

La pente ne paraissait pas trop abrupte, mais Blythe était pieds nus, et accompagnée d'une enfant terrorisée...

— Tu te rappelles quand papa te transportait sur son dos ?

Blythe balaya les cheveux fins du visage de Maddie en se reculant un peu pour la dévisager. La petite fille hocha la tête.

— Tu crois qu'on peut le faire ?

— Ici ?

— Tu t'accrocheras à mon cou et tu mettras tes jambes autour de ma taille. J'essaierai de sauter.

Le ronflement du brasier s'éleva dans le silence qui suivit. L'incendie avait pris de l'ampleur, et pourtant, aucune sirène de pompiers ne brisait la nuit. Pour la première fois, Blythe se dit que les secours arriveraient trop tard. Le cœur battant à tout rompre, elle passa la jambe de l'autre côté du toit. Elle était à califourchon sur l'arête aiguë, à présent. Avec d'infinies précautions, elle fit passer Maddie derrière elle.

— Allons-y ! cria-t-elle en s'efforçant de positionner l'enfant dans son dos sans pour autant lâcher son bras. Mets tes jambes autour de ma taille et accroche-toi bien !

— Non, non, je veux pas !

— Il le faut, Maddie, trancha Blythe d'une voix rude.

Elle savait que la fillette était sur le point de piquer une crise de nerfs, chose qu'elle-même ne pouvait se permettre. Elle devait la faire descendre du toit, maintenant, quitte à la lâcher de nouveau dans le vide, comme elle l'avait fait un peu plus tôt.

— Maddie, obéis !

Deux petits bras tremblants se nouèrent autour de son cou, jusqu'à l'étouffer. Elle prit les jambes de sa fille et les positionna autour de sa taille.

La chemise de flanelle entravait ses mouvements, mais elle se mit à glisser vers le bord du toit. La joue de Maddie était posée sur sa nuque, et elle sentait ses larmes, mais elle ne s'arrêta pas. Elle aurait tout le temps de la consoler, après.

Elle traversa le toit sur les genoux et sur les paumes, l'enfant sur son dos. Arrivée à destination, elle eut une nouvelle déception. Les arbres étaient trop loin. Impossible de s'accrocher à l'une des branches rugueuses.

Elle baissa les yeux vers le sol. Si elle laissait tomber Maddie de cette hauteur, la fillette atterrirait en douceur sur le gazon. A condition d'éviter la clôture, dont les pieux de bois pointaient, menaçants.

Le sol ! Le tapis de feuilles mortes et les herbes hautes offraient une piste d'atterrissage possible. De toute façon, elle n'avait pas le choix. A présent, les flammes jaillissaient de la fenêtre brisée. Dans quelques minutes, l'incendie aurait consumé la maison, tout comme le porche.

Blythe saisit les mains de Maddie.

— Je vais te faire glisser tout doucement, comme tout à l'heure.

— Oh non ! maman, non ! Je veux pas ! cria l'enfant d'une voix stridente.

Elle n'avait guère le temps de parlementer. Tirant sur ses poignets, elle parvint à se libérer, mais les jambes de la petite fille se resserrèrent aussitôt autour de sa taille.

— Maddie, lâche-moi ! Ecoute-moi !

Un long gémissement lui répondit. La petite fille se cramponnait à elle de toutes ses forces.

— Regarde le feu ! reprit Blythe, implacable. Il faut sauter, maintenant. Le toit va s'écrouler d'une minute à l'autre, bon sang !

Tirant de nouveau sur les poignets de l'enfant, elle réussit à briser l'étreinte. Elle ne donna pas à Maddie l'occasion de se plaindre. C'était une question de vie ou de mort.

Blythe essaya de décrocher la fillette de son dos. Peine perdue. Maddie serrait les jambes de toutes ses forces en sanglotant.

La jeune femme redoubla d'efforts : elle fit basculer l'enfant en avant, défit le nœud des jambes tremblantes.

Mais dès qu'elle prit conscience de ce qui l'attendait, Maddie se remit à grimper sur le toit. Blythe se retourna, le bras tendu vers sa fille. Son pied dérapa sur les ardoises. Elle oscilla dangereusement en arrière, dégringola jusqu'au rebord. Elle lâcha prise et se jeta sur le ventre, s'efforçant d'arrêter sa chute, après quoi elle se mit à ramper prudemment vers le sommet. Sa respiration était saccadée et lorsqu'elle reprit ses esprits, elle releva la tête à la recherche de la fillette.

Maddie était assise au milieu de la pente, les genoux repliés, les bras autour de ses jambes. Blythe la regarda, consciente de la chaleur qui commençait à se répandre sous les ardoises. Le feu avait probablement atteint le porche, et si jamais les flammes passaient au travers…

— Nous devons sauter, maintenant, ma chérie. Si tu te débats, on va tomber toutes les deux.

« Ou pire. »

Naturellement, Blythe n'exprima pas ses craintes à voix haute. Elle parvint à se redresser sans perdre l'équilibre, puis allongea le bras en un geste implorant.

Pendant un long moment, il ne se passa rien. Puis la petite fille se leva enfin, et avança en crabe vers sa mère.

Blythe lui attrapa le poignet.

— Je vais te faire glisser sur le gazon. Plie les

genoux au moment d'atterrir, et n'aie pas peur. Tout va bien se passer, mon amour, je te le jure.

Elle s'attendait à une résistance, à un refus, à de nouvelles larmes, mais Maddie ébaucha un hochement de tête.

Blythe n'avait plus qu'à mettre son projet à exécution. C'était sa seule et unique chance.

Elle plaça la fillette devant elle, et la fit passer par-dessus bord, imprimant un léger balancement au petit corps qui, une fois de plus, se trouva dans le vide.

Elle fouilla la semi-obscurité pour repérer l'épais tapis de feuilles mortes, puis ferma les paupières, formulant une ultime prière, avant de laisser tomber son enfant.

Blythe rouvrit les yeux. Maddie était allongée sur le sol. Un instant après, elle se releva lentement en position assise.

— Maddie ? Est-ce que ça va ?

Une éternité s'écoula avant que la tête blonde esquisse un signe affirmatif.

Blythe étouffa un sanglot. Ce n'était pas le moment de pleurer ni même de pousser un soupir de soulagement.

— Cours ! cria-t-elle.

Malgré le clair de lune, la sombre forêt qui ceignait la propriété recelait quelque chose d'effrayant. Or, Blythe ne voulait pas prendre le risque d'envoyer

Maddie vers la route où elle ne pourrait plus la voir. Elle ne voulait pas la perdre de vue, pas une seconde, de crainte que l'enfant ne retourne à l'intérieur du pavillon pour chercher un jouet ou sa poupée.

— Cours en direction des bois ! lui cria-t-elle. Va attendre maman là-bas !

— Je ne veux pas ! Je veux t'attendre ici ! Tu m'as dit que tu allais sauter !

— C'est exactement ce que je vais faire. Je serai derrière toi, mais il faut que tu t'éloignes de l'incendie. Vas-y, mon cœur, va jusqu'à la lisière du bois !

La fillette se redressa à contrecœur et se remit sur ses pieds. Blythe lui adressa un signe d'encouragement. Sitôt que Maddie serait hors de danger, elle sauterait. Et même si elle se cassait une jambe, elle suivrait, dût-elle ramper.

— Allez, courage ! Va attendre maman devant le bois !

Tout en parlant, elle regardait l'épaisse masse de pins qui délimitait la frontière de la propriété. Quelque chose entre les arbres capta son attention. Une forme, plus sombre que les troncs, se déplaçait sur la ligne de démarcation.

La jeune femme cligna des paupières. Ça n'avait pas de sens.

Lorsqu'elle regarda de nouveau, la forme s'était fondue dans l'ombre. Et pourtant…

Un autre mouvement, au sol, lui fit baisser les yeux.

Maddie, pâle petit fantôme, traversait la pelouse et s'élançait vers la forêt. La petite fille avait suivi les instructions de sa mère et à présent, elle courait à toutes jambes vers ce… ou celui… qui semblait l'attendre, là-bas.

6.

De nouveau, Blythe scruta les arbres. Il n'y avait plus rien, à l'exception des troncs dont les silhouettes tourmentées se découpaient en noir dans la blanche clarté lunaire. La jeune femme savait pourtant qu'elle ne s'était pas trompée. Elle avait vu quelque chose. Une forme trop haute, trop volumineuse pour que ce soit un animal.

Son cœur s'emballa. Cette constatation l'horrifia tout autant que la pensée qui suivit : il fallait coûte que coûte empêcher Maddie de rejoindre cette… forme.

— Maddie ? Maddie ! hurla-t-elle.

La petite fille ne ralentit pas. Les flammes dardaient jusqu'au ciel, et leur rugissement couvrait sa voix. Blythe focalisa son attention sur l'endroit où elle avait laissé tomber sa fille. Plus vite elle sauterait de ce maudit toit, plus vite elle rattraperait Maddie.

Elle entendait un souffle monstrueux derrière elle, elle ressentait une bouffée brûlante sur son dos.

Sans réfléchir davantage, elle se releva et s'avança

jusqu'au rebord où elle se remémora tout ce qu'elle avait entendu ou lu sur les sauts dans le vide.

Pliez les genoux au moment où vos pieds heurteront la terre, faites un roulé-boulé pour amortir le choc.

Blythe fléchit les jambes, se préparant mentalement et physiquement avant de prendre son élan.

Le sol bondit vers elle à une vitesse hallucinante. Elle heurta le gazon, fit une roulade, resta un instant immobile. Elle ne ressentait aucune douleur, aucune sensation, à part le contact froid et humide de l'herbe contre son corps.

Une seconde après, la mémoire lui revint d'un seul coup : le pavillon en feu, les flammes et les gerbes d'étincelles qui partaient à l'assaut du firmament obscur, Maddie qui devait toujours courir vers ce… cette forme qui se tenait à l'orée du bois.

Blythe se redressa sur les paumes et les genoux. Alors qu'elle reportait son poids sur son pied droit pour se remettre debout, une douleur fulgurante à la cheville la tétanisa. Mais tant pis : ça ne l'arrêterait pas.

Elle se leva péniblement. La petite silhouette nimbée de la chemise de nuit blanche se détachait maintenant devant l'écran touffu des arbres. La fillette avait presque atteint sa destination. Blythe se mit à courir, elle aussi, ignorant du mieux qu'elle put la douleur qui, à présent, irradiait toute sa jambe.

— Arrête-toi, ma chérie ! Arrête-toi et tourne-toi vers maman !

Mais Maddie poursuivit sa course, allant tout droit vers la forme noire qui semblait avoir resurgi du sous-bois et qui l'attendait.

— Maddie ! Arrête-toi, Maddie !

Peine perdue. L'enfant força l'allure. La forme, en revanche, se figea pour tourner l'ombre de son visage vers Blythe.

Oh, mon Dieu, elle s'était arrêtée pour l'observer !

Sans prêter attention à sa cheville douloureuse, la jeune femme s'élança en avant. Maddie ne s'aventurerait pas dans la forêt, sûrement pas…

— Maddie !

En dépit de son handicap, Blythe gagnait du terrain, tandis que son regard fouillait frénétiquement le lacis des arbres. Elle ne voyait plus la silhouette noire mais continuait de scruter l'obscurité.

Soudain, elle trébucha, tomba, releva aussitôt la tête à la recherche de sa fille. La forme s'approchait de Maddie.

La lueur rouge de l'incendie éclairait la scène de reflets pourpres, et Blythe, en proie à l'épouvante, hurla une fois de plus le nom de son enfant.

Finalement, la petite fille se retourna et regarda dans la direction de sa mère. Elle s'était arrêtée à deux pas de la ligne des pins.

Blythe se propulsa vers elle, la gorge serrée, le cœur battant la chamade. Puis elle la saisit dans ses bras, serrant le petit corps sur sa poitrine, avant de se tourner vers la maison qui flambait comme une torche.

L'horreur connue était mille fois préférable à l'horreur inconnue qui rôdait dans la forêt.

Blythe jeta un coup d'œil par-dessus son épaule. Elle ne vit rien. La forme s'était de nouveau évanouie.

Alors, elle entendit le lointain beuglement de sirènes de pompiers, qui avait poussé la silhouette inquiétante à se fondre dans l'obscurité compacte d'où elle avait jailli.

« Enfin ! Dieu merci ! »

Le temps qu'elle atteigne l'allée gravillonnée sur le devant du pavillon presque entièrement consumé, le premier fourgon de pompiers arriva, gyrophare allumé, sirène hurlante.

Quand le véhicule du shérif apparut, environ vingt minutes plus tard, Blythe était assise à l'arrière d'une ambulance. Quelqu'un lui avait jeté une couverture sur les épaules — elle ne se rappelait plus qui ni quand exactement.

Peut-être pendant qu'ils examinaient Maddie. Ou pendant qu'un jeune infirmier en blouse blanche palpait sa cheville enflée et déclarait qu'il n'y avait probablement rien de cassé mais qu'il serait plus prudent de passer une radio.

Désormais, Maddie était sur ses genoux et lui enlaçait le cou de ses bras fluets, la joue posée sur sa poitrine. L'activité ambiante ne lui fit pas lever la tête une seule fois. Malgré la couverture qui les recouvrait toutes les deux, des frissons incontrôlables parcouraient périodiquement le corps de Maddie. Oh ! pas à cause du froid, bien qu'il fût mordant ! C'était la peur, le résultat du stress incommensurable qu'elle avait enduré.

Blythe la serra dans ses bras en se disant que, sitôt qu'elles seraient chez Ruth, son état s'améliorerait.

L'important, c'était qu'elles soient là, toutes les deux, miraculeusement indemnes, devant la carcasse fumante de la maison dans laquelle elles dormaient quand l'incendie s'était déclaré.

« Merci, mon Dieu ! »

Le claquement d'une portière la fit sursauter. Cade Jackson se dirigea vers elle. L'ombre du Stetson dissimulait son visage, mais elle aurait reconnu sa démarche athlétique n'importe où, dans n'importe quelles circonstances.

Elle ne s'attendait pas à ce qu'il se déplace. Pourtant, il était le shérif de ce comté. Tout ce qui se passait ici tombait sous sa juridiction.

Il s'arrêta sur le sentier pour s'adresser à un pompier. Celui-ci pointa le doigt vers la camionnette qui abritait les deux rescapées, garée dans la cour arrière, loin des restes calcinés du pavillon.

Cade remercia l'homme et le salua en touchant le bord de son chapeau — un geste qui aurait pu paraître ridicule à d'autres mais qui eut le don de toucher la jeune femme. Crenshaw appartenait à cette catégorie de bourgades figées dans le temps où politesse et courtoisie avaient toujours cours, et cela plaisait à Blythe.

Elle le regarda s'approcher, et pensa qu'elle n'avait guère eu le temps de se préparer à affronter les questions qu'il lui poserait. Pour l'instant, elle ne voulait pas y songer. Pas avant d'avoir trouvé une explication plausible aux événements de la nuit. La peur la taraudait toujours au souvenir de la forme qu'elle avait aperçue dans le sous-bois, mais elle hésitait à en parler, de peur que Cade ne la prenne pour une folle.

— Madame Wyndham ?

Il toucha de nouveau le bord de son chapeau.

Blythe cligna des yeux pour refouler ses larmes.

— Est-ce que ça va ? lui demanda-t-il.

Sa voix profonde, très concernée, la réconforta quelque peu.

— Nous sommes vivantes. C'est l'essentiel. Le reste ne compte pas.

— Oui, Dieu soit loué ! Avez-vous une idée de ce qui a pu se passer ?

— Le détecteur de fumée m'a réveillée. J'ai couru dans la chambre de Maddie, mais quand nous sommes ressorties, le palier était la proie des flammes. Je…

Sa phrase resta en suspens, comme si elle avait conscience d'avoir commis une faute.

— J'aurais dû installer une deuxième alarme dans la cuisine, mais…

Elle se tut une nouvelle fois, terrassée par la culpabilité, le sentiment de n'avoir pas tout fait pour protéger sa fille.

— Donc, le feu avait déjà gagné l'escalier quand la sirène s'est déclenchée ?

— Je… ne sais pas. Il y avait de la fumée sur le palier. Je suis allée chercher Maddie et, en ressortant, j'ai aperçu les flammes.

Blythe déglutit, submergée par une terreur rétrospective.

— Qu'avez-vous fait, alors ?

— J'ai brisé une fenêtre et j'ai fait tomber Maddie sur le toit du porche.

Une lueur de surprise passa dans les yeux de Cade.

— Il n'y avait pas… d'autre issue, expliqua-t-elle. Pas moyen de descendre au rez-de-chaussée. Je n'ai même pas essayé.

— Vous avez bien fait. Que s'est-il passé ensuite ?

— J'ai escaladé la fenêtre, moi aussi. J'ai fait descendre Maddie du toit et…

— Vous l'avez suivie.

Elle inclina la tête.

— Avez-vous une idée de la façon dont le sinistre s'est déclaré ? Auriez-vous oublié une bouilloire sur le feu, allumé des bougies avant de monter vous coucher ?

— Non, non, pas de bougies. Aucune flamme. Le chauffage est au gaz mais, non, je ne crois pas. Nous n'avons jamais eu de problème.

— Eh bien, les pompiers vérifieront. Je leur rapporterai vos propos.

Il leva la main pour saluer, suspendit son geste, puis caressa gentiment la joue de Maddie.

La petite fille ne réagit pas.

Les yeux aigue-marine se reportèrent sur Blythe.

— Est-ce qu'elle va bien ?

— Physiquement, oui.

— Les enfants récupèrent plus vite que les adultes. Vous serez surprise.

Blythe soutint son regard. Il ne pouvait pas savoir tout ce que la petite fille avait déjà subi. La mort de son père, le déménagement, les cauchemars, et maintenant l'incendie.

Cade hocha la tête, puis s'apprêta à rejoindre les pompiers devant les ruines noircies. A peine avait-il fait trois pas que les mots si longtemps retenus jaillirent soudain des lèvres de Blythe.

— Il y avait quelqu'un dans les bois.

Cade se retourna. Son regard balaya un instant la masse infiniment sombre de la forêt avant de se poser sur la jeune femme.

— Quelqu'un ?

— Une forme… Trop grande pour que ce soit un animal, comprenez-vous ? Je crois… je suis sûre que c'était un homme. Il se tenait à l'orée du bois et il regardait la maison.

— Un homme ? En êtes-vous sûre ?

Elle s'accorda une seconde de réflexion.

— Je ne saurais pas le dire. Je n'ai aperçu qu'une silhouette. J'en ai conclu qu'il s'agissait d'un homme. Il se déplaçait entre les arbres, et c'est comme ça qu'il a attiré mon attention.

— Comment savez-vous que cet individu regardait la maison ?

Elle n'en savait rien, bien sûr.

— C'est… ce qu'il m'a semblé, murmura-t-elle.

— Mais si un homme s'était trouvé là, il ne se serait pas contenté de contempler la maison en flammes ! fit remarquer Cade. Il aurait averti les autorités, vous ne croyez pas ?

Certes. Blythe haussa les épaules. Là-dessus, son opinion était faite, et rien ne pourrait lui faire changer d'avis.

— Il… n'était pas là pour nous aider, souffla-t-elle. Après avoir fait descendre Maddie du toit, je lui ai dit de courir vers le bois pour s'éloigner de l'incendie. J'ai jeté un coup d'œil en direction des arbres afin d'évaluer la distance et il… il était là-bas.

— En train d'observer Maddie ?

Blythe se concentra sur ses souvenirs.

— Je… je ne sais pas. Il était là-bas, répéta-t-elle.

— Mais pourquoi, à votre avis ?

La jeune femme secoua la tête — un mouvement infime.

— Je l'ignore, répondit-elle. Tout ce que je sais, c'est qu'il regardait ma maison brûler.

Elle perçut une pointe d'hystérie dans sa propre voix, et se tut, mal à l'aise.

— Dans ce cas, nous trouverons sûrement des empreintes de pas, dit Cade. Avec les pluies des derniers jours, le sol est détrempé.

Blythe ne décela pas une once de scepticisme dans la voix du shérif. Il ne semblait pas réellement conscient de son état émotionnel.

— Mais il faudra attendre jusqu'au matin, poursuivit-il. Je ne veux pas que mes hommes aillent fouiller le sous-bois avec des lampes électriques. Cela risquerait de brouiller les pistes.

— Merci.

Le fait qu'il l'ait crue sur parole lui apportait un immense réconfort, et elle n'était pas sûre de lui avoir suffisamment exprimé sa reconnaissance.

— Nous allons sécuriser la propriété, ajouta-t-il. Ensuite, je vous conduirai à l'hôpital. A moins que vous ne préfériez y aller en ambulance.

— Oh ! je n'irai pas ! D'après l'infirmier qui m'a

examinée, je n'ai rien de cassé. Juste une cheville foulée. Sinon, je l'aurais senti.

— L'adrénaline peut masquer la douleur.

Il parlait en connaissance de cause.

— Mieux vaut voir un médecin, déclara-t-il.

— J'irai demain matin, je vous le promets. Pour l'instant, je voudrais aller chez ma grand-mère. Maddie est fatiguée : il faut la mettre au lit.

Cade parut hésiter un instant. Il jeta un regard alentour, probablement à la recherche de quelqu'un qui pourrait les conduire chez Ruth. Puis ses yeux revinrent se poser sur la fillette qui somnolait dans les bras de sa mère.

— Je vous y emmène.

— Vous êtes sûr ?

— Doug me remplacera sur le terrain. De toute façon, on ne peut pas faire grand-chose avant demain matin et par ailleurs, il faudra que je repasse au bureau, afin de contacter le service d'incendie de l'Etat.

— Le service…

— Etant donné que quelqu'un rôdait dans les bois au moment où votre maison a pris feu, il faudra ouvrir une enquête. Et en cas d'incendie volontaire, les recherches seront menées par les fonctionnaires de l'Etat.

Un incendie volontaire ? Elle n'y avait pas songé, malgré la silhouette qu'elle avait aperçue dans la nuit.

L'idée que quelqu'un ait pu allumer délibérément le feu, ici, à Crenshaw, ne lui avait pas traversé l'esprit.

Blythe réprima un frisson.

— Vous croyez que…

— C'est une possibilité que nous ne pouvons pas négliger.

— Est-ce que ça va ? Vous avez assez chaud ?

Cade jeta un regard par-dessus son épaule, vers la banquette arrière de son véhicule de patrouille.

— Oui, tout va bien.

Peut-être avait-il raison sur les effets de l'adrénaline car, malgré la couverture, elle ne parvenait plus à contrôler ses tremblements. Même la douce chaleur qui émanait du corps de Maddie, blottie tout contre elle, n'avait pas réussi à l'apaiser.

Blythe détestait l'idée de réveiller sa grand-mère. Un mince filet de lumière jaune à l'horizon annonçait l'aurore, et elle calcula que lorsqu'ils auraient parcouru les quelque huit kilomètres qui les séparaient de la demeure de Ruth Mitchell, Delores aurait peut-être commencé à préparer le petit déjeuner.

— Voulez-vous que je lui passe un coup de fil ? proposa Cade.

— Je vous demande pardon ?

— Voulez-vous que j'appelle votre grand-mère pour l'avertir que nous arrivons ?

La proposition était tentante mais d'un autre côté, la nouvelle risquait de bouleverser la vieille dame.

— Elle n'est pas encore levée, répondit Blythe. Laissez-la dormir le plus longtemps possible.

Ruth risquait de mal réagir à l'annonce de l'incendie.

Elle et Maddie avaient tout perdu dans le sinistre, jusqu'à leurs vêtements. Le peu que Blythe avait sauvegardé de l'assurance-vie de John avait fondu dans le déménagement. Qu'elle le veuille ou non, elles ne pouvaient plus compter que sur l'hospitalité de Ruth, du moins pendant un certain temps.

Blythe ne doutait pas que la vieille dame allait les recueillir sans la moindre réticence. Le refus de sa petite-fille de venir habiter chez elle l'avait froissée et, à présent, Blythe n'avait plus le choix. Par la force des choses, elle allait se retrouver dans la vaste et confortable demeure où elle avait grandi. Ruth les dorloterait pendant que Delores les nourrirait et s'occuperait de leur bien-être… tout ce que Blythe avait tenté d'éviter, de crainte que le cocon familial ne la replonge dans l'inertie qui l'avait assaillie après la mort de John.

Elle était revenue à Crenshaw, résolue à prendre en main son destin, à se faire une place au soleil. Le projet de se remettre à écrire avait généré chez elle une délicieuse excitation. Elle s'était surprise à rêver de gagner sa vie comme reporter.

— C'est là que vous avez pris la décision de raconter l'histoire de Sarah Comstock ?

La question de Cade s'accordait si parfaitement à ses réflexions qu'elle tressaillit. A moins qu'il soit médium, il était impossible de savoir à quoi elle pensait.

— Pardon ?

— C'est ce pavillon qui vous a inspiré l'idée de cet article sur l'affaire Comstock ?

Blythe fronça les sourcils.

— Que voulez-vous dire ?

— Ce n'est pas ça, alors ? Quand vous êtes passée au poste de police, je me suis dit que c'était à cause de cette maison.

— La maison qui a brûlé ? Mais non, pourquoi…

Une sombre prémonition lui coupa le souffle. Si Cade insinuait qu'il existait un lien entre le pavillon et la petite fille assassinée, alors cela expliquait tout, bien sûr…

Blythe sentait son cœur battre à toute allure et, malgré le froid, une goutte de sueur perla à son front. Seigneur ! Etait-il possible qu'il y ait un lien quelconque entre les morts et les vivants ?

De toutes ses forces, Blythe se refusait à y croire. Et pourtant…

— D'après ce que vous disiez l'autre jour, j'ai pensé que vous saviez, dit Cade. Audra Wright a grandi dans le pavillon que vous avez loué. Et elle y est restée jusqu'à son mariage avec Abel Comstock. La vieille Mme Wright y a vécu, quant à elle, jusqu'à sa mort.

— Audra Comstock, répéta Blythe.

Elle commençait à comprendre.

— Oui, la mère de Sarah.

Et la vieille Mme Wright à laquelle Cade venait de faire allusion n'était autre que la grand-mère de la fillette assassinée !

Blythe songea à la puissance d'un tel lien de parenté. Un lien indestructible, surtout dans cette bourgade où la famille comptait par-dessus tout.

Ainsi, pendant deux mois, elle avait vécu avec Maddie dans la maison de la grand-mère de Sarah. La maison qui n'était plus qu'un tas de cendres.

7.

Le jour venait de poindre lorsqu'ils arrivèrent à destination, mais Blythe s'était trompée. La voiture de Delores ne se trouvait pas dans l'allée, et aucune lumière ne brillait aux fenêtres.

— Apparemment, Mme Ruth n'est pas levée.

Le commentaire de Cade corrobora son impression. Blythe pencha le buste en avant pour contempler le bâtiment obscur à travers le pare-brise.

— Quelle heure est-il ?

— Un peu moins de 5 heures du matin.

— Delores ne devrait pas tarder.

Un silence s'ensuivit pendant lequel elle pensa que Cade avait sûrement d'autres chats à fouetter.

Par exemple, appeler le service d'incendie.

— Laissez-nous, dit-elle. Nous attendrons sous la véranda. Grand-mère sera debout dans quelques minutes. Elle descend toujours pour déverrouiller la porte.

Autrefois, la mère de Blythe avait voulu donner une clé à la gouvernante, « au cas où », comme elle disait. Mais Ruth et Delores s'y étaient fermement opposées. La tradition exigeait que la maîtresse de maison conserve le trousseau de clés et, à partir de là, aucun changement ne paraissait possible.

— Je préfère que vous restiez dans la voiture, si ça ne vous ennuie pas, objecta Cade.

— Pourquoi ?

La jeune femme avait déjà saisi la poignée de la portière.

— Parce que j'ignore ce qui s'est passé chez vous, cette nuit. Jusqu'à ce que l'enquête aboutisse, j'ai l'intention de veiller à votre protection.

Etaient-elles en danger ? Malgré l'inquiétante silhouette dans les bois et l'allusion de Cade à un incendie criminel, l'idée n'avait pas encore traversé l'esprit de Blythe. Suggérait-il que l'homme qu'elle avait aperçu dans le sous-bois avait pu les prendre en filature ? Pour quoi faire ? Pour les attaquer alors qu'elles attendraient Ruth, assises tranquillement sur la balancelle du porche ? C'était tout simplement grotesque.

« Pas plus grotesque que s'il a mis le feu et qu'il a ensuite regardé brûler le pavillon. »

— Vous... croyez qu'il a pu nous suivre jusqu'ici ?

— Personne ne nous a suivis, je peux vous le promettre. Mais dans le doute, je préfère m'assurer que vous êtes en sécurité.

Blythe acquiesça d'un signe de tête. Puis elle relâcha la poignée, et entoura de son bras les épaules de Maddie. Celle-ci n'avait pas bougé depuis qu'elles étaient montées en voiture. Peut-être s'était-elle assoupie ?

L'espace d'une seconde, la jeune femme revit la longue main bronzée de Cade sur la rivière de cheveux blonds de sa petite fille.

A ce moment-là, un double pinceau de phares perça la pénombre grise, et Blythe reconnut le bourdonnement de l'antique Nova cabossée.

Delores contourna prudemment le véhicule de patrouille et se gara à sa place habituelle, sur le côté de la vieille demeure. A peine avait-elle coupé le contact qu'elle jaillit hors de la voiture. Cade était déjà sorti et il allait à sa rencontre. Après une brève discussion, la gouvernante se tourna vers la voiture, les yeux arrondis.

— Dieu du ciel, qu'est-ce que vous faites là ? s'écria-t-elle, penchée vers la portière ouverte.

Blythe se voulut rassurante.

— Tout va bien, Delores. Nous voulons juste rester chez grand-mère pendant quelque temps.

Le regard acéré de la gouvernante se reporta sur Cade.

— Un incendie…, commença-t-il en guise d'explication.

— Comment ça, un incendie ? coupa-t-elle, affolée. Votre pavillon a brûlé, mademoiselle Blythe ?

— De fond en comble, répondit la jeune femme, mettant pour la première fois des mots sur le drame qui venait de se produire. Il ne reste plus rien.

— Mais si, il reste quelque chose ! Votre grand-mère et moi. Et nous allons prendre soin de vous et de votre joli petit ange. Aidez-les donc à descendre de voiture, monsieur Cade. Je vais sonner chez Mme Ruth. Quelque chose me disait qu'aujourd'hui, il fallait que je vienne plus tôt que d'habitude. Ah ! je le savais ! Je le sentais dans toutes les fibres de mon corps.

Ce disant, elle s'élança vers le perron et grimpa précipitamment les marches.

Cade retourna vers la voiture.

— Vous avez entendu les instructions, dit-il avec un vague sourire. Je dois vous aider. Voulez-vous que je porte la petite ?

— Non, je vais le faire. Je crois qu'elle dort.

— Attendez un instant : je vais vous ouvrir.

Il ferma la portière côté conducteur, contourna le véhicule de patrouille, ouvrit la portière arrière, tendit la main.

Blythe se faufila hors de la voiture en faisant attention à ne pas réveiller Maddie. Là, elle se figea une seconde, indécise. Elle éprouvait une étrange réticence à saisir la main de Cade. Exactement comme la première fois…

Enfin, elle se décida, et posa la main droite dans celle du shérif. Il la tira hors du véhicule, et elle sentit la couverture glisser sur ses épaules.

Elle boitilla en direction de la vieille maison. Sa cheville enflée l'élançait cruellement. Cade ramassa la couverture et la lui remit sur les épaules au moment où le lourd battant pivotait sur ses gonds.

Ruth Mitchell apparut dans l'embrasure de la porte. Elle allait s'effacer pour laisser passer Delores lorsqu'elle aperçut les trois autres qui suivaient.

— Seigneur Dieu ! Qu'est-ce qui est arrivé ?

La grand-mère de Blythe repoussa la gouvernante pour s'avancer vers ses visiteurs impromptus.

— Tout va bien, affirma Blythe d'un ton rassurant.

— Que s'est-il passé ?

— Un incendie, répondit Cade.

La scène se répétait, comme avec Delores.

— Tout est parti en fumée, grand-mère. Nous avons tout perdu.

— Oh, mon Dieu ! Entrez, entrez donc ! Vous êtes en bonne santé et c'est tout ce qui compte. Selon la Bible, les biens matériels importent peu. Delores, occupez-vous de la petite ! Et toi, Blythe Mitchell, tu vas me faire le plaisir d'oublier ce malheureux incident et d'aller te reposer !

La jeune femme claudiqua vers l'escalier. Les doigts de Cade se serrèrent sur son coude — un geste de politesse, comme celui de saluer en effleurant le bord de son chapeau. Cela faisait partie de son éducation, mais Blythe ne put s'empêcher d'apprécier la chaleur de sa paume. Presque instinctivement, elle se tourna vers lui. Les yeux aigue-marine la considéraient avec une expression concernée. Une sorte de pulsion inconsciente fit naître un frisson dans le bas-ventre de Blythe — une sensation inattendue qui la poussa à détourner vivement la tête et à se focaliser sur sa grand-mère et sur la porte ouverte.

Une fois à l'abri, elle prendrait le temps d'analyser cette espèce de réponse physique que le moindre contact avec Cade Jackson générait dans ses veines. Une réminiscence de ses fantasmes d'adolescente ? La soudaine conscience que son corps était toujours vivant ? La réaction normale d'une jeune femme adulte tourmentée par sa libido ?

— Venez donc, Cade ! Une tasse de café vous requinquera. Delores a déjà mis le pot sur la plaque chauffante.

— Non, merci, madame Ruth. J'adore le café de Delores, mais je n'ai pas le temps. J'ai des démarches à faire concernant l'incendie.

Blythe relâcha le souffle qu'elle avait retenu sans s'en rendre compte. Afin de cacher sa réaction, elle baissa la tête, et souleva la fillette endormie.

— J'ai des gobelets en plastique, dit Ruth. Vous

en emporterez un avec vous… Et pas d'objection, d'accord ?

Ruth Mitchell ne renonçait jamais à un projet qui lui tenait à cœur.

— Bon, vite alors, dit Cade, se pliant avec grâce à la volonté de fer de la maîtresse de maison.

Ils étaient devant la porte, à présent. Cade s'écarta courtoisement, laissant Blythe entrer avant de la suivre dans le vestibule sombre. Ruth referma le battant, remonta le col de sa robe de chambre, puis leur emboîta le pas.

— Je vais coucher Maddie, déclara Blythe, résolue à écourter ce pénible face-à-face avec Cade. Quelle chambre pouvons-nous prendre ?

— Mais celle que tu veux, ma chérie ! Elles sont toutes prêtes.

Les nombreuses chambres du premier étaient toujours prêtes, Blythe le savait. Epoussetées, astiquées, les meubles cirés et les lits tendus de draps qui embaumaient la lavande.

La jeune femme se demanda si Delores continuait à changer les draps tous les mardis, comme à l'époque où elle était petite. Probablement que oui, compte tenu qu'ici, le temps semblait s'être figé.

— Laissez-moi la porter.

La proposition de Cade l'arrêta net au pied de l'escalier. Etroites et profondes, les marches avaient été lustrées par d'innombrables montées et descentes durant le dernier siècle. Transporter Maddie là-haut relevait de l'exploit, surtout avec une cheville endolorie.

Cade lui prit la fillette sans attendre sa réponse. Une fois de plus, elle eut profondément conscience de sa proximité. Ce matin, une odeur de fumée s'accrochait à ses vêtements à la place du parfum de linge propre qu'elle avait remarqué précédemment. Cette comparaison éveilla dans son esprit la question qu'elle s'était posée la première fois où elle l'avait revu. Elle ignorait toujours s'il vivait seul…

Il la frôla involontairement en soulevant la petite fille et, de nouveau, la réaction physique survint : chaleur, frissons, une secousse délicieuse. Elle recula d'un pas, étonnée.

Maddie avait posé la tête sur l'épaule solide de Cade. Ses paupières papillotèrent, et elle rouvrit les yeux. Elle ne dormait pas et pourtant, elle n'avait émis aucune protestation au moment où un étranger l'avait prise dans ses bras. Mais elle était épuisée et traumatisée, se dit Blythe.

Et qui ne le serait pas ?

— Maman ?

— J'arrive, mon cœur. Je vais te border dans ton lit.

« Mon Dieu, je vous en prie, pas de cauchemars ! » Cette longue nuit de terreur suffisait amplement.

— On va vivre ici maintenant, maman ?

— Pendant quelque temps, répondit Blythe en gravissant laborieusement les marches derrière Cade.

« Jusqu'à ce que je trouve un autre endroit. »

Cade émergea sur le perron en bois et referma la porte. Le gobelet de café promis par Ruth lui réchauffait les paumes — une agréable sensation par rapport au froid mordant de l'aube.

Blythe Mitchell.

En apercevant sa petite fille, il avait soudain fait le rapprochement avec la gamine qui se tenait toujours à l'écart de ses camarades. Tout ce qu'il se rappelait, c'était ses longs cheveux raides d'un blond pâle, ses grands yeux bleus, ses traits délicats dont sa fille avait hérité.

Une ou deux fois, à l'école, il lui avait semblé qu'elle l'épiait, mais il n'y avait prêté qu'une attention relative. A l'époque, elle devait avoir... quoi ? Cinq ou six ans de moins que lui. Trop jeune pour qu'il la trouve attirante.

Mais c'était tout à fait différent, aujourd'hui.

Au fil des ans, les cheveux de Blythe avaient pris une couleur de miel. Il se demanda si les reflets dorés étaient naturels. Non que cela lui importât. Sa nouvelle coiffure lui allait à ravir. Et le léger maquillage qu'elle portait le jour où elle était passée à son bureau rehaussait merveilleusement sa peau laiteuse. Mais sans maquillage du tout, comme ce matin, elle était tout aussi jolie.

« Si tu comptes passer la journée à t'extasier sur la bonne mine de Blythe Mitchell, tu ferais mieux de changer de job », se dit-il.

Difficile de ne pas y penser ! Quand la jeune femme était revenue à Crenshaw, deux mois auparavant, les commérages étaient allés bon train. A propos de la mort de son mari. De sa fille. De son refus d'habiter chez Ruth.

Il descendit les marches du perron, leva les yeux au ciel. Le temps qu'il retourne sur les lieux du sinistre, il ferait jour. Et si Doug avait suivi ses instructions, il serait à même d'examiner le sous-bois où Blythe avait prétendu avoir vu un homme, un inconnu qui regardait la maison brûler.

Le pavillon avait été réduit en cendres. Elle avait dû braver les flammes pour sauver son enfant. La peur, l'angoisse, l'émotion peuvent vous jouer des tours, songea-t-il d'un air taciturne. Il se remémora l'expression de ses yeux et retint un juron. Il aurait voulu effacer à jamais cette terreur muette.

Il ouvrit la portière, s'assit derrière le volant, glissa le gobelet en plastique dans le porte-verre métallique vissé sur le tableau de bord. Avant de mettre le contact, il s'adossa au siège et s'efforça de résumer les événements de la nuit. Mais il ne vit que deux yeux bleus plantés dans les siens.

« Il y avait quelqu'un là-bas. Il se tenait à la lisière du bois. »

Si c'était vrai, il allait trouver des traces. Des empreintes de pas. Des indices susceptibles d'étayer ce témoignage.

Sinon ?

Sinon, il faudrait en conclure qu'il s'agissait d'une hallucination générée par le stress.

Il l'avait crue, pourtant. Aussi incroyable que cela puisse paraître, il croyait dur comme fer qu'un homme rôdait dans la forêt, derrière la maison qui avait brûlé, et que cet homme regardait les flammes. Si ses soupçons s'avéraient, cela donnerait un tout autre sens à l'affaire.

Ignorant le café qui refroidissait, il saisit l'émetteur radio et pressa le bouton d'appel. Quand Logan Medders répondit, il lança :

— Contactez le service d'incendie et demandez-leur d'envoyer un enquêteur à la propriété Wright.

— Vous pensez qu'il s'agit d'un incendie criminel ?

La surprise perçait dans la voix de Logan.

— C'est possible. En tout cas, il faut qu'ils vérifient.

— Ils ne vont pas aimer ça, dit Logan avec un rire.

— Non ? Eh bien, je ne suis pas particulièrement indulgent pour les individus qui foutent le feu dans une baraque avec une famille à l'intérieur. Je veux savoir ce qui s'est vraiment passé, Logan.

— D'accord, d'accord. Vous revenez au bureau ?

— Non. Je retourne sur les lieux. Je serai là-bas, si vous avez besoin de moi.

Il éteignit la radio et la reposa sur son support, sans donner à son correspondant l'occasion de répondre. Ensuite, il toucha du bout des doigts la clé de contact. Au lieu de faire démarrer la voiture, il resta un moment dans l'habitacle noyé dans la pénombre, à penser à la femme qu'il venait de raccompagner chez sa grand-mère. Avec sa chance habituelle, il ne la reverrait pas. D'après les rumeurs, Blythe Mitchell ne risquait pas de dénicher un job quelconque en ville. Et à la suite de ce sinistre, il y avait de fortes chances qu'elle reparte dans le Nord… Une initiative qui lui apporterait la paix de l'esprit, reconnut Cade à contrecœur.

Il tourna la clé avec une force inutile. Le moteur se mit en route, mais avant de passer la première, il jeta un regard vers l'étage où il avait transporté la petite Maddie. Blythe devait être en train de la coucher. Sans doute lui chantonnait-elle une berceuse en lui caressant les cheveux pour l'apaiser. Elles seraient en sécurité chez Mme Ruth, se dit-il avec un regain d'énergie. Et tant que Blythe resterait à Davis County, il ne permettrait pas qu'il lui arrive quoi que ce soit.

8.

Blythe s'immobilisa sur le seuil de la cuisine. Assises à la table ovale, mains jointes et têtes baissées, sa grand-mère et Delores se concentraient sur une Bible ouverte devant elles.

La jeune femme se demanda si elles récitaient leurs prières matinales ou si les événements de la nuit avaient suscité ce surplus de dévotion.

Elle se rappela sa promesse au Tout-Puissant de prier davantage, tandis qu'elle essayait d'arracher Maddie aux flammes. Un vœu vite oublié, reconnut-elle, dépitée. La preuve que le vieil adage « chassez le naturel, il revient au galop » était fondé.

— Amen, murmura Ruth.

Elle serra doucement les doigts de la gouvernante emmêlés aux siens, puis les relâcha.

Delores leva les yeux sur Blythe.

— Vous avez mis le petit ange au lit ?

— Oui, elle s'est endormie, finalement. Dites, je prendrais bien un peu de café, s'il en reste.

Elle se sentit soulagée de ne pas voir Cade. Bien

sûr, il lui communiquerait les résultats de l'enquête, mais elle ne se sentait pas prête à l'affronter tout de suite.

Delores repoussa sa chaise et se leva.

— Mais oui, il en reste plein.

— Ne bougez pas, je vais le chercher.

— Oh non ! pas dans ma cuisine, miss ! Asseyez-vous près de votre mamie et laissez-moi vous servir. Je me rappelle parfaitement comment vous l'aimez : très blanc et très sucré.

Blythe, qui avait renoncé depuis longtemps au lait et au sucre, passa machinalement la langue sur ses lèvres. La réminiscence de l'épais breuvage crémeux de son enfance lui mit l'eau à la bouche. Ce genre de détail, tout comme les personnes qui habitaient ici, transformait la vieille demeure en sanctuaire.

— Merci, Delores.

Blythe tira une chaise en rotin et s'assit près de sa grand-mère. Celle-ci lui étreignit la main.

— Ne t'en fais pas, ma chérie. Il y a suffisamment de place ici pour toi et ta fille. Vous pouvez rester aussi longtemps que vous voulez.

Se penchant, la jeune femme planta un baiser sur la joue de Ruth. Sa peau fine sentait bon la lavande, comme le drap avec lequel elle avait recouvert Maddie.

— Je ne sais pas comment te remercier, grand-mère.

— Tu n'as pas à me remercier. La famille est là pour ça, et si ta maman était encore de ce monde, elle te dirait la même chose.

Une forme rare et virulente de pneumonie avait emporté la mère de Blythe, trois ans plus tôt. La mort l'avait fauchée avant même qu'elle n'éprouve les premiers symptômes de sa maladie.

Le père de Blythe avait été tué dans un accident de chasse, quand sa fille était encore bébé, après quoi Blythe et sa mère avaient trouvé refuge chez Ruth. La jeune femme n'avait gardé qu'un vague souvenir de la dépression dont souffrait sa mère, à cette époque lointaine : une sorte de mélancolie profonde dont elle ne s'était jamais vraiment remise.

« La famille est là pour ça… »

Allaient-elles reproduire le même schéma, elle et Maddie ? Blythe aurait tenté l'impossible pour conserver son indépendance mais, visiblement, le destin en avait décidé autrement. Le projet qu'elle avait si soigneusement mis au point avant son retour à Crenshaw avait été réduit à néant. Quant à cet incendie, il revêtait une allure presque bénigne, comparé aux soupçons exprimés par Cade Jackson.

— Saviez-vous que la maison que j'ai louée appartenait à la grand-mère de Sarah Comstock ?

— Oui. Eula Wright, dit Delores en posant une tasse fumante sur la table.

Sous la généreuse portion de crème, l'arôme de

chicorée était bien présent. Ignorant le regard inquisiteur de sa grand-mère, Blythe leva la tasse jusqu'à ses lèvres, et but une gorgée onctueuse.

— Sa fille a épousé ce Comstock, ajouta la gouvernante.

— Abel, précisa Ruth. On disait que c'était lui le meurtrier. Qu'il a tué sa propre fille.

— D'après la déposition de son épouse, il n'était pas sorti, cette fameuse nuit, fit remarquer Blythe en se remémorant les articles du *Herald*. Quelle femme aurait menti pour couvrir l'assassin de son enfant ?

— Bah ! Elle devait crever de trouille, marmotta Delores.

— Il la battait, expliqua Ruth. La malheureuse était couverte d'ecchymoses. Je les ai vues de mes propres yeux.

— Tu la connaissais ? demanda Blythe.

Question idiote ! A Crenshaw tout le monde se connaissait. Mais compte tenu de leur différence d'âge, elle doutait que sa grand-mère ait fréquenté Mme Comstock.

— Il m'est arrivé de la croiser. On aurait dit une petite souris, répondit Ruth. Elle n'aurait pas fait peur à un serpent ! Encore moins à Abel.

Blythe but une autre gorgée. La caféine commençait à produire son effet revigorant.

— Je n'arrive pas à croire qu'une mère soit capable

de mentir pour protéger l'homme qui a tué son enfant.

— Parce que vous n'avez jamais été battue, mademoiselle Blythe.

Delores avait raison. On ne pouvait pas se mettre à la place des autres lorsqu'on n'avait pas enduré leur calvaire.

— Est-elle toujours en vie ?

— Qui ça ? Mme Comstock ? Oh, non ! Elle a trépassé il y a… quoi, une bonne demi-douzaine d'années, maintenant. Une mauvaise grippe ou quelque chose comme ça. Pas vrai, madame Ruth ?

— Je ne sais pas. Je ne fréquentais pas ces gens-là, Delores.

Malgré sa gentillesse innée et son cœur généreux, Ruth Mitchell possédait encore l'arrogance des riches planteurs de St. Francisville. Evidemment, une Mitchell n'aurait pas pu frayer avec les Comstock : ils n'étaient pas du même monde ; ils n'avaient pas reçu la même éducation.

— Mais lui, il est vivant, leur rappela la gouvernante, ignorant royalement les réserves de sa patronne.

— Le père de Sarah ?

— Oui. Il habite toujours la même baraque délabrée.

Loin du quartier de Downtown réservé aux familles aisées, la modeste propriété des Comstock se trouvait de l'autre côté de la forêt, dans le ravin appelé Smoke

Hollow. D'après la théorie développée dans le *Herald*, le meurtrier de Sarah serait passé par là pour gagner la ville. Il aurait aperçu par les fenêtres dépourvues de rideaux les deux fillettes qui dormaient ensemble. Sauf que personne n'avait été capable d'imaginer comment il avait pu pénétrer dans la chambre pour enlever Sarah sans réveiller sa sœur.

— Et la grand-mère de Sarah ? Vous la connaissiez ?

— Eula Wright ? Une bonne chrétienne, dit Ruth. Paix à son âme. Elle était plus jeune que moi mais oui, je la connaissais.

— Etait-elle proche de Sarah ?

Ruth secoua la tête.

— Ça m'étonnerait. Eula s'était farouchement opposée au mariage de sa fille avec Abel. La pauvre femme a été obligée de baisser les bras. Abel avait obligé Audra à couper les ponts avec sa famille. Quant aux enfants… je n'en sais rien. Oh ! ils auraient eu bigrement besoin de l'affection d'une grand-mère, mais leur père devait les empêcher de voir Eula ! Les Comstock vivaient dans la misère, comme des rats.

— Il y a forcément un rapport entre Sarah et ce pavillon…

Sitôt ces mots prononcés, Blythe les regretta. Elle espérait que ses deux interlocutrices n'y avaient pas prêté attention. Mais en réalité, elles étaient trop perspicaces pour laisser passer ce commentaire.

— Pourquoi dites-vous ça, mademoiselle Blythe ?

« Parce que quelque chose — ou quelqu'un — tapait à la fenêtre tard dans la nuit, comme s'il voulait entrer. Et parce que ma fille fait des cauchemars épouvantables. »

— Je ne sais pas. Je suppose que j'ai de la peine pour cette petite fille assassinée.

— Toutes les femmes du monde auraient eu de la peine, affirma Ruth. Surtout les mères.

— Je ne crois pas que ce soit l'unique raison.

— Mademoiselle Blythe, vous avez vous-même une petite fille. Il est normal que vous soyez triste pour Sarah et sa maman.

— C'est la raison pour laquelle tu veux faire un livre là-dessus ? demanda Ruth.

— Comment ?

— Ada prétend que tu projettes d'écrire sur le meurtre de Sarah.

— Ah bon ? Quand t'a-t-elle dit ça ?

Question encore plus importante : où ? Si Ada se mettait à raconter cette histoire sur tous les toits…

— C'était pendant la réunion de notre association caritative, si j'ai bonne mémoire.

— Oui. Je crois bien qu'elle l'a dit à ce moment-là, renchérit Delores. J'avais mis le rôti au four quand vous êtes rentrée. C'était mardi dernier.

— Et… elle a dit ça devant tout le monde ?

— Ce n'est pas tout. Emma Spencer a ajouté que tu avais demandé à consulter le dossier de l'affaire et que Cade t'en avait donné l'autorisation.

Blythe n'en crut pas ses oreilles. Ce n'était sûrement pas Cade qui avait répandu cette rumeur.

Elle regarda fixement sa grand-mère.

— Le fils d'Emma Spencer ne s'appellerait pas Jarrod, par hasard ?

— Si. Il travaille au bureau du shérif. Il n'est pas encore policier : juste stagiaire.

Blythe ne répondit rien. Son esprit vagabondait ailleurs. Il existait sûrement un lien entre tous ces événements sans rapport apparent. Entre la mort atroce de Sarah et le pavillon de sa grand-mère. Entre les bruits bizarres à la fenêtre et les cauchemars de Maddie. Entre les commérages d'Ada et…

Quoi, l'incendie ? Oh ! Mon Dieu, était-il possible que…

— Il y avait quelqu'un là-bas, hier soir, dit Blythe doucement.

Le besoin de partager le fardeau la taraudait. N'importe qui l'aurait taxée de démence, sauf ces deux femmes.

— Quelqu'un ? répéta sa grand-mère d'une voix aiguë.

— Il se tenait à l'orée de la forêt. Je l'ai vu.

— Derrière la propriété ? demanda Delores.

Blythe hocha la tête.

— Vous l'aviez déjà vu auparavant ?

— Oh non : c'était… juste une silhouette. Une forme. Mais… si Ada raconte partout que je vais écrire un livre sur le meurtre, que je compte mener une enquête ou Dieu sait quoi, alors il se pourrait…

Elle ne se rappelait que trop bien comment fonctionnent les petites sociétés. Comment tout ce qui sort de l'ordinaire met les esprits en ébullition. Et les cancans se propagent à la vitesse de l'éclair.

— Ce n'est pas ce que tu lui as dit ? demanda Ruth.

— Non ! Bien sûr que non ! J'ai simplement parlé des articles que j'avais écrits. Et j'ai ajouté que j'avais envie d'en écrire d'autres.

C'était Ada qui lui avait rappelé le meurtre de la petite Sarah. Ada qui avait suggéré que les affaires non classées passionnaient les lecteurs et que de tels récits rapportaient des mille et des cents. Ada encore qui avait imaginé que Blythe effectuait des recherches sur ce crime. Et ensuite, sa visite au poste de police n'avait fait qu'alimenter les ragots.

— Tu as dû parler du meurtre, Blythe Mitchell ! Je connais Ada Pringle depuis sa prime jeunesse. Elle a beaucoup de défauts, mais ce n'est pas une menteuse.

— C'est elle qui en a parlé ! Elle m'a flanqué les volumes du *Herald* entre les mains et m'a indiqué la date. D'accord, je reconnais que je les ai parcourus. Si j'avais su comment ça se terminerait…

— Est-ce que tu insinues qu'il existe un rapport entre les bavardages d'Ada et l'incendie qui a ravagé ta maison ? s'écria Ruth. C'est une ineptie ! Nous ne sommes pas à Boston, à New York ou à Atlanta, mon chou. Ce genre de pratique n'existe pas chez nous.

— Mais c'est bien chez nous que le meurtre de Sarah a eu lieu. Et son assassin n'a jamais été arrêté. S'il a appris que j'avais l'intention d'écrire un livre sur l'affaire…

— Il a dû se dire que tu allais résoudre l'énigme et l'envoyer sous les verrous, c'est ça ?

Ruth ne pratiquait presque jamais l'ironie, mais là, sa voix était chargée de sarcasme. Comme toutes les personnes de sa génération, elle devait considérer qu'une faible femme n'avait pas à se mêler d'une affaire criminelle.

Blythe haussa le menton.

— Il n'a pas pensé que j'allais résoudre l'énigme, trancha-t-elle. Il a eu peur que mes articles attirent l'attention sur une affaire considérée comme classée. Cade Jackson pourrait parfaitement rouvrir l'enquête.

Il ne s'agissait pas d'une hypothèse. Cade lui avait avoué qu'il avait lu tous les dossiers concernant les crimes non élucidés.

— Très bien. Comment comptes-tu t'y prendre

pour obtenir des renseignements ? En feuilletant les vieux *Herald* ? Ou les dépositions datant d'un quart de siècle, alors que le meilleur shérif que nous ayons jamais eu n'a pas pu démasquer le coupable ?

Blythe soupira.

— Je n'essayais pas d'obtenir des informations. J'ai simplement suivi les conseils d'Ada Pringle et j'ai relu le compte rendu d'un crime dont je me souvenais à peine.

Elle omit de préciser que l'histoire l'avait fascinée.

— Alors, au nom du ciel, pourquoi sembles-tu croire que les commérages d'Ada ont incité quelqu'un à mettre le feu à ta maison ?

— Parce que Mlle Ada a laissé entendre que ça ne s'arrêterait pas là, répondit Delores, s'attirant ainsi un regard noir de la part de Ruth. L'important n'est pas ce que Mlle Blythe a l'intention de faire, mais le fait que quelqu'un ait cru qu'elle le ferait.

Un ange passa. Puis Ruth finit par briser le lourd silence.

— C'est insensé ! s'exclama-t-elle.

— Tout aussi insensé que le fait que quelqu'un se soit tenu dans le sous-bois pour regarder ma maison brûler, dit Blythe en soupirant de nouveau. Même Cade a eu du mal à me croire. Il a dit que ce genre de délit n'existait pas à Crenshaw.

Ruth s'accorda un instant de réflexion.

— Nonobstant l'opinion de Cade Jackson, il existe bel et bien dans la région des gens suffisamment mesquins pour agir de cette façon, lâcha-t-elle enfin.

Delores dévisagea la maîtresse de maison, ébahie.

— Madame Ruth, vous voulez dire qu'il y a dans cette ville un pervers capable de mettre le feu à une maison dans laquelle vivent une femme et son enfant ?

Si c'était le cas, on ne pouvait retenir qu'un seul mobile.

Blythe réprima un frisson.

— Nous savons déjà qu'il y a quelqu'un d'assez vicieux pour brutaliser et assassiner une petite fille innocente, rappela-t-elle doucement aux deux femmes. Un tueur qui n'a jamais été pris et qui doit continuer à vivre ici, parmi nous.

9.

Blythe ne fut pas surprise d'apprendre par sa grand-mère que le Dr Etheridge pratiquait toujours. L'homme, qui avait déjà un certain âge lorsqu'elle était enfant, avait déjà soigné les trois quarts de la population. En tout cas, il n'avait pas quitté son cabinet, se dit-elle en remontant la ruelle ombragée. Dwight Etheridge recevait ses patients dans la demeure familiale où son père et son grand-père avaient exercé la médecine avant lui.

La jeune femme sortit de sa voiture et claqua la portière. Un couple âgé, assis sur le perron d'un pavillon au coin de la rue, la salua d'un signe de la main. Elle répondit à leur salut sans savoir qui ils étaient.

— Contente de vous revoir ! cria la femme.

— Merci.

Depuis deux mois, les habitants de Crenshaw l'accueillaient avec une gentillesse constante, mais les événements de la veille avaient eu raison de son enthousiasme du début.

Elle boitilla en direction de l'imposante habitation victorienne qui se nichait au fond de l'impasse. Sa cheville avait triplé de volume, et tout en avançant vers le perron, elle se demanda si son assurance allait lui rembourser le plâtre...

Songeuse, elle s'approcha de la double porte, côté cabinet, et appuya sur la sonnette. Après une minute, elle sonna de nouveau.

— C'est la porte à côté, mon petit !

Se retournant, Blythe découvrit la femme qui l'avait saluée un instant plus tôt.

— Ah bon ?

— Dwight reçoit sur rendez-vous. Il aurait fallu l'appeler avant.

— Ma grand-mère m'a dit qu'il pratiquait toujours.

— C'est exact. Il vous examinera mais vous devez sonner à son domicile.

— Merci, murmura Blythe.

— De rien ! Passez mon bonjour à Mme Ruth.

— Je n'y manquerai pas.

La vieille dame tourna les talons pour rejoindre son mari.

Blythe claudiqua jusqu'à la porte voisine.

La sonnette égrena un chapelet de notes mélodieuses, puis le battant s'ouvrit sur l'homme qui avait soigné tous ses bobos lorsqu'elle était enfant.

— Blythe ? Blythe Mitchell ! Quelle merveilleuse

surprise ! Je savais que tu étais revenue mais je ne m'attendais pas à ce que tu me rendes visite.

— Bonjour, docteur Etheridge. Je suis revenue, oui…

— Ne reste pas plantée là, mon petit. Tu vas attraper la crève dans ce froid. Entre.

Il s'écarta pour la laisser passer, et agita la main à l'intention du couple qui s'était réinstallé sur le porche d'en face.

Quand Blythe pénétra dans le vestibule, il referma la porte.

— On ne peut pas dire qu'ils craignent le froid, déclara le vieil homme en s'engageant dans un couloir. Ces vieux chenapans sont capables de défier la mort pour m'épier.

— Ils m'ont dit que vous exerciez encore.

Le médecin se retourna pour la jauger d'un regard scrutateur.

— C'est exact, mais tu as l'air en pleine forme !

— Je me suis foulé la cheville.

Le médecin baissa les yeux sur la cheville enflée de la jeune femme.

— Si tu t'es cassé l'os, Blythe, il va falloir que tu ailles au County.

Il n'y avait qu'un seul hôpital pour toute la région, et il était situé à Dawsonville, une commune voisine.

— Je n'ai rien de cassé, affirma-t-elle. Je le sais. J'ai promis à l'infirmier de consulter, c'est tout.

— L'infirmier ?

— C'était un accident.

— Un accident de voiture ?

— Non, répondit-elle laconiquement.

Les doux yeux bruns la dévisagèrent un instant. Comme elle n'ajoutait rien, le médecin hocha la tête.

— Bon. Je vais regarder ça de plus près.

Il longea le couloir que Blythe avait traversé des centaines de fois durant son enfance. Lorsqu'il ouvrit la porte de son cabinet, un sourire nostalgique se dessina sur les lèvres de la jeune femme. Rien n'avait changé, pas même le papier peint.

— Tu connais le rituel. Grimpe sur la table d'examen.

Elle s'allongea sur la longue table recouverte de papier, et laissa errer son regard sur les objets qui l'avaient tant intriguée lorsqu'elle était petite fille.

— Montre-moi ça, dit le Dr Etheridge en s'approchant.

Il saisit délicatement le pied de Blythe pour retirer la chaussure et la chaussette. Sa cheville apparut, enflée, légèrement décolorée sur le côté.

— C'était quel genre d'accident ? Une chute ?

— En fait, j'ai sauté du toit.

— Vraiment ? Tu t'ennuyais à ce point-là ?

Blythe rit.

— Pas vraiment. Ma maison a pris feu.

Il fronça les sourcils.

— Tu as laissé le four allumé ?

— Non.

— Ta fille, alors ?

— Maddie a quatre ans. Elle est précoce, mais elle ne fait pas encore la cuisine.

— Est-ce qu'elle va bien ?

— Je crois que oui, répondit Blythe posément, afin de dissimuler son inquiétude. Elle est avec ma grand-mère.

— C'était grave ?

— Pardon ?

— L'incendie.

— Je n'y suis pas retournée. Je voulais d'abord honorer la promesse que j'ai faite à l'infirmier… J'irai jeter un coup d'œil tout à l'heure.

— D'habitude, les pompiers interviennent assez vite.

— Ça n'a pas été le cas, cette fois.

Le médecin poussa un soupir.

— J'aimerais que tu passes une radio, histoire de nous assurer que l'os n'a pas été touché. Je vais appeler l'hôpital.

— Combien ça va coûter ?

Un silence suivit, pendant lequel les yeux sombres et doux la sondèrent brièvement.

— Probablement dans les deux cents dollars, peut-être plus : ça dépendra du traitement.

— Vous voulez dire du plâtre, si c'est une fracture ?

— Plus une ou deux consultations chez un spécialiste.

Blythe inspira profondément.

— Docteur, je n'ai pas d'assurance et franchement...

— Mme Ruth se fera un plaisir de régler les honoraires d'un bon orthopédiste, déclara le médecin avec un sourire.

— Je ne veux pas abuser de la générosité de ma grand-mère. Maddie et moi allons rester chez elle pendant un temps indéterminé, et il va falloir remplacer ce que nous avons perdu dans l'incendie... Alors, si vous pouvez faire quelque chose...

Elle laissa sa phrase en suspens. Elle ne voulait surtout pas avoir l'air de demander l'aumône.

— Je veux dire que si l'os n'était pas cassé, ça m'arrangerait bien, reprit-elle.

— C'est tout vu. Je te soigne depuis que tu es haute comme trois pommes, et je sais lire entre les lignes. Tu n'as pas de couverture sociale, pas d'argent, et tu ne veux pas être redevable à ta grand-mère. Maintenant, veux-tu faire confiance à un vieux médecin de campagne ?

— A propos de ma cheville ?

— Quoi d'autre ?

« Mon manque de ressources. Ma fierté. »

— Je vous fais confiance depuis toujours, vous le savez.

— Oh ! on n'est sûr de rien avec les gens qui ont vécu dans des grandes villes !

Blythe sourit.

— Pas moi. Je n'ai pas changé, docteur.

— Alors, voilà mon intime conviction : l'os n'est pas cassé. Et s'il est fêlé, ce qui est possible, il guérira. Je vais bander ta cheville. Tu ne t'appuies pas trop dessus et tu reviens me voir dans une semaine. Est-ce que ça te va ?

— Formidable !

Une bouffée d'optimisme l'envahit, comme si elle venait de remporter une victoire sur le mauvais sort qui s'acharnait sur elle.

— Je t'aurais bien prescrit du repos, mais je sais que tu ne m'écouterais pas.

— Ce n'est pas une question de volonté, docteur. J'ai mille choses à faire et…

— Tu vas rester ?

— Comment ?

Elle se sentit idiote. Elle lui faisait répéter pratiquement chaque question qu'il lui posait.

— Ici. A Crenshaw.

Aucune curiosité malsaine n'inspirait l'intérêt paternel que le bon Dr Etheridge lui témoignait. Seulement, Blythe n'avait pas la réponse. Elle repensa aux objets de première nécessité qu'elle devrait se procurer : vêtements, chaussures, affaires de toilette.

— Pendant un certain temps, répondit-elle. Je dois m'occuper de la déclaration du sinistre, voir si l'assurance va payer. Le shérif Jackson m'a promis de demander au service d'incendie de procéder à une expertise.

— Pourquoi ? Cade pense qu'il s'agit d'un incendie volontaire ?

— Je n'en sais rien. Il s'agit peut-être d'une procédure de routine.

— Il a raison de ne rien laisser au hasard. Mais toi, Blythe, quel est ton avis ?

— Je n'arrive pas à imaginer que quelqu'un ait pu allumer cet incendie délibérément.

— Je suis d'accord avec toi. Pas ici. Pas à Crenshaw. Nous avons notre lot de crapules, mais seul un esprit criminel mettrait en péril la vie d'un enfant… Bien que notre histoire récente prouve que personne n'est à l'abri, n'est-ce pas ? Il paraît qu'une certaine affaire t'intéresse ?

— Vous, vous avez vu Ada Pringle !

— Exact. Si on veut que quelque chose se sache, on n'a qu'à en parler à Ada. C'est ce que tu as fait, apparemment.

— Elle a mal interprété mes propos. Je me suis rendue à la bibliothèque municipale parce que je cherchais des renseignements sur le pavillon que j'habitais.

Le médecin prit doucement le pied de Blythe dans sa main, et le fit tourner avec précaution.

— Des renseignements ? On dirait que tu n'as pas que des problèmes de plomberie.

— Non, docteur, c'est ma fille. Maddie a fait des mauvais rêves. Des cauchemars, plus exactement. Troubles du sommeil, terreurs nocturnes… Et j'ai entendu des bruits bizarres. Je me suis dit qu'il y avait sûrement une explication rationnelle à ces phénomènes.

— Une explication liée à l'histoire de la maison ?

— Oh ! c'est peut-être une idée stupide…

— Pas forcément, Blythe. Durant ma longue carrière, j'ai appris que la science ne pouvait pas tout expliquer, bien que je me considère comme un homme de science. Aussi ai-je appris à me fier à l'instinct maternel. Les mères se trompent rarement sur les réactions de leurs enfants.

— Vous vivez ici depuis longtemps, n'est-ce pas ?

Le vieux docteur lui parut tout à coup incarner le confident idéal. Comme Ruth, il connaissait tous les habitants de la petite ville, ainsi que la plupart de leurs secrets.

— Oui, toute ma vie.

— Le pavillon qui a brûlé appartenait à Eula Wright. Vous la connaissiez ?

— Bien sûr ! Mais je ne vois pas ce qui a pu causer les cauchemars de ta petite fille ou les bruits que tu as entendus… Quel genre de bruits, au fait ?

Elle hésita un court instant.

— Des tapotements contre une fenêtre. Il n'y avait rien de l'autre côté.

Les yeux bruns la considérèrent un long moment.

— Eula Wright s'est éteinte paisiblement à la clinique Snow's. A l'époque, je travaillais là-bas. Plusieurs années auparavant, son mari avait été terrassé par un infarctus. Aucun de ces deux décès ne fut étrange ou violent. Et aucun des deux époux n'est mort dans la maison en question.

— Je ne voulais pas insinuer…

— Donc, aucun de ces deux-là n'a pu hanter les lieux, si c'est à cela que tu faisais allusion.

Blythe força un sourire.

— Je ne sais même pas à quoi je faisais allusion, reconnut-elle. J'aurais plutôt tendance à incriminer le stress qu'à rechercher une cause surnaturelle.

— Mais comme tu le sais, une personne qu'Eula chérissait tendrement n'a pas eu une mort paisible.

Bien qu'il n'ait pas été prononcé, le nom de la personne en question resta suspendu entre eux, comme une ombre, comme une porte fermée que Blythe n'était pas certaine de vouloir ouvrir.

— Sarah Comstock, murmura-t-elle finalement.

— Oui. La plus jolie petite fille que j'aie jamais vue. Une enfant qui manquait d'affection, très certainement, car le moindre signe d'attention la comblait de bonheur.

— L'avez-vous soignée ?

— Sa mère me l'a amenée plusieurs fois. Pour un bras cassé, notamment. J'ai fait en sorte que ses vaccins soient renouvelés, dans la mesure du possible, car ses parents n'avaient pas l'air de veiller sur la santé de Sarah, de sa sœur ou de ses frères.

— Ce bras cassé…

— Tu l'associes à une preuve de maltraitance ? Je me suis posé la question mais d'un autre côté, les gosses tombent si souvent… Elle était là, avec son petit sourire timide, s'efforçant de cacher sa douleur, prête à tout pour plaire…

La voix du vieil homme s'était radoucie.

— Quand elle est morte, j'étais coroner.

Blythe l'ignorait. Un vague malaise s'était emparé d'elle. Le praticien semblait en savoir long sur le meurtre. Plus qu'elle n'avait envie d'en entendre.

— Cette fonction était alors soumise au vote. Comme aujourd'hui, d'ailleurs. N'importe qui peut briguer ce poste. Dans d'autres villes, le coroner peut être en même temps prédicateur et croque-mort. Je me suis présenté aux élections parce que mon père l'avait fait avant moi. Une sorte de tradition familiale, plutôt qu'un réel désir. Ce fut le seul meurtre auquel j'ai eu affaire durant les dix années qu'a duré mon mandat.

— Docteur…

— Il existe des abominations que personne ne devrait connaître. Pas même un médecin… un homme de science. Tu sais ce qu'on a raconté, à l'époque, à propos du meurtrier ?

— Que c'était son propre père ?

Un rire morne échappa au vieil homme.

— Oui, certains l'ont pensé. Je n'ai jamais adhéré à cette théorie. Je ne crois pas qu'un homme puisse infliger de telles souffrances à son enfant.

— Mais alors… quoi ? Aucun autre suspect n'a été mentionné dans le *Herald*.

— Ce genre de détail macabre n'est jamais mentionné dans les journaux. Il y a eu des rumeurs… Je les ai entendues. Et Hoyt aussi.

Blythe secoua la tête. Une terreur sournoise s'immisçait dans son esprit. C'était elle, pourtant, qui avait déterré cette vieille affaire. Mais elle savait que les confidences du médecin allaient l'empêcher de dormir.

— On évoquait des forces occultes, poursuivit Etheridge, perdu dans la ronde de ses souvenirs. Des suppôts de Satan. Un courant souterrain, démoniaque.

La police avait chargé plusieurs psychiatres d'interroger les enfants de la ville et des environs...

Le journal qu'elle avait parcouru était resté muet sur ce point. Nulle part, il n'était question de ces auditions d'enfants.

— ... en quête de révélations qui pourraient jeter un peu de lumière sur le calvaire subi par cette petite fille.

Blythe revit les pages jaunies. Le chroniqueur relatait des mutilations, sans toutefois spécifier lesquelles.

— Vous... voulez dire qu'il s'agissait d'un meurtre rituel ? Une espèce de sacrifice que l'on pourrait imputer à un culte satanique ?

— Beaucoup de gens le pensaient. Je me suis renseigné sur des crimes analogues et, en effet, j'y ai trouvé pas mal de ressemblances avec les supplices subis par cette pauvre enfant. Encore une raison pour ne pas soupçonner Abel !

— D'après le *Herald*, Hoyt aurait déclaré que les blessures de Sarah faisaient penser à une sorte de vengeance personnelle.

Les conclusions du shérif contredisaient les suggestions d'Etheridge.

— Il a dit que les victimes choisies au hasard sont souvent tuées pour de l'argent, reprit Blythe. Et que le tueur les élimine aussi rapidement que possible.

— Je suis d'accord avec Hoyt sur ce point, mais en ce qui concerne Sarah, c'est différent. Je ne crois pas que le tueur soit passé par la propriété des Comstock, qu'il ait regardé par la fenêtre et qu'en voyant deux fillettes en train de dormir dans le même lit, il ait décidé d'enlever l'une d'elles au hasard et de la massacrer. Je suis bien placé pour savoir que le meurtrier de Sarah ne l'a pas tuée vite. Il a pris tout son temps. Quant à l'efficacité, alors là, oui. J'ai effectué l'autopsie, et je suis en mesure de dire qu'il a été très efficace. Bigrement efficace, si tu veux mon avis.

10.

— Il n'y a rien. Rien du tout.

Le policier avait raison, pensa Cade en examinant le sol détrempé sous les arbres, derrière la propriété des Wright. Il espérait y découvrir des traces, ne serait-ce qu'une empreinte de chaussure, un indice qu'ils auraient pu mesurer, analyser. Une preuve que l'histoire de Blythe n'était pas le produit d'une imagination trop fertile.

— Tu es sûr que les pompiers ne sont pas venus jusqu'ici ?

— Pas que je sache, répondit Doug Stuart. Je ne vois pas pourquoi ils se seraient aventurés aussi loin. Il n'y avait aucune raison.

Un tapis d'aiguilles de pin et de feuilles en décomposition recouvrait le sol moussu. De-ci de-là, les feuilles mortes semblaient plus froissées, mais rien n'indiquait le passage d'un homme. Même constat à la lisière de la forêt où la terre grasse paraissait intacte.

Cade s'appuya sur ses paumes pour se relever, puis il lança un regard vers le pavillon calciné. Des filets de fumée s'échappaient des vestiges noirâtres pour se mêler à l'humidité matinale.

Contrairement à ses suppositions, Blythe ne s'était pas encore montrée. Il pensait la voir débarquer à la première lueur du jour. Les victimes d'incendie revenaient inexorablement sur les lieux du drame, dans l'espoir de retrouver des objets personnels que le feu aurait épargnés, mais compte tenu de la vitesse à laquelle la charpente en bois avait été consumée, il y avait peu de chances que la jeune femme découvre quoi que ce soit.

Il repensa à la forme qu'elle prétendait avoir aperçue dans la forêt.

— Tu veux prendre quelques photos ?

— De quoi ? demanda Doug d'un air surpris.

Sa réaction était compréhensible. Dans d'autres circonstances, Cade aurait déjà classé l'affaire.

— Des endroits où les feuilles ont été dérangées.

— Tu crois que quelqu'un a essayé de recouvrir ses traces ?

— Peut-être.

— Dans la nuit noire ?

Le scepticisme de Doug était palpable.

— C'est possible, répondit Cade d'une voix égale. Quand je suis arrivé, hier soir, les flammes éclairaient les environs.

— Tu as vu quelqu'un ?

— Non, mais ça ne veut rien dire. Mme Wyndham a aperçu un homme.

— Un homme qui n'a laissé aucune empreinte de pas.

— Les feuilles mortes et les aiguilles de pin en sont peut-être la cause. Et le fait que, par endroits, les feuilles aient été remuées m'incite à me poser des questions.

— Les oiseaux picorent inlassablement en quête d'asticots, les écureuils gambadent et les taupes creusent des tanières… Un peu de terre retournée ne prouve rien, Cade.

— Prends quand même des photos. On ne sait jamais.

Il commença à s'éloigner, sûr que son coéquipier obéirait à ses ordres.

— C'est toi le chef ! lança Doug. Remarque, je te comprends. Elle est vraiment superbe !

— Pardon ?

— Mme Wyndham. On la remarquerait au milieu d'une foule !

Ce n'était que trop vrai. Cade prit une profonde inspiration. Jean, son ex-épouse, avait la même allure sophistiquée.

— Elle a grandi ici, dit-il en lançant une œillade d'avertissement au jeune flic.

Celui-ci s'abîmait dans la contemplation des ruines.

— Bah ! de toute façon, ça ne me concerne pas !

A l'évidence, Cade n'avait pas été le seul à noter le charme qui émanait de Blythe. Cela tenait sans doute à sa façon de s'habiller. Ou à sa manière d'être un peu distante, voire inaccessible.

Inaccessible. Oui, il s'agissait bien de cela.

— Je voudrais aussi que tu jettes un coup d'œil sous les fenêtres, poursuivit-il, imperturbable. Autour des portes, également.

— Les pompiers ont dû fouler le sol et laisser un millier d'empreintes.

— Photographie tout ce que tu peux. On verra plus tard ce qui en sortira.

— Ça va me prendre un certain temps.

— Tâche de finir avant l'arrivée de l'enquêteur du service d'incendie.

— Quoi ? Ils envoient quelqu'un aujourd'hui ?

Cade hocha la tête. On lui avait promis de dépêcher un expert de Montgomery.

— C'est ce qu'ils ont dit, oui.

Ils avaient émergé du sous-bois et progressaient vers les décombres fumants.

— On a de la compagnie ! dit Doug sur le ton de l'avertissement.

Le regard de Cade balaya l'allée gravillonnée où la vieille Oldsmobile de Ruth Mitchell se rangeait devant ce qui, hier encore, était le porche du pavillon.

Blythe sortit du véhicule et regarda les vestiges. Elle

n'avait pas l'air consciente de leur présence, malgré les deux voitures de patrouille garées devant le garage, un peu plus loin.

Cade sentit le regard de Doug peser sur lui. Se retournant, il lui lança un coup d'œil sévère.

— Tu as dit quelque chose ?

Doug secoua la tête.

— Moi ? Rien. Je vais chercher l'appareil photo au poste. Dis à la dame de ne pas trop s'approcher de la maison : elle risquerait de brouiller d'éventuelles empreintes... Au fait, est-ce que je dois aussi chercher des traces de pneus ?

— Pas ici. De l'autre côté de la forêt. Et sur Salter Road.

Une lueur d'intérêt passa dans les yeux de Doug.

— Tu crois que ce... cet individu est arrivé par la route ?

— Ecoute, tout est possible. Je te suggère de commencer par là. Et dépêche-toi !

Des marques de pneus sur Salter Road, une route parallèle à la propriété, pourraient s'avérer utiles. D'un autre côté, l'intrus avait pu dissimuler sa voiture dans une autre cachette — il en existait des dizaines dans le bois.

— Pigé ! murmura Doug. Tu veux que je disparaisse pendant un moment, hein ?

Son sourire en coin en disait long sur ses pensées.

Cade le foudroya du regard.

— Ce que je veux, Stuart, c'est que tu fasses le boulot pour lequel les contribuables te paient, compris ?

Le sourire du jeune homme s'envola aussitôt.

— O. K., chef. Je peux demander à Phillip de m'aider ?

— Oui. A condition qu'il n'ait rien d'autre à faire.

— Merci, chef. S'il y a un indice sur Salter Road, je le trouverai.

— Je sais, Doug, dit Cade, un peu honteux de sa réaction trop vive.

Ce genre de plaisanterie était monnaie courante chez les policiers. Pourquoi donc était-il monté sur ses grands chevaux ?

« Parce que Doug a touché de trop près la vérité ? »

— La dame nous a vus. Je te laisse lui annoncer les mauvaises nouvelles.

Il fallut à Cade un bref instant pour saisir que les mauvaises nouvelles concernaient l'absence d'indices. Blythe était si sûre d'avoir vu quelqu'un…

— Si tu trouves quelque chose, contacte-moi immédiatement ! cria-t-il au jeune policier qui avançait à longues foulées vers sa voiture.

— Tu seras le premier à le savoir !

Cade ignora délibérément la jeune femme jusqu'à ce que Doug soit monté dans son véhicule. Encore une réaction qu'il n'aurait pas eue en temps normal… Le jeune flic avait vu juste. Il se sentait irrésistiblement attiré par cette femme, mais pour une raison qu'il n'arrivait pas à s'expliquer, il refusait de l'admettre.

— Shérif Jackson ?

Personne en ville ne l'appelait ainsi.

Il effleura le bord de son Stetson.

— Madame Wyndham ?

Elle vint se planter devant lui. Ses yeux bleus le sondaient. Le froid avait conféré un incarnat délicat à ses joues de porcelaine.

— Vous n'avez rien trouvé, n'est-ce pas ?

Sous la déception qu'il déchiffrait sur son visage, un autre sentiment se glissait. Une sorte d'amertume devant le scepticisme des policiers ? Il n'aurait pas su le dire.

— Le sol est recouvert de feuilles mortes et d'aiguilles de pin, dit-il. Nous allons prendre des photos mais en attendant…

— En attendant, vous n'avez rien trouvé.

— Non, rien de concluant. Avez-vous entendu quelqu'un, dehors, la nuit dernière ?

— Avant l'incendie ?

Elle secoua la tête, le regard rivé aux arbres.

— Nous dormions toutes les deux. Plus profondément que d'habitude.

— Plus profondément ?

Elle se tourna vers lui et, l'espace d'une seconde, elle parut évaluer la confiance qu'il lui inspirait.

— Depuis notre arrivée, Maddie ne dort pas bien, lui confia-t-elle finalement. Au début, j'ai mis ces troubles du sommeil sur le compte du déménagement, de cette maison qu'elle ne connaissait pas. Mais au fil des semaines, ça n'a fait qu'empirer.

— Qu'est-ce qui a empiré ?

Encore une seconde d'hésitation, puis :

— Les terreurs nocturnes, murmura-t-elle. Les cauchemars.

Cade fronça les sourcils. Des années d'expérience dans la police avaient aiguisé son intuition, et il sentait qu'elle lui cachait quelque chose. Il le sentait au plus profond de son être. Sa petite fille semblait trop jeune, trop vulnérable et innocente pour avoir mis le feu, mais les gosses perturbés se montraient parfois extrêmement précoces. Et bigrement vicieux. Les parents ne soupçonnaient jamais ce qui se passait dans leur tête, jusqu'à ce qu'il soit trop tard.

— Ma fille a traversé une épreuve particulièrement difficile, cette année. La psy qui l'a examinée est arrivée à la même conclusion. Peut-être que…

Elle s'arrêta net, tel le suspect qui craint d'en avoir trop dit.

— Y a-t-il autre chose, madame Wyndam ? En dehors des cauchemars ?

Blythe secoua la tête. Ses lèvres s'étaient pincées comme si elle était résolue à garder le silence.

Cade retint un soupir. Son instinct lui susurrait qu'elle lui cachait une information importante. C'était une réaction psychologique courante chez les personnes traumatisées par des épreuves, mais il ne pouvait se permettre le luxe d'attendre.

— Vous savez, dit-il calmement, je ne pourrai jamais mener une enquête digne de ce nom si vous dissimulez des preuves.

La jeune femme rougit brusquement. Puis, un instant plus tard, elle parut se raviser.

— J'ai entendu des bruits.

Il s'attendait à tout sauf à cet aveu.

— Quel genre de bruits ? Quelqu'un rôdait autour du pavillon ? Est-ce qu'il a essayé d'entrer ?

Elle ne répondit pas.

— Madame Wyndham ?

— Arrêtez de m'appeler ainsi. Mon nom est Blythe.

Il refusa de se poser des questions sur cette subite saute d'humeur. Peut-être qu'elle s'efforçait en vain de réintégrer la petite communauté ? Peut-être qu'elle lui en voulait de ne pas la traiter en égale ? Ou d'avoir tout simplement oublié son prénom ?

— A-t-il essayé d'entrer ? répéta-t-il.

Les yeux bleus se détournèrent vers la forêt avant de revenir sur Cade. Une lueur de défi brillait dans ses prunelles, comme si elle avait été persuadée que, de toute façon, il ne la croirait pas.

— J'entendais des tapotements à la fenêtre de la chambre de Maddie.

Il s'attendait à tout sauf à ça.

— A l'étage ?

— Oui. Contre la fenêtre par laquelle nous sommes passées pour fuir l'incendie. Celle qui donnait sur le toit du porche... Ne dites rien ! J'ai vérifié, et il n'y avait pas d'arbre à proximité. Donc, aucune branche n'a pu gratter la vitre.

— Alors, qu'est-ce que ça pouvait bien être, à votre avis ?

— Je ne sais pas. Au début, j'ai cru que le bois travaillait. Puis j'ai accusé la pluie ou le vent. La dernière fois que j'ai entendu ce bruit, il y avait une tempête. J'avais pris une lampe torche parce que je craignais que les plombs ne sautent. J'ai entendu le tapotement depuis le rez-de-chaussée. Quand je suis montée, ça tapait plus fort. Et lorsque j'ai regardé par la fenêtre...

Cette fois, il attendit, sans chercher à briser sa résistance. Etait-ce à ce moment-là qu'elle avait aperçu la présence humaine dans les bois, plutôt que la nuit dernière ? Souvent, la peur suggère des impressions fausses, des hallucinations.

— Quand j'ai regardé par la fenêtre, il n'y avait rien, reprit-elle doucement, l'arrachant à ses spéculations. J'entendais le bruit. Ça tapait juste devant moi. Je voyais la vitre vibrer. J'y ai même braqué ma lampe électrique mais... il n'y avait absolument rien, dehors.

— Vous voulez dire...

Il n'acheva pas sa phrase. Il ignorait sur quel terrain il évoluait.

— Je veux dire qu'à plusieurs reprises, j'ai entendu un tapotement à la fenêtre de la chambre de ma fille, sans jamais pouvoir en déceler l'origine.

— N'empêche que ce bruit avait bien une cause ! lui fit-il remarquer le plus gentiment possible.

— Je ne suis pas folle ! Et je ne crois pas aux fantômes ! Du moins...

Elle s'interrompit, le temps de reprendre son souffle.

— Ecoutez ! Je sais que ça peut paraître incroyable, mais c'est exactement ce qui s'est passé. Croyez-moi, j'ai pensé moi aussi que je débloquais, mais ces bruits étaient bien réels. Et il n'y avait rien dehors, je vous le jure. Pas d'arbre. Pas de volets. Pas d'oiseau nocturne. Rien.

— Et vous êtes sûre que ce bruit ne provenait pas du grenier ?

— Oh ! les rats dans le grenier ! dit-elle avec un rire. Les écureuils ou les chauves-souris. Non, shérif Jackson ! Quoi que j'aie entendu, ce n'était pas dans le grenier. C'était juste devant la fenêtre.

— Cade !

— Pardon ? fit-elle, déroutée.

— Vous m'avez demandé de vous appeler Blythe. Vous pourriez me rendre la politesse.

— Ah…, fit-elle d'un air hagard.

Quel crétin ! Cette jeune femme était persuadée qu'un phénomène étrange avait eu lieu, et lui ne trouvait rien de mieux que de plaisanter ! Son rôle consistait à aller au fond des choses, même s'il s'agissait d'une illusion.

Il s'éclaircit la gorge et tenta de ramener la conversation sur les rails.

— Alors, d'après vous, quelle pouvait être l'origine de ces bruits ?

— Je n'en ai pas la moindre idée.

— Est-ce la raison pour laquelle vous êtes venue au poste de police ? Vous vouliez savoir si cette maison avait été le théâtre d'actes violents… ou juste bizarres ?

— Si votre petite fille poussait des cris stridents chaque nuit et que vous aviez du mal à la réveiller de ses rêves horribles, vous auriez agi comme moi, quitte à échafauder des scénarios ridicules.

— Aussi ridicule que celui de la maison hantée ?

— Oui ! Je l'ai cru, figurez-vous ! Et oui, j'ai voulu découvrir la vérité.

— Et… ?

— D'après le Dr Etheridge, rien ne permet de

penser que les Wright ne reposent pas en paix. A sa connaissance, aucun événement bizarre n'est survenu dans cette maison.

Elle fixa la carcasse calcinée.

— De toute façon, le problème ne se pose plus, je suppose ?

Si elle avait imaginé les bruits, elle avait pu tout aussi bien imaginer la silhouette dans les bois, et à moins de découvrir un indice en béton…

— Au fait, dit-elle, interrompant les réflexions de Cade, j'espérais que vos employés seraient plus professionnels.

— Que voulez-vous dire ?

— Votre jeune réceptionniste, Spencer, n'est pas un exemple de discrétion.

— Jarrod ? Qu'est-ce qu'il a fait ?

— Sa mère a informé les dames de l'association caritative de Crenshaw que je vous avais demandé l'autorisation de consulter le dossier de l'affaire Comstock… Selon Mme Spencer et Ada Pringler, j'aurais l'intention d'écrire un livre dans lequel je m'appliquerais à résoudre l'énigme du meurtre de la petite Sarah. Je me demande si cette éventualité n'a pas fait paniquer quelqu'un.

— Le fait que vous puissiez démasquer l'assassin ?

Il s'était exprimé sans moquerie.

En tout cas, dès son retour au bureau, il passerait un sacré savon au dénommé Jarrod.

— Ça m'a surprise, moi aussi, répondit Blythe en riant. Je n'ai jamais songé à me substituer aux enquêteurs… Je me demande néanmoins si quelqu'un n'a pas pris cette nouvelle au sérieux…

D'un regard éloquent, elle indiqua les restes calcinés du pavillon. Pendant un long moment, ni l'un ni l'autre ne chercha à briser la chape de silence. Mais si les soupçons de Blythe étaient fondés, Cade détiendrait un sérieux mobile.

— Je vous transmettrai le rapport de l'expert, dit-il.

— Je suis chez ma grand-mère... pour le moment.

— Vous aimeriez trouver une autre résidence ?

Les locations ne couraient pas les rues, à Crenshaw.

— J'envisage plutôt de retourner à Boston.

Il n'en fut pas surpris. Quand on avait goûté à l'attrait des grandes villes, on s'ennuyait très vite à la campagne.

— Vous avez longtemps vécu à Boston, n'est-ce pas ?

Elle inclina la tête.

— Oui. Malheureusement, ça s'est mal terminé.

— Votre grand-mère sera heureuse de vous héberger aussi longtemps que vous le voudrez.

— Oui, jusqu'à ce que je prenne une décision. En tout cas, vous savez où me trouver.

Elle jeta un dernier regard aux poutres brûlées, avant de prendre la direction de l'Odsmobile, les poings enfoncés dans les poches de son manteau.

Cade la suivit des yeux. L'image radieuse de Blythe Mitchell se mêlait à l'évocation de sons étranges dans la nuit, de formes fantomatiques, d'un incendie peut-être criminel…

Quoi de plus normal qu'elle veuille prendre ses jambes à son cou ? Pourtant, il se surprit à espérer qu'elle n'en ferait rien.

11.

— Aucun doute : cette partie du rez-de-chaussée comporte des traces de gazole ou de kérosène.

L'expert se tourna vers Cade. Ils avaient passé la matinée à creuser dans les décombres, à l'emplacement où se trouvait autrefois le salon.

— Votre pyromane a dû briser une fenêtre pour répandre la substance inflammable à l'intérieur. Il n'y avait pas beaucoup de meubles, on dirait.

— La famille qui habitait ici ne possédait pas grand-chose.

— Eh bien, maintenant, ils n'ont plus rien. Le criminel n'a eu qu'à gratter une allumette pour que la structure en bois flambe en quelques minutes. Il n'y a pas eu de victimes, dites-vous ?

— Une mère et sa fillette de quatre ans se sont échappées par l'une des fenêtres de l'étage.

— Elles ont eu de la chance ! La porte du salon devait être fermée, si bien que le feu a été contenu pendant un petit moment, fort heureusement… Sale affaire, si vous voulez mon avis.

— Ainsi, ce salopard savait qu'il y avait des gens à l'intérieur ? demanda Cade.

— S'il le savait, il se fichait éperdument de leur sort.

Ou alors, il espérait que Blythe et sa fille périraient dans l'incendie.

D'après l'expert, leur sauvetage relevait du miracle… et cela étayait les déclarations de Blythe au sujet de l'homme qui regardait la maison s'embraser.

— Se pourrait-il qu'il traîne ensuite dans les parages pour admirer son œuvre ?

— Bien sûr ! Tous les pyromanes le font. Quel intérêt d'allumer un feu de joie si on ne peut pas se régaler du spectacle ?

— La jeune femme qui vivait ici prétend qu'un individu se tenait à la lisière du bois, derrière la propriété.

— Il avait donc une vue imprenable sur le brasier. Elle a probablement raison.

Cade se rembrunit. Il se sentait coupable d'avoir mis en doute le témoignage de Blythe. A posteriori, il se demandait si elle n'avait pas également raison pour les bruits.

— A-t-il pu rôder par ici avant le sinistre ? demanda-t-il. Surveiller ces personnes ou essayer de leur faire peur ?

— Un pyromane ne se comporte pas de cette façon, affirma l'expert. Il prend son pied en mettant le feu, point final. S'il y a eu des incidents d'une nature différente, cela n'est pas de mon ressort mais du vôtre. En dehors du sinistre qu'il a provoqué, on peut tout au plus lui reprocher son manque total d'intérêt pour les habitants de la maison incendiée.

— Sauf s'il avait l'intention de leur faire du mal.

— Dans ce cas, il ne s'agit plus d'un incendie volontaire, shérif Jackson, mais d'une tentative de meurtre.

— Les traces de pneus sillonnent la route et s'arrêtent derrière la propriété des Wright. Il y a également quelques empreintes de pas, bien qu'indistinctes. Phillip et moi les avons suivies jusqu'à ce qu'elles disparaissent dans la forêt.

— Vous les avez photographiées ?

— Oui, bien sûr. Mais, comme je l'ai déjà dit…

— Je sais ce que tu as dit, Doug. Retournez donc tous les deux chez les Wright et voyez ce que vous pouvez en tirer.

— C'est comme si c'était fait, patron !

Les réticences de Doug Stuart avaient fondu comme neige au soleil. Le jeune policier, qui se croyait à présent sur une piste importante, avait hâte d'explorer les restes du pavillon brûlé.

— Empêchez quiconque de s'approcher jusqu'à ce que vous ayez fini ! ordonna Cade.

— Compte sur nous, chef. Si on découvre de nouveaux indices, tu seras le premier informé.

Ces mots rappelèrent à Cade la promesse qu'il avait faite à Blythe. Il n'était pas pressé de lui communiquer les résultats de l'expertise, bien que cela l'eût confortée dans ses convictions. Lorsque la jeune femme avait évoqué la possibilité de quitter Crenshaw, une note de désespoir avait vibré dans sa voix. La devinant en plein désarroi, Cade éprouvait des scrupules à lui dévoiler les conclusions de l'enquêteur. C'était une chose de soupçonner un incendie volontaire et une autre d'en avoir la preuve flagrante.

En soupirant, il consulta le répertoire de son portable pour découvrir que le numéro de Mme Ruth n'y figurait pas. Il envisagea un instant d'appeler les renseignements, puis se ravisa. Vu la tournure des événements, mieux valait se rendre sur place. Blythe aurait peut-être d'autres confidences à lui faire. Il ne lui avait pas demandé si elle avait vu un rôdeur, si quelqu'un, en ville, avait adopté une attitude singulière à son égard, ou si elle avait eu la sensation que quelqu'un la détestait… au point de mettre le feu à sa maison dans le but de les tuer, elle et sa petite fille.

De toute façon, l'incendie volontaire masquait une tentative de meurtre ! Et c'était par là qu'il fallait commencer.

*
* *

Delores l'accueillit cordialement, comme un invité de marque.

— Entrez donc, monsieur Cade. Mlle Blythe et sa grand-mère sont dans la cuisine. Qu'est-ce que je vous offre ? Un morceau de gâteau avec un bon café corsé ou du lait sucré ?

— Rien, Delores, merci. Puis-je vous demander d'aller chercher Mme Wyndham ? J'ai quelque chose à lui dire.

La gouvernante haussa les sourcils d'un air surpris.

— Quelque chose que vous ne voulez pas que Mme Ruth entende ?

— C'est un peu ça, oui.

— Bon, dit la vieille femme en le conduisant vers la salle de séjour. Asseyez-vous, s'il vous plaît.

Elle le laissa là et se catapulta vers la cuisine. Ses pas décrurent sur le parquet de chêne foncé, tandis que les remords de Cade grimpaient d'un cran. Il avait pris soin de cacher à Blythe ses réticences concernant sa déposition, mais il était sûr et certain qu'elle les avait ressenties. Elle avait une sensibilité à fleur de peau. Il crut la revoir, le menton haut, les yeux brillant de défi, tandis qu'elle lui parlait des bruits à la fenêtre. Avec un soupir, il accrocha son Stetson au portemanteau et déboutonna sa veste.

D'autres pas, plus légers, sur le parquet... Puis Blythe entra. Même blue-jean que tout à l'heure, et un sweat rouge qu'il n'avait pas vu sous son épais manteau.

Il s'aperçut tout de suite qu'elle avait perdu du poids. Elle était déjà très mince lors de sa première visite au poste de police, mais sa silhouette fragile s'était encore affinée. Les soucis, devina Cade. La peur. Les cauchemars de Maddie. L'incendie.

De quoi couper l'appétit à un ogre.

— Shérif Jackson ? Delores m'a dit que vous vouliez me voir.

— J'espère que votre grand-mère ne voit pas d'inconvénient à ce que nous nous servions de son salon.

— Non, au contraire. Elle m'en voudrait plutôt de ne pas vous avoir encore invité.

D'un revers gracieux de la main, elle lui indiqua un fauteuil capitonné de brocart pâle et, alors qu'il se demandait s'il n'y laisserait pas une traînée de suie ou de terreau, elle prit une boîte d'allumettes sur le dessus de la cheminée et se pencha vers les bûches disposées dans l'âtre de pierre.

— Laissez-moi vous aider ! lui dit-il.

Il fit un pas en avant, saisit la boîte. Le bref contact de leurs doigts lui coupa le souffle. Une conscience aiguë de leur proximité faillit le faire chavirer. Il sentit brièvement l'épaule de Blythe contre la sienne, perçut le flamboiement doré de ses cheveux, la délicate fragrance de sa peau douce et blanche, autrement plus excitante que le lourd parfum musqué de son ex-femme.

Se penchant, il rapprocha la minuscule flamme du papier journal, sous les bûches.

— Je suppose que vous n'êtes pas venu pour prendre de mes nouvelles ? Qu'a dit l'expert ?

Il se redressa.

— Il a trouvé des traces de gazole ou de kérosène. Enfin, un accélérateur quelconque.

— Ce qui veut dire que l'incendie a été provoqué délibérément ?

— C'est ça. L'incendiaire a brisé une fenêtre au rez-de-chaussée et il a allumé le feu à l'aide d'une substance inflammable. Malgré l'absence de meubles, il n'a eu aucun mal.

— J'avais entreposé des cartons dans le salon.

— Et la porte était fermée ?

— Oui, étant donné que je n'utilisais cette pièce que comme entrepôt.

— Selon l'expert, c'est cette porte fermée qui vous a sauvé la vie.

— Merci de m'avoir tenue au courant, murmura-t-elle. Et de vous être déplacé personnellement.

— Deux de mes hommes ont découvert des traces suspectes sur Salter Road. Je ne sais pas s'il s'agit d'une piste sérieuse mais nous allons l'examiner. Ils sont retournés inspecter la propriété des Wright.

Le visage de la jeune femme se ranima.

— Quelle sorte de traces ? Des empreintes de pas ? Vous croyez qu'il a traversé la forêt ?

— C'est possible... Ils ont trouvé aussi des marques de pneus. Quelqu'un s'est garé sur la route.

— Et il a coupé à travers bois en transportant... quoi ? Un jerricane de gazole ?

— Ou de kérosène. Le laboratoire m'enverra les résultats des analyses.

— Et ensuite, il s'est glissé entre les arbres pour regarder brûler ma maison.

Si c'était une question, Cade n'éprouva guère le besoin d'apporter une réponse.

— Blythe, j'espérais que vous vous souviendriez d'autre chose que de ces bruits dont vous m'avez parlé. Avez-vous vu quelqu'un rôder dans les environs, ces derniers jours ? Avez-vous remarqué une voiture garée à proximité ?

— Non, rien. En fait, rien d'inhabituel ne s'est produit à l'extérieur.

— Pensez-vous qu'il se soit introduit à l'intérieur, alors ? Avant la nuit de l'incendie, je veux dire ?

— A mon avis, ce qui s'est passé dans la maison n'a pas de rapport avec l'extérieur.

Cade se raidit. Ils en étaient revenus à la maison hantée. Malgré la forme étrange dans les bois, il n'était pas près de croire à une présence surnaturelle. Dès lors, il jugeait inutile de poursuivre cette discussion.

— Très bien. Appelez-moi si vous vous souvenez de quelque chose.

— Vous aussi, quand vous recevrez les résultats du laboratoire. Et quand vous en saurez plus sur les empreintes.

— Comptez sur moi. Merci de m'avoir reçu.

— De rien… Ecoutez, Cade, j'ai tourné le problème dans tous les sens. J'ai essayé de trouver une explication logique mais je n'y suis pas parvenue. Il est parfaitement normal que vous soyez sceptique.

Une accusation subtile, songea Cade. Sauf que les fantômes ne laissent pas de marques de pneus sur les routes et qu'ils ne répandent pas de kérosène dans les maisons.

— Avez-vous remarqué des détails inhabituels, depuis votre retour ? demanda-t-il après une hésitation. Des choses qui vous auraient mise mal à l'aise ?

— Je ne comprends pas…

— Est-ce que quelqu'un vous aurait scrutée bizarrement ? Est-ce qu'on vous aurait témoigné un intérêt morbide, à vous ou à Maddie ?

— Quand une veuve de trente et un ans regagne sa ville natale, tout le monde la regarde bizarrement. Et tout le monde réagit de façon étrange. Les gens ne savent pas quoi dire, surtout à Maddie. « Désolé que ton papa soit mort. Te souviens-tu de ton papa, pauvre petite orpheline ? » Alors, pour répondre à votre question, oui, la moitié des habitants de Crenshaw m'ont paru bizarres.

— Bizarres comment ? Inquiétants ?

— Non, désolée. Les seuls incidents inquiétants se sont produits dans cette maison. Je ne peux vous mettre sur la piste d'aucun suspect, shérif Jackson. Et je ne vois aucun mobile, en dehors des bavardages d'Ada Pringle à propos de mon hypothétique enquête sur le meurtre.

— Vous croyez que ces ragots ont un rapport avec l'incendie ?

Ils se tenaient face à face. La jeune femme baissait le regard sur ses fines mains crispées. Elle portait encore son alliance à la main gauche, remarqua Cade avec un absurde sursaut de jalousie.

Enfin, elle leva les yeux et il fut noyé dans le bleu de ses iris.

— Je n'en sais rien. Le meurtrier de Sarah n'a jamais été arrêté. Il se pourrait qu'il ait pris les élucubrations d'Ada au sérieux.

— Et il aurait mis le feu pour se débarrasser de vous ?

— On a vu des gens commettre des crimes pour moins que ça. De plus…

— De plus ? l'encouragea-t-il.

— Le pavillon appartenait à la grand-mère de Sarah. Peut-être y a-t-il un lien ?

— Entre le pavillon et la mort atroce de Sarah ?

— Entre ce qui se passe aujourd'hui et ce qui s'est passé à l'époque.

— C'était il y a vingt-cinq ans. Je ne sais même pas si le meurtrier est encore vivant.

— Ni s'il est mort.

— Ni s'il est mort, admit-il. Mais dans la mesure où personne n'a jamais réussi à l'identifier, pensez-vous qu'il serait bouleversé d'apprendre qu'une journaliste free lance projette d'écrire un article sur une affaire classée depuis un quart de siècle ?

— Vous n'avez rien compris ! Selon Ada, je suis le futur Mark Furman, dit Blythe d'une voix moqueuse. Mais non, ce n'est pas un article — ni même un livre — qui pourrait l'effrayer. S'il est sorti de sa réserve, c'est qu'il a peur d'autre chose. Qu'on rouvre le dossier, par exemple, à la suite de ces bruits qui m'ont poussée à venir vous voir.

Cade avala sa salive. Elle était repartie sur ses obsessions. Beaucoup de gens intelligents croyaient aux esprits, il le savait. Mais de là à admettre qu'une entité d'un autre monde incitait la locataire d'un pavillon à se lancer à la recherche d'un meurtrier…

— Pensez-vous que ces bruits… ces tapotements… seraient des signaux en morse venant d'outre-tombe ?

— La grand-mère et le grand-père de Sarah ont vécu dans cette maison, expliqua la jeune femme patiemment. Et je ne suis pas loin de penser qu'ils veulent voir sous les verrous le monstre qui a torturé et assassiné leur petite-fille.

— Je ne connais pas meilleur flic que Hoyt Lee. Il avait tenté l'impossible pour démasquer le coupable. Alors, si Eula et Buck avaient voulu forcer quelqu'un à rouvrir le dossier, ils auraient commencé par faire pression sur lui plutôt que sur vous.

Elle se contenta de le scruter d'un air de commisération, comme si elle avait affaire à un attardé mental.

— Merci encore d'être venu, shérif Jackson.

Fin de l'entretien ! Il n'avait plus qu'à tourner les talons.

— Je vous tiendrai au courant pour les empreintes.

— Et moi, je vous ferai signe si jamais j'entends d'autres bruits suspects. Je vous promets même d'essayer de décoder le message en morse ! En attendant, je dois m'occuper de ma fille. Je ne vous raccompagne pas : vous connaissez le chemin.

12.

En sortant de chez Ruth Mitchell, Cade se dit que, décidément, il ne comprendrait jamais les femmes. Blythe semblait préoccupée jusqu'à l'obsession par de vagues coups frappés à sa fenêtre plutôt que par le fait que quelqu'un eût essayé de les tuer, elle et sa fille.

Il se figea un instant au bas des marches, l'esprit en ébullition. L'affaire se compliquait singulièrement. Ce qui avait commencé comme un accident s'était mué brusquement en incendie volontaire, puis en tentative de meurtre. Aussi impensable que cela puisse paraître, quelqu'un avait voulu éliminer Blythe Mitchell ! Pire encore, le seul mobile crédible était la rumeur qu'Ada Pringle avait répandue dans le comté.

Etait-il possible qu'un meurtrier, qui n'avait pas été inquiété pendant vingt-cinq ans, cède à la panique sous prétexte qu'une journaliste s'apprêtait à écrire un bouquin sur son crime ? Ça n'avait pas beaucoup de sens. A moins que l'assassin ne sache quelque chose que lui, Cade, ignorait. C'est-à-dire à peu près tout !

Cette pensée le frappa comme une évidence. Il ignorait non seulement l'identité du monstre mais la raison qui l'avait poussé à enlever et à assassiner sauvagement une fillette innocente. Même le redoutable Hoyt Lee n'était pas parvenu à démêler les fils de cette intrigue diabolique.

Mais l'ex-shérif n'avait pas communiqué toutes les informations aux médias. Or, avant de lui poser des questions, Cade sut qu'il devait mener une investigation préliminaire. Il décida donc d'étudier l'affaire de plus près — un épais dossier qu'il avait déjà parcouru une fois, après son élection au poste de shérif. Un pavé qu'il comptait éplucher d'un œil plus attentif.

Propulsée par la colère, Blythe s'était réfugiée dans la cuisine. Une fois installée devant la table ovale, elle commença à se sentir ridicule. Croire au surnaturel, c'était à la limite concevable, associer le tapotement à la fenêtre aux cauchemars de Maddie passait encore, mais de là à déclarer à un flic que des gens morts et enterrés essayaient de vous mettre sur la piste de l'assassin de leur petite-fille… La jeune femme se mordit la lèvre, étouffant un rire d'autodérision. Elle-même avait peine à y croire. Eh bien, voilà. Elle n'avait réussi qu'à perdre toute crédibilité auprès de Cade.

Blythe secoua la tête et s'efforça de se ressaisir. Pourquoi accorder autant d'importance à l'opinion qu'un shérif de province se faisait d'elle ?

« Parce qu'il s'agit de Cade Jackson. Parce que tu le vois encore avec tes yeux d'adolescente. »

— Qu'est-ce que Cade te voulait, ma chérie ? Ce jeune homme est amoureux de toi, ma parole ! lança Ruth.

La vieille dame était en train d'étaler une pâte feuilletée à l'aide d'un rouleau à pâtisserie, sous l'œil intéressé de Maddie. Bien que ce commentaire fût à cent lieues de la vérité, Blythe parvint à produire un sourire à l'intention de sa fille.

— Veux-tu aller chercher nos manteaux, mon cœur ? En attendant le dîner, on va aller faire un tour dans le jardin. Qu'est-ce que tu en dis, grand-mère ?

— J'en dis qu'il fera encore jour quand j'aurai sorti le pain de maïs du four.

— Je peux faire de la balançoire ? demanda Maddie en sautillant. Tu veux bien me pousser, maman ?

— Aussi haut que tu voudras.

— Oui, super !

— Oui, merci ! corrigea Ruth. Souviens-toi de ce que je t'ai appris concernant les bonnes manières, jeune fille !

— Oui, merci ! fit la petite en écho.

— Alors, va vite chercher nos manteaux, mon ange.

Blythe les avait achetés dans un grand magasin avant de se rendre chez le médecin. Elle attendit que la fillette soit partie pour se tourner vers sa grand-mère, qui faisait pleuvoir une cuillerée de farine sur la pâte, d'un geste adroit et mesuré.

— Cade n'est pas amoureux de moi, déclara-t-elle. Tu ne devrais pas tenir de tels propos devant une gamine de quatre ans. Elle risque de les répéter devant n'importe qui.

— Et alors ? fit Ruth sans lever les yeux. Vous êtes tous les deux adultes et célibataires. Les gens d'ici attendent le moment où Cade jettera son dévolu sur une jeune femme depuis que son épouse l'a quitté, il y a cinq ans. Du reste, c'était à prévoir. Jean était trop raffinée pour apprécier la vie à la campagne. Cade est un homme bien, Blythe. Il mérite d'être heureux.

— Peut-être, mais il ne s'intéresse pas à moi. Sa visite était purement professionnelle. Il voulait me parler de l'incendie.

Les doigts déformés de Ruth s'immobilisèrent un instant.

— Eh bien, qu'a-t-il dit ?

— Que l'expert a trouvé sur les lieux les traces d'un liquide inflammable. Gazole ou kérosène. Ça reste à déterminer.

— Dieu du ciel ! Toute la méchanceté du monde

n'aurait pas inventé un procédé pareil. Pas à Crenshaw.

Crenshaw, où une petite fille à peine plus âgée que Maddie avait subi une fin atroce.

— Qu'est-ce qu'il compte faire ?

— Qui ? demanda distraitement Blythe.

— Mais Cade, ma chérie ! Qui d'autre ?

— Ils cherchent des indices. Des pas, des traces de pneus. Ils ont découvert des marques suspectes sur Salter Road, derrière la propriété. Attention, il ne veut pas que ça se sache pour le moment.

— Oh ! j'ai compris ! Je n'en parlerai à personne… Sauf à Delores, si tu permets.

Blythe comprit qu'il serait inutile de s'opposer.

— D'accord, mais dis-lui bien de ne pas ébruiter la nouvelle.

— Il n'y a pas de commères dans cette maison, jeune dame ! déclara Ruth en lançant encore une cuillerée de farine sur sa pâte. Tu peux donc économiser ta salive.

— Je suis prête, maman !

La fillette avait enfilé son manteau et tendait le sien à sa mère.

Blythe se leva et toucha gentiment la main de Ruth.

— Je sais que vous n'êtes pas des commères, mamie. Je n'avais pas l'intention de te froisser.

— D'accord. Allez-y ! Je vous appellerai quand le dîner sera prêt.

Sachant d'expérience que les rancunes de Ruth ne duraient jamais plus d'une demi-heure, Blythe passa son manteau, posa la main derrière la tête de sa fille et la poussa gentiment vers la porte.

Le froid mordant enveloppa Blythe comme un voile glacé. Insensible à la température polaire, Maddie courut joyeusement vers la balançoire.

Blythe la suivait, l'esprit accaparé par les événements de la journée. Lorsqu'elle atteignit le chêne orné de cristaux de givre, la petite fille s'était déjà juchée sur la planche de bois gelée.

Se positionnant derrière elle, Blythe donna la première poussée, et l'enfant s'envola vers les hauteurs.

Maddie se renversait en arrière, pointant le bout de ses tennis neuves vers le ciel. Quand avait-elle appris à se balancer comme ça ? Ce n'était pas la première fois que Blythe était surprise par les progrès de sa fille. Elle ne lui accordait pas assez de temps, songea-t-elle amèrement. Pendant la maladie de John, elle l'avait carrément délaissée. Certes, son amour maternel était resté le même, aussi fort et profond, mais il y manquait sûrement ces petits riens qui rassurent les enfants.

Blythe suivit du regard la trajectoire de la balançoire.

La psy s'était peut-être trompée. Peut-être que les fameuses terreurs nocturnes de Maddie constituaient un stratagème inconscient pour attirer l'attention de sa maman.

— Tu t'es bien amusée, aujourd'hui, avec Mme Ruth et Delores ?

— Oh oui ! Mme Ruth m'a laissée pétrir le pain.

— Elle me laissait faire aussi, quand j'avais ton âge. Un jour, quand tu seras plus grande, si tu lui promets de faire très attention, elle te chargera de mettre le beurre dans les bocaux.

— Je pourrais très bien le faire maintenant !

— Alors, nous allons le lui dire. Qu'as-tu fait d'autre ?

— Delores m'a montré l'album de photos quand tu étais petite.

— Vraiment ?

Pourquoi n'y avait-elle pas pensé elle-même ? Elle se traita une fois de plus de mère indigne.

— Et Delores a dit que je te ressemblais.

— Oui, je sais.

Beaucoup de gens lui avaient fait la même remarque, depuis son retour.

— Et j'ai vu aussi ta maman et ton papa quand il était petit.

— Il était le fils de Mme Ruth. Est-ce que Delores te l'a dit ? Mme Ruth l'adorait.

— Oui… Et puis, il est monté au ciel et maintenant, il vit avec les anges. Que Dieu ait son âme !

Blythe sourit à cet anachronisme plutôt attendrissant dans la bouche d'une enfant. Maddie avait adopté les expressions de ses deux vieilles amies, et tant qu'elles vivraient ici, elle subirait leur influence, tout comme Blythe dans le passé.

Les bonnes manières et la religion. La tradition et la famille.

Seulement, les mœurs avaient changé. Dorénavant, Maddie aurait besoin d'autres défenses contre les dangers d'un monde en évolution constante.

— Mais elle, je ne l'ai pas vue.

— Elle ?

— Oui, la petite fille.

— Qui ça ? Ma mère ? C'est parce qu'elle ne vivait pas à Crenshaw. Elle a grandi à Atlanta. Sa maman a dû conserver ses photos dans un album.

— On pourra aller les voir, maman ?

La grand-mère maternelle de Blythe était décédée depuis des années. Elle s'aperçut soudain qu'elle ignorait ce qu'il était advenu de ces fameuses photos et de beaucoup d'autres choses. Sa mère avait bien un frère mais ils n'avaient jamais été proches. D'ailleurs, il n'était même pas venu à ses obsèques.

— C'est loin, l'Atlanta, maman ?

— Oui, mon amour. Pour l'instant, tu vas devoir te contenter de l'album de Mme Ruth.

Elle poussa la balançoire, qui s'envola. Seul le craquement des cordes brisait le silence de la grande cour. Les oiseaux s'étaient tus, les branches formaient des entrelacs torturés contre le ciel assombri. La nuit tombait et il faudrait attendre le printemps pour entendre un bourdonnement d'insectes.

Dans la paix ambiante, Blythe sentait ses muscles se décrisper. Elle se détendait enfin, après les angoisses des dernières semaines. Les mouvements répétitifs de la balançoire la calmaient, constata-t-elle en poussant un long soupir.

— Qu'est-ce qu'il y a, maman ?

— Absolument rien, mon cœur. Je me sens bien.

C'était la vérité. Le bonheur se nichait là, dans ces moments sereins.

— C'est qui, le monsieur ?

La main gauche de Maddie quitta la corde. La planche où elle était assise chavira légèrement. Le regard de Blythe suivit la direction indiquée par l'index pointé de l'enfant.

Un homme les observait, posté de l'autre côté de la clôture. Comme il était dans l'ombre, elle ne put distinguer ses traits, mais quelque chose dans son attitude déclencha en elle un signal d'alarme. Avant que son cerveau engourdi ne donne à son corps l'ordre de bouger, l'intrus se retourna, puis disparut.

— Qui c'était, maman ?

— Je ne sais pas.

Blythe se précipita vers la palissade qui séparait le jardin de la rue. Personne. Elle se pencha au-dessus des pieux, sans plus de succès. La masse de la maison ainsi que le lierre touffu lui bouchaient la vue. Le portail se trouvait du côté opposé.

— Maddie, reste là ! cria-t-elle.

Blythe traversa la cour au pas de course. Elle tira le verrou, poussa le portail, se glissa dans le jardin de devant en prenant soin de refermer le battant derrière elle. Ensuite, elle se rua vers la façade principale de la demeure.

A part la grosse Oldsmobile, aucune voiture n'était garée dans l'allée. Delores avait pris sa journée.

Le soleil avait sombré derrière l'horizon, et de longues ombres violettes striaient la pelouse. Dans la lumière déclinante, Blythe inspecta la cour de devant, puis le côté où elle avait aperçu l'intrus. On aurait dit qu'il s'était évaporé dans les airs.

Ou il était parti ou il était entré. Oh ! mais cela expliquerait tout ! Ce serait un visiteur, une connaissance de Ruth venue lui rendre visite. Le reste n'était qu'affabulations nées de son imagination.

Elle se rua vers les marches du perron, ses semelles martelant les planches de cyprès. La porte de devant n'était pas verrouillée dans la journée. Blythe poussa le battant.

— Grand-mère ?

Une minute après, Ruth apparut, un torchon immaculé à la main.

— Oui, qu'est-ce qu'il y a ?

— Est-ce que quelqu'un est venu ici ?

— Quand ? Maintenant ?

— Oui, un visiteur.

— Bien sûr que non ! Qui passerait à cette heure-ci ? C'est presque le moment de dîner.

— Il y avait quelqu'un dehors…

Sans un mot de plus, Blythe se précipita dehors en claquant le battant derrière elle. Elle contourna la maison au moment où le dernier rayon de soleil disparaissait. Elle franchit le portail : la balançoire continuait ses mouvements d'avant en arrière. Mais elle était vide.

13.

— Maddie ?

Tel un kaléidoscope d'images, les réminiscences de la mort de Sarah Comstock se succédèrent dans son esprit, déformées par les rumeurs qu'elle avait entendues, étant enfant.

Un accès de panique l'envahit.

— Maddie ? Maddie, réponds-moi !

Son regard balayait frénétiquement la cour déserte, fouillant les recoins sombres.

— Au nom du ciel, qu'est-ce qui t'arrive ?

Blythe se retourna. Sa grand-mère se tenait sur le perron de derrière, le torchon dans les mains. La lumière électrique soulignait d'un liséré doré sa chevelure blanche. La jeune femme ne put retenir un cri :

— Il a enlevé Maddie !

— Quoi ? Seigneur, calme-toi, Blythe ! Qui a enlevé Maddie ?

— Mais l'homme qui était là, juste derrière la

clôture ! Il nous observait et quand je me suis éloignée d'elle… il l'a kidnappée !

— Je n'ai rien entendu. Maddie aurait crié si quelqu'un avait essayé de l'enlever.

Oui. La petite fille savait qu'elle devait se méfier des étrangers. Blythe lui avait maintes fois répété la leçon. Elles avaient même mis au point un code, au cas où Blythe enverrait quelqu'un la chercher à l'école maternelle. Oh oui, elle aurait poussé des hauts cris si un inconnu l'avait approchée !

Et s'il l'avait frappée ? Ou bâillonnée ?

— Maddie !

Son cri traversa le silence de la nuit, ce silence qu'un instant plus tôt, elle avait trouvé si apaisant.

— Peut-être qu'elle est rentrée.

La suggestion logique de Ruth tira Blythe de sa terreur. Oui, quoi de plus normal ? Elle avait laissé la petite fille sur la balançoire, la nuit était tombée, et les chaudes lumières de la cuisine l'avaient attirée à l'intérieur.

— Viens ! dit Blythe en attrapant le bras de sa grand-mère.

— Vas-y, toi ! Je vais rester ici et continuer à l'appeler. Si elle est dans la maison, appelle-moi par la fenêtre.

— Je ne veux pas te laisser dehors toute seule. Viens avec moi : on vérifiera ensemble.

— Elle est probablement dans la cuisine, dit Ruth. J'espère qu'elle a pensé à sortir la tourte du four.

Blythe ralentit l'allure, accordant ses pas à ceux de sa grand-mère. Sa main se referma sur le coude de la vieille dame, afin de prévenir une chute éventuelle sur le terrain inégal. Ensemble, elles remontèrent les marches du perron. Même si Maddie était retournée dans la maison, Blythe avait hâte d'allumer les lumières du porche et d'appeler le shérif.

« Mon Dieu, faites qu'elle soit là, assise à la table de cuisine, en train de déguster le pain de maïs ! »

Elle crut réentendre la voix fluette lui racontant comment Mme Ruth l'avait laissée pétrir le pain, et des larmes incontrôlables lui montèrent aux yeux.

— Allez, va ! lui dit sa grand-mère, la main posée sur la rampe. Je ne risque plus rien. Va chercher Maddie.

La jeune femme ne discuta pas et s'élança dans la maison.

— Maddie ? Maddie, tu es là ?

Pas de réponse. Personne dans la cuisine brillamment éclairée où flottait l'appétissante odeur de la tourte.

— Maddie…, répéta Blythe dans un murmure brisé.

Son ultime espoir s'éteignit comme une flamme de bougie soufflée par le vent. Si sa fille n'était pas là, c'est qu'elle était dehors. Dans l'obscurité. Entre les mains d'un assassin.

Combattant farouchement les images effrayantes qui déferlaient, la jeune femme abaissa l'interrupteur. Les lumières extérieures flamboyèrent. Elle ressortit en courant.

— Elle n'est pas là! souffla-t-elle à Ruth, qui porta le torchon blanc vers son visage en un geste d'affolement.

Les formes indistinctes dans la cour avaient repris les contours familiers que Blythe connaissait depuis sa plus tendre enfance : le cabanon au fond du jardin, le puits, les arbres, les buissons... et la balançoire suspendue au grand chêne, immobile à présent.

— Maddie! Maddie, où es-tu?

Pas de réponse. De nouveau, Blythe se rua en avant. Le puits, d'abord. Un épais couvercle en bois le recouvrait, mais elle tenta de le soulever. Sans succès : il était solidement amarré sur les rebords.

La jeune femme prit la direction du cabanon. Le loquet n'était pas poussé, et le battant s'ouvrit avec un grincement rauque. Elle entra. L'odeur tenace de fertilisants et de compost se diluait dans l'air. Graduellement, ses pupilles s'accoutumaient à la semi-obscurité où des objets divers se matérialisaient : une tondeuse à gazon accrochée à la cloison, une roue de brouette clouée sur le mur d'en face, des casiers débordant de pots, de sacs, d'outils.

Blythe regarda sous la table où sa grand-mère rempotait ses fleurs, sûre qu'elle aurait distingué dans la pénombre le manteau clair de Maddie. Elle n'y vit que deux paniers à provisions et plusieurs cageots en osier encastrés les uns dans les autres.

— Oh ! Maddie…

Un sanglot désespéré la secoua. La culpabilité d'avoir laissé son enfant sans surveillance la suffoqua.

Un léger bruissement la fit se retourner, les yeux écarquillés.

— Maddie ? C'est toi ?

Le son se reproduisit, alors que Blythe repoussait un sac d'engrais pour dégager le mur du fond. Elle s'y pencha, les bras tendus pour agripper le petit corps tiède de sa fille, mais ses mains se refermèrent sur le vide.

— Maddie ?

— Je suis là.

— Où es-tu, ma chérie ? Je ne te vois pas !

— Ici, maman.

La jeune femme pivota, jaillit hors du petit édifice en rondins, repoussant si brusquement la porte que le battant alla heurter brutalement la cloison. Le bruit ne s'était pas encore évanoui que Blythe avait déjà contourné le cabanon.

Elle déboucha dans un espace étroit d'une quarantaine de centimètres, encaissé entre le mur de bois et la clôture. Pelotonnée à même le sol, Maddie leva son visage vers sa mère.

— Pourquoi tu ne me répondais pas ?

Malgré sa joie, Blythe tremblait de colère. Si seulement Maddie l'avait appelée, ça lui aurait épargné ces recherches frénétiques, ces minutes de terreur.

— Il est parti, maman ?

L'espace d'une seconde, la jeune femme ne saisit pas le sens de cette question. Soudain, elle comprit. La fillette faisait allusion à l'homme qui les avait observées, depuis la palissade.

— Il est venu ici ?

Dans l'obscurité, la petite tête blonde se balança de gauche à droite en un signe de dénégation.

— Elle m'a dit de me cacher.

Blythe s'accroupit près de la minuscule silhouette recroquevillée.

— Qui t'a dit de te cacher ?

— La petite fille. Elle a dit que c'était lui.

— Lui ?

— Celui qui tape à la fenêtre. Elle m'a dit de me cacher.

Blythe frissonna longuement.

— Qui t'a dit de te cacher, ma chérie ?

Elle se pencha vers Maddie, toujours pelotonnée dans l'ombre.

— Cette petite fille. Il lui a fait du mal.

— Elle t'a dit comment elle s'appelait ? demanda

Blythe aussi doucement qu'elle le put. La petite fille qui t'a dit de te cacher. Est-ce que tu connais son nom ?

Un nouveau signe de dénégation.

— Elle était ici ? Dans la cour ?

Il n'existait aucun rapport entre le meurtre et la maison de Ruth...

— Je ne m'en souviens pas, maman.

— Bien sûr que si, tu t'en souviens ! lança Blythe d'un ton rude. Ça fait à peine dix minutes que nous l'avons vu.

— Je ne veux plus aller sur la balançoire ! gémit Maddie, au bord des larmes. Il fait trop froid. Je veux rentrer dans la maison.

Dans la maison. Où Ruth les attendait... Peut-être avait-elle déjà appelé la police ?

— Viens, murmura-t-elle à Maddie en lui tendant la main. Mme Ruth a préparé le dîner. La tourte que tu aimes tant, des muffins et le pain que tu l'as aidée à pétrir.

Déjà, elle regrettait son impatience et sa colère. Peut-être que Maddie ne se souvenait plus de rien. Ou alors, elle avait tout imaginé... Ou encore... Ils étaient tous en train de devenir dingues ! C'était l'explication la plus plausible.

— Blythe ? Tu l'as retrouvée ?

La jeune femme cligna des paupières pour faire refluer ses larmes.

— Oui ! cria-t-elle. Derrière le cabanon.

— Dieu soit loué ! Venez vous réchauffer.

— Tu viens, mon ange ?

De nouveau, Blythe se tourna vers l'enfant.

— Est-ce qu'il est parti ?

« Pour le moment. »

Une pensée venue d'ailleurs mais qui reflétait la stricte vérité. Il les avait observées. Comme la nuit dernière. Ça voulait dire qu'il avait mis le feu.

— Oui, j'en suis sûre. Avec toutes ces lumières, il a pris peur.

Maddie tourna la tête vers la maison illuminée.

— Mme Ruth nous attend, mon chou. Tu as faim ?

— Oui, un peu.

— Moi aussi. Viens, maintenant. Rentrons à la maison.

Une menotte glacée se glissa au creux de sa paume. Elle aida la fillette à se redresser, l'enveloppa de ses bras et la ramena vers la grande demeure. A l'abri.

— Il était là, dit-elle.

Blythe avait conduit Cade près de la clôture, à l'endroit où elle avait aperçu l'inconnu. Cade promena le pinceau de sa torche sur les pieux.

— Est-ce qu'il y a des empreintes ? demanda-t-elle.

L'espoir faisait vibrer sa voix, mais le rayon lumineux n'accrochait que des paquets de terre compacte.

— Le sol est dur, par ici.

— Alors, il n'y a rien ?

— Non, apparemment. Je reviendrai demain matin, et j'espère…

— Juste après l'incendie !

— … qu'à la lumière du jour, nous découvrirons quelque chose.

— Peut-être qu'il ne laisse pas d'empreintes.

— Je vous demande pardon ?

Elle avait déployé des efforts surhumains pour dissimuler sa terreur, et il eut la sensation qu'elle n'allait pas tarder à s'effondrer.

— Maddie prétend que c'est lui qui tapait.

Elle sombrait une fois de plus dans son obsession.

— Contre le carreau de la fenêtre ? demanda-t-il d'une voix anodine.

Avait-elle deviné son scepticisme sous cette neutralité feinte ? Elle était trop pertinente pour ne pas s'en rendre compte.

— Maddie m'a dit également que la petite fille à qui il avait fait du mal lui avait conseillé de se cacher. Et c'est ce qu'elle a fait.

— Blythe…

— Je sais ! J'espérais juste que ces informations

vous aideraient à mener votre enquête, déclara-t-elle sur un ton caustique.

Il inspira profondément. Le sarcasme se dirigeait clairement contre lui. Pourtant, il était là, bon sang! Il avait accouru sans prendre le temps de dîner, et il titubait de sommeil.

— Vous croyez que votre fille communique avec le fantôme de Sarah Comstock?

Il avait braqué le cercle jaune de sa lampe sur le visage de Blythe. Ses traits finement ciselés s'altérèrent un instant, comme si la question avait touché une corde sensible. L'instant suivant, elle haussait les épaules.

— Je n'en sais rien. Je ne sais plus quoi penser. Je ne sais même plus ce que j'ai vu, ce que j'ai entendu. Mais je me rappelle parfaitement ce que ma fille m'a dit.

— Puis-je lui parler?

— A Maddie?

— Oui.

— Elle a quatre ans, shérif Jackson!

— Elle parle, n'est-ce pas?

— Oui, bien sûr.

— Alors, j'aimerais l'entendre.

— Je vous ai rapporté ses propos.

— C'est à moi de recueillir les dépositions des témoins, madame Wyndham. Je ne peux pas me contenter de votre récit : je veux entendre le sien.

— Elle n'a que quatre ans, répéta Blythe d'un air buté. Avez-vous jamais parlé à une enfant de quatre ans, shérif ?

— Je ne lui ferai pas peur et je ne la bousculerai pas. Je souhaite juste l'entendre me raconter l'histoire avec ses propres mots.

— Quand je l'ai retrouvée, elle ne se souvenait plus si la petite fille était venue ici ou pas.

— La petite fille qui lui a dit de se cacher ?

— Ecoutez ! D'après votre attitude…

— Quelqu'un a mis le feu chez vous, hier. A l'évidence, il s'agit du même individu qui se trouvait ici ce soir. Je fais tout ce que je peux pour découvrir qui est cet homme.

— Et vous pensez que Maddie peut vous aider ?

— Oui, étant donné qu'elle semble impliquée dans tous ces incidents.

— Oh, mon Dieu… mais qu'est-ce qui se passe ?

— Les faits sont les suivants : vous avez aperçu à deux reprises un individu qui vous observait, vous et votre fille. S'il s'agit du criminel qui a mis le feu à votre domicile, alors…

Il hésita, cherchant désespérément les mots adéquats. Mais il n'en trouva aucun.

— Alors, vous êtes en danger, conclut-il.

Blythe pâlit. Elle avait pourtant eu la même intuition ; elle avait flairé le danger. Sinon, elle ne l'aurait pas appelé au secours.

— Est-ce que Maddie est réveillée, madame Wyndham ?

Elle hocha la tête. Elle se tenait face à lui, s'entourant de ses bras comme pour se protéger du froid.

— Alors, pourquoi n'irions-nous pas la voir afin que je puisse lui poser quelques questions pendant que les événements sont encore frais dans sa mémoire ?

— Je n'en suis pas sûre.

— Que voulez-vous dire ?

— Elle ne se souvient jamais de ses cauchemars. Et elle a dit qu'elle ne se rappelait plus si la petite fille était là ou pas.

— Peut-être qu'elle n'a pas voulu vous inquiéter ?

— Je ne crois pas qu'elle parlera.

— On peut toujours essayer. Je vous promets de ne pas l'effrayer. Si vous avez l'impression que je vais trop loin, faites-moi signe et je m'arrêterai.

Une promesse qu'il regretta presque aussitôt. La seule, toutefois, susceptible d'amadouer Blythe.

Elle fit oui de la tête — un signe rapide.

— Allez m'attendre devant l'entrée principale. J'entrerai par la cuisine et je vous ouvrirai. J'ai conseillé à ma grand-mère de fermer toutes les portes à clé.

Elle s'éloigna en direction de la cour, tandis qu'il longeait l'allée centrale, la lampe braquée au sol. Il n'y avait personne ici, comme il n'y avait eu personne dans le sous-bois. Apparemment, la gosse était la seule à voir des fantômes.

Comment appelait-on ces troubles du comportement, déjà ? Il avait lu quelque part que les enfants atteints de ce genre de névrose n'étaient pas à court d'inventions pour attirer l'attention et qu'ils entraînaient souvent leurs parents dans leur délire. Néanmoins, Blythe semblait réticente à évoquer les prétendus cauchemars de sa fille. Elle les avait mentionnés seulement après l'incendie…

L'incendie, voilà un fait réel. En dix ans d'expérience dans la police, Cade avait appris à se fier uniquement aux faits. « Les fantômes n'allument pas des feux, se dit-il. Seuls des êtres humains en chair et en os commettent de tels actes. »

14.

— Maddie, le shérif Jackson souhaite parler avec toi de ce qui s'est passé ce soir.

Malgré son consentement, Blythe ne cherchait pas à cacher sa réticence — sentiment qu'elle ne tarderait pas à communiquer à sa fille, sinon par des mots, du moins par son attitude, songea Cade.

Il serra les dents. De toute façon, il n'avait pas le choix. La petite semblait impliquée dans chacun de ces incidents étranges, depuis le début. Sauf que personne, y compris sa propre mère, ne lui avait jamais posé la moindre question sur le sujet. Mais la difficulté d'interroger une fillette de quatre ans apparut au shérif dès la première approche.

Maddie n'avait même pas levé les yeux. Elle serrait contre elle un nounours flambant neuf, qui avait remplacé celui qu'elle avait perdu dans l'incendie. Assise sur le canapé, elle baissait la tête et balançait les jambes.

Quand Cade s'approcha, la petite se raidit, comme prête à prendre la fuite. Si elle avait daigné le regarder, il aurait essayé d'établir le contact avec un sourire. Une longue minute s'écoula, pendant laquelle les petits doigts minces s'attaquèrent au ruban que le nounours portait autour du cou.

Cade s'assit dans le fauteuil voisin.

— Salut, Maddie. Tu permets que je te pose quelques questions ?

Les petits doigts se figèrent mais l'enfant ne répondit rien.

— D'après ta maman, tu as vu un homme, ce soir, près de la maison. C'est vrai ?

Maddie hocha la tête, sans toutefois lever les yeux.

— Est-ce que tu peux me le décrire ?

Un signe de tête négatif, cette fois.

— Etait-il grand ?

Encore un hochement de tête.

— Grand comment ? demanda Cade en se redressant. Comme moi ou comme ta maman ?

Il mesurait un bon mètre quatre-vingts, et il estimait la taille de Blythe à environ un mètre soixante-huit. Une fourchette qui lui permettrait d'évaluer la taille du mystérieux visiteur.

Enfin, la fillette leva les yeux. Cade avait oublié combien ils étaient bleus. Légèrement plus foncés que ceux de sa mère. Elle les plissa en s'efforçant de réfléchir.

— Je ne sais pas, répondit-elle finalement.

— Tous les adultes sont grands pour elle.

Il se tourna vers Blythe. La jeune femme scrutait sa fille, oubliant tout le reste.

Cade changea de tactique.

— D'accord. Raconte-moi simplement ce que tu as vu, alors.

De nouveau, l'enfant s'absorba dans la contemplation de son nounours.

— Maddie, dis au shérif ce qui s'est passé. Tu étais sur la balançoire…

— J'étais sur la balançoire, répéta consciencieusement la fillette.

— Et c'est alors que tu as vu…

Un lourd silence s'abattit sur la pièce, uniquement troublé par le crépitement d'un brillant feu de cheminée.

— Maddie ? insista Blythe.

— Tu sais ce que j'ai vu, maman. Tu n'as qu'à lui dire, toi !

Après ses monosyllabes du début, l'enfant avait adopté un ton adulte qui étonna Cade.

— Je le lui ai dit. Mais il veut entendre ta version. Peut-être as-tu vu quelque chose que je n'ai pas remarqué ?

L'enfant tourna enfin les yeux vers le shérif. Un éclair de confiance traversa ses prunelles.

— Il était derrière la clôture, et il nous regardait.

— As-tu vu son visage ?

La petite secoua la tête.

— Que peux-tu me dire sur cet homme, Maddie ?

— Il faisait trop sombre autour de lui.

Une tournure de phrase que Cade trouva bizarre mais qu'il décida d'ignorer.

— Et quand ta maman est allée voir dans le jardin, il est parti ?

— Oui.

— Qu'est-ce que tu as fait, alors ?

— Je me suis cachée.

— Derrière le cabanon ?

— Oui.

— Pourquoi ?

— Parce qu'il faisait nuit. J'avais peur de rester toute seule.

Le silence retomba, et Cade réfléchit à la question suivante quand Blythe intervint :

— Est-ce que quelqu'un ne t'a pas dit de te cacher ?

Pas de réponse.

— Maddie ! Veux-tu répéter au shérif ce que tu m'as dit ?

Aucune réaction.

— Tu m'as dit qu'une petite fille t'avait conseillé de te cacher, c'est ça ?

Blythe attendit sans quitter l'enfant des yeux.

— Je ne m'en souviens pas.

— Mais tu te souviens de me l'avoir dit, n'est-ce pas ?

Maddie opina de la tête.

— Alors, pourquoi voulait-elle que tu ailles te cacher ?

— Je ne sais pas.

— Si, tu le sais, Maddie. Tu sais très bien ce que tu m'as raconté ! lança Blythe, à bout de patience.

— Est-ce que tu as imaginé cette histoire, Maddie ? demanda Cade d'une voix douce. Est-ce que tu as tout inventé pour que ta maman ne soit pas fâchée contre toi parce qu'elle t'avait appelée et que tu ne lui avais pas répondu ?

Blythe se tourna vers lui, bouche bée. Il l'ignora et s'accrocha de toutes ses forces à cette hypothèse qui lui paraissait logique.

Plus logique que le fantôme qui vous dicte votre conduite.

— J'avais peur qu'il me trouve, si je répondais.

— Mais il était déjà parti, non ?

La fillette haussa ses épaules menues.

— Est-ce que tu as inventé cette petite fille ? lui demanda Blythe.

Les questions de Cade ne l'avaient pas bouleversée, au contraire. Maddie semblait préférer cette explication, somme toute rationnelle. Mais elle garda le silence, jusqu'à ce que sa mère l'interroge à son tour, d'une voix basse et sérieuse :

— Est-ce que tu m'as menti, Maddie ?

— Non, maman.

— Alors, si c'est la vérité, il va falloir que tu racontes tout au shérif.

— Elle m'a dit que c'était lui qui tapait à la vitre.

— Tu connais son nom ? demanda Cade en s'accroupissant devant Maddie pour la regarder au fond des yeux. Est-ce que la petite fille t'a dit comment elle s'appelait ?

L'enfant soutint son regard, et il crut déceler quelque chose d'étrangement profond dans ses prunelles bleues.

— Maddie ?

La voix de Blythe dérapa dans les aigus. Cade s'attendait à ce que la fillette se cantonne dans un mutisme obstiné.

— Je ne sais pas son nom, chuchota Maddie. Elle ne me l'a pas dit, mais…

— Mais tu l'as vue plusieurs fois ? demanda Cade.

— Oui.

— Ce soir dans la cour et… où encore ?

— Je ne me rappelle pas.

— Dans l'autre maison ? suggéra Blythe. Elle t'a parlé aussi, là-bas ?

— Je ne m'en souviens pas ! cria Maddie d'une voix stridente. Je veux aller dans la cuisine avec Mme Ruth ! Elle m'a promis de me lire un conte de fées, et tu m'as donné la permission.

Blythe consulta Cade du regard. S'il voulait avoir une chance d'interroger une nouvelle fois l'enfant, il avait intérêt à lâcher du lest. Il inclina la tête en un signe d'assentiment, et Blythe pencha la sienne sur le côté, surprise qu'il veuille bien mettre fin à l'entretien.

— Oui, va, ma chérie. Demande à Mme Ruth de te lire Cendrillon. C'était mon conte préféré quand j'avais ton âge.

La petite fille se leva. Sans un regard en arrière, elle traversa la grande pièce et disparut.

— Je n'ai fait que répéter ses allégations, dit Blythe.

— Et vous croyez qu'elle vous a dit la vérité ?

— Elle était terrifiée. Oui, je crois qu'elle avait trop peur pour mentir.

— Beaucoup de gosses s'inventent des copains, vous savez. Surtout les enfants un peu…

Il censura le mot « fragiles ».

— … solitaires, dit-il. Maddie fréquente peu d'enfants de son âge, n'est-ce pas ?

— Alors, d'après vous, ma fille aurait inventé une copine qui l'aurait avertie qu'un homme lui voulait du mal ? Où serait-elle allée chercher une idée pareille ?

— A la télé. Ou bien, elle a pu entendre quelqu'un en parler. Mais je doute qu'elle communique avec les morts : je crois plus volontiers qu'elle s'est fabriqué une amie.

— Vous trouvez cette solution plus acceptable.

— Pas vous ?

— J'ai entendu des bruits inexplicables, et Maddie a fait des cauchemars incompréhensibles.

— Ecoutez, si vous pensez qu'elle a vu Sarah Comstock, je suis prêt à examiner cette éventualité, malgré mon scepticisme.

— Comment ?

Cade se passa les mains sur le visage, comme pour effacer les traces de fatigue. Oui, au fait, comment ? En continuant à harceler une fillette de quatre ans ? En essayant de cuisiner une mère affolée par les symptômes de son enfant ?

— Voyons… Tout a commencé quand vous avez emménagé dans la propriété des Wright, n'est-ce pas ?

— Exact.

— Auparavant, pas de terreurs nocturnes, pas de mauvais rêves, pas de bruits bizarres.

— Non. Pas même après la mort de John.

— Et d'après vous, ce… changement est survenu

parce qu'il existerait un lien entre la petite Sarah et le pavillon de ses grands-parents ?

— Sarah leur rendait peut-être visite. D'après ce que j'ai entendu sur la famille Comstock, cette maison devait s'apparenter à un havre de paix pour Sarah et sa sœur.

— Un endroit où elles se sentaient en sécurité.

— Absolument.

Mais Sarah n'avait pas été enlevée chez sa grand-mère. Elle dormait dans la cabane décrépite qui tenait lieu de domicile à Abel Comstock, la nuit du meurtre.

— Que se passerait-il si vous emmeniez Maddie quelque part où Sarah ne se sentait pas en sécurité ?

— Je ne comprends pas.

Elle le scrutait d'un air perdu. Elle n'avait pas compris, c'était évident, et il ne pouvait pas lui en tenir rigueur.

— A Smoke Hollow, lâcha-t-il.

— Vous voulez que j'emmène Maddie là où Sarah a été assassinée ?

— Rien ne permet d'affirmer qu'elle a été assassinée là-bas. Aucun indice. Et après vingt-cinq longues années, il serait présomptueux de situer la scène du crime à cet endroit précis. En revanche, le paysage est magnifique. Vous pourriez faire croire à Maddie que vous l'emmenez en excursion.

Blythe frissonna.

— Je ne...

La phrase resta en suspens.

— A-t-elle déjà visité Smoke Hollow ?

— Non, jamais.

— Lui en avez-vous parlé ?

La jeune femme secoua la tête.

— A-t-elle entendu ce nom ?

— J'en doute. Je poserai la question à Mme Ruth et à Delores, mais je ne vois pas pourquoi elles auraient évoqué ce lieu.

— Très bien. Nous allons l'y emmener et nous verrons bien ce qu'il se passera. Vous êtes d'accord ?

— Non !

— Pourquoi ?

Elle éclata d'un rire sans joie.

— Vous plaisantez ?

— Pas du tout. De quoi avez-vous peur ? Que nous tombions sur une énergie psychique qui continuerait à stagner dans la vallée ? Un résidu de souffrance ou de terreur ? Des ondes maléfiques ?

— Une petite fille est morte là-bas. Il est possible, effectivement, qu'il reste quelque chose.

— Quelque chose qui traumatise Maddie, si je m'en tiens à votre point de vue ?

— Mon point de vue ? s'exclama Blythe. Qu'entendez-vous par là ?

— Vous êtes convaincue que tout ce qui arrive à Maddie — ou à vous — est lié à la mort de Sarah.

— Cessez ce petit jeu. Vous n'y croyez pas et c'est votre droit le plus strict.

— Prouvez-moi que j'ai tort.

— En entraînant ma fille dans un lieu où une autre enfant a été massacrée ? Il n'en est pas question !

— Si j'ai raison, il n'y a pas de risque, parce que Maddie ignore que ça s'est passé à Smoke Hollow. Et si c'est vous qui avez raison…

Il hésita, cherchant le terme approprié, afin de ne pas l'effrayer davantage.

— … nous découvrirons peut-être ce dont il s'agit.

Blythe lui lança un regard courroucé.

— Vous partez à la chasse aux fantômes, maintenant ?

— Je ne crois pas aux fantômes, répliqua-t-il sèchement. Mais si nous arrivons à prouver que l'incendie et l'individu de ce soir ont un rapport avec la mort de Sarah, nous serons enfin sur la piste de son meurtrier.

15.

Ray l'avait retenue au bureau afin de rattraper le retard de courrier. En temps normal, Blythe ne voyait aucun inconvénient à effectuer quelques heures supplémentaires, mais aujourd'hui, l'inquiétude et la confusion l'empêchaient de se concentrer. Ses pensées voguaient inlassablement vers Maddie, malgré la promesse de Ruth que les portes resteraient fermées à clé toute la journée.

Depuis que Cade avait lancé cette idée d'excursion à Smoke Hollow, une sombre appréhension l'habitait. Elle avait passé le plus clair de son temps à réfuter de toutes ses forces cette initiative insensée. Pourtant, le nom de ce lieu maudit s'était imprimé dans son esprit. Pire encore, elle éprouva une obscure attirance lorsque, en sortant du cabinet de l'avocat, elle emprunta la route qui reliait Crenshaw à la vallée.

Cade lui avait décrit un site grandiose et à présent, Blythe ressentait l'impérieux besoin d'y aller. Ses souvenirs d'enfance restaient flous, et elle n'y avait plus mis les pieds depuis le meurtre. Elle savait que, de toute façon, les rumeurs qui avaient accompagné la mort atroce de Sarah entacheraient la beauté du paysage.

Elle émergea de la voiture, referma la portière très doucement afin de ne pas perturber le silence absolu qui enveloppait la forêt immobile. Son souffle se bloqua dans ses poumons, tandis qu'elle s'appuyait à la carrosserie, l'oreille tendue, à l'affût du murmure de la rivière qui creusait son lit entre les versants. Jadis, avant la construction de la piscine municipale, ce bassin d'eau cristalline attirait les gosses des environs pendant les canicules du sud de l'Alabama.

Le bruissement qu'elle capta enfin était moins fort que dans son souvenir. Suite à l'augmentation de la population dans Davis County, la compagnie des eaux avait détourné une partie de la rivière en amont.

Avant de s'arracher à la voiture, Blythe jeta alentour un regard suspicieux. Le chemin vide renforçait la sensation de solitude, de silence oppressant, alors que la gorge encaissée entre les pentes boisées ne se trouvait qu'à deux kilomètres de l'artère principale de la ville. C'était le milieu de l'après-midi, mais les nuages tamisaient la lumière comme un voile d'ombre.

Peut-être que Cade avait raison, finalement. Peut-être était-elle obsédée par ce meurtre. Peut-être voyait-elle et entendait-elle des choses qui n'existaient pas. C'était la raison pour laquelle elle avait décidé de visiter le lieu du crime. Ne serait-ce que pour se prouver que Cade disait la vérité lorsqu'il prétendait que plus rien ici n'évoquait la tragédie survenue dans ce décor champêtre.

Ignorant son malaise, Blythe s'éloigna du véhicule et pénétra dans le chemin forestier qu'elle avait si souvent emprunté, vingt-cinq ans auparavant.

Sitôt qu'elle franchit la première rangée d'arbres, la lumière s'amenuisa d'un seul coup. Les rares rayons qui perçaient la masse nuageuse ricochaient sur les branches tortueuses de pins avant de ruisseler faiblement en taches luminescentes sur l'humus noir. Plus elle s'enfonçait sous les frondaisons et plus le bruissement de la rivière emplissait le sous-bois. Blythe comprit ce que Cade entendait par « paysage grandiose » lorsqu'elle émergea sur un rivage verdoyant. Une cascade enjambait un rempart de rochers couverts de mousse, au milieu d'une profusion de fougères vert émeraude.

La jeune femme regarda l'eau limpide qui devait être glacée. Puis elle se pencha pour y tremper les doigts. Le contact lui fit l'impression d'une décharge électrique, et ses doigts furent tout engourdis.

Blythe se redressa, s'essuyant les mains sur son pantalon. Un regard circulaire ne lui permit pas de s'orienter. Une impression de déjà-vu se dégageait pourtant de ces roches diamantées de gouttelettes, de cette végétation luxuriante. Dans les clichés en noir et blanc du *Herald*, la rive paraissait plus élevée. Convaincue qu'elle ne se trouvait pas au bon endroit, elle se résolut à longer la rivière.

Elle enfouit ses poings dans les poches de sa veste. La morsure du froid traversait la laine comme un faisceau d'aiguilles.

Cade avait raison sur un point essentiel, se dit-elle en s'engouffrant au plus profond de la forêt. Il n'y avait rien d'effrayant ici. Nul n'aurait pu déceler la moindre présence malveillante, à moins de connaître l'histoire et, bien sûr, Maddie l'ignorait.

A mesure qu'elle avançait, le terrain se soulevait graduellement. Le cours d'eau coulait maintenant au fond d'un creux ombreux, deux ou trois mètres plus bas, comme sur les photos.

La jeune femme fit une halte. Les arbres étaient autant de silhouettes tordues. La ressemblance entre l'environnement et les photos s'accentuait.

Elle n'était pas sûre d'avoir atteint l'endroit exact où le corps de Sarah avait été découvert, mais elle décida qu'elle en avait assez vu. Désir de vérité ou curiosité morbide, il était grand temps de s'en aller.

Elle saisit soudain la véritable raison qui l'avait poussée à accomplir cette démarche. Sa première réaction était la bonne : pas question d'emmener Maddie dans ce nid de verdure car le mystère ambiant ne manquerait pas d'affecter la fillette, tout comme il l'affectait, elle.

« Le mystère ou ton imagination exacerbée ? »

C'était ce que Cade avait insinué à propos de Maddie. Qu'elle était une affabulatrice.

Blythe se demanda si elle avait pu communiquer à son enfant ses propres terreurs nées du meurtre de Sarah ?

Pourtant, elle ne songeait plus à ce drame depuis des années. Et même lorsqu'elle était retournée à Crenshaw, elle n'y avait pas pensé, du moins pas avant les cauchemars de Maddie. Avait-elle refoulé ce souvenir ?

Elle rebroussa chemin, résolue à regagner l'Oldsmobile, puis la maison chaleureuse de sa grand-mère.

Un homme se tenait entre elle et sa destination.

Il portait une salopette tachée et une chemise de flanelle. Pas de veste. Ses bottes en caoutchouc étaient maculées de boue, des mèches grises striaient ses cheveux bruns peignés en arrière. Visage taillé à la serpe marbré de plaques rouges, pommettes saillantes. Blythe se demanda si ces rougeurs étaient dues au froid ou à une émotion particulière.

Elle croisa deux yeux aussi froids que l'eau de la rivière. Ils se dévisagèrent ainsi pendant ce qui parut à la jeune femme une éternité, après quoi l'homme rompit le silence.

— Vous êtes sur mes terres.

Première nouvelle ! Du temps de son enfance, ces hectares plantés de pins appartenaient à une grosse fabrique de papier. Bien sûr, au fil des ans, cela avait pu changer.

La jeune femme hocha la tête, soucieuse de ne pas contrarier ce type bizarre qui, d'emblée, lui avait paru inquiétant. Il la scrutait intensément, haussant le menton, comme s'il prenait plaisir à la mettre mal à l'aise.

— Désolée, je ne le savais pas. J'avais l'habitude de venir ici quand j'étais petite, comme tous les gosses, à l'époque.

— Eh bien, maintenant, c'est défendu. Vous tombez sous le coup de la loi pour violation de propriété.

— Je ne savais pas, répéta-t-elle d'un ton conciliant.

Elle fit un pas vers lui. Il ne bougea pas.

Les paupières étrécies, il la dévisageait avec une attention soutenue.

— Je vous connais. Vous êtes la petite-fille de Ruth Mitchell, et vous êtes revenue au pays il n'y a pas longtemps.

Le fait qu'il connût sa grand-mère aurait dû la rassurer. Ce ne fut pas le cas. La rumeur selon laquelle elle s'apprêtait à écrire un livre sur l'affaire Sarah Comstock ne la rendait pas forcément sympathique aux habitants du comté.

— Vous êtes venue voir l'endroit où elle est morte ?

Blythe se contenta de lui retourner son regard sans

un mot. Nier n'aurait servi à rien. Il ne l'aurait pas crue.

— Eh bien, ce n'est pas ici. C'est un peu plus loin. Je peux vous y conduire, si vous voulez.

— Oh non, il faut vraiment que je me sauve ! Ma grand-mère doit se demander ce qui m'est arrivé.

Elle voulait qu'il prenne conscience qu'elle était attendue. Et que Ruth remuerait ciel et terre si elle ne la voyait pas rentrer.

— Ça ne prendra pas plus de quelques minutes. Vous êtes venue pour ça, n'est-ce pas ? Alors, puisque vous êtes là, autant aller jeter un coup d'œil.

— J'apprécie votre offre, mais…

— C'est par là, coupa-t-il, désignant d'un geste du menton un point derrière l'épaule de Blythe.

Elle se retourna. Dans cette direction, le sous-bois paraissait plus sombre, plus menaçant.

Elle secoua la tête.

— Non, merci. Il faut que j'y aille. On m'attend à la maison.

Elle se mit à avancer vers lui. Il se déplaça légèrement pour lui bloquer le passage.

Il fallait coûte que coûte qu'elle se sorte de ce traquenard. A mesure qu'elle s'approchait, une odeur rance lui parvenait, mélange de crasse, de vieille sueur et d'alcool.

Au moment où elle s'apprêtait à le contourner, il

tendit la main à la vitesse d'un serpent et la harponna par le bras.

Elle essaya de se dégager mais l'étau se resserra.

— On dit que vous cherchez à savoir qui l'a tuée, souffla-t-il.

La jeune femme baissa le regard sur les doigts rugueux agrippés à sa manche. Des craquelures fendaient ses phalanges rouges et la peau parcheminée du dos de sa main.

— Non, répondit-elle en levant les yeux.

Une étrange fièvre fit briller soudain les prunelles de l'homme.

— On dit aussi que vous allez écrire un livre là-dessus.

— Non, répéta-t-elle en secouant la tête.

— Oh ! mais il le faut ! Il faut bien que quelqu'un le fasse pour que ce salopard paie son crime et qu'elle puisse ensuite reposer en paix.

Ces mots résumaient à peu près les pensées de Blythe. Si l'esprit de Sarah Comstock essayait de contacter Maddie, c'était à cause de la façon dont elle était morte. Et parce que son meurtrier n'avait jamais été traduit en justice.

Mais Blythe n'avait guère envie d'écrire ce livre. Elle était avant tout une mère qui voulait protéger son enfant.

— Je ne peux pas, murmura-t-elle. Croyez-moi, j'aurais aimé pouvoir faire quelque chose.

— Vous avez dit à Ada que vous alliez mener vos propres investigations.

— Ada s'est méprise sur mes intentions.

— Vous avez voulu voir l'endroit où elle est morte. Tout le monde devrait venir en pèlerinage, mais ils ont préféré oublier. Sauf moi.

Etait-ce pour cette raison qu'il avait acheté ces terres ? Avait-il un lien de parenté avec la petite fille assassinée ?

— Pourquoi vous ne l'avez pas oubliée ?

— Parce qu'elle était ma fille.

Mon Dieu ! L'homme soupçonné d'avoir assassiné son propre enfant !

Ses prunelles brûlaient d'un feu insoutenable. Une expression indicible transformait ce visage raviné en un masque de fureur. Blythe commençait à comprendre pourquoi la suspicion s'était portée sur lui. Il dégageait une impression malsaine.

— Je sais ce qu'ils vous ont dit, reprit-il. Que c'est moi qui l'ai tuée. Auriez-vous tué votre gosse, vous ?

Pourtant, ça arrivait. Les journaux, les salles de tribunaux regorgeaient de parents infanticides.

— Non, dit-elle, incommodée par la lueur de démence qui dansait dans ses pupilles.

— Ce sont ces calomnies qui ont fait mourir la maman de Sarah. Ma pauvre femme a perdu son enfant, et tous ces gens pensaient qu'elle avait épousé un monstre, capable de dépecer son propre bébé comme un pourceau.

Blythe déglutit péniblement.

— Et même si vous l'aviez tuée par accident, vous ne l'auriez pas découpée en morceaux, n'est-ce pas, mademoiselle Mitchell ?

« Même si vous l'aviez tuée par accident… »

Etait-ce un aveu ? Cet homme avait peut-être battu sa fille à mort dans un accès de rage propre aux ivrognes. Sinon, pourquoi aurait-il évoqué une telle éventualité ?

— Je vous ai posé une question. Auriez-vous fait ça à votre petite fille ?

— Non, murmura Blythe, une fois de plus. Non.

— C'est ce que je leur ai dit. Mais ils n'ont rien voulu entendre. Personne ne m'a cru, à part Hoyt.

— Le shérif Lee ?

— Oui, que Dieu le bénisse, et c'est pourquoi on ne m'a pas traîné devant le juge. Il le savait, lui, que je n'aurais pas fait le moindre mal à mon bébé.

Hoyt Lee passait pour un fin connaisseur de la nature humaine. Mais pouvait-il distinguer le vrai du faux, rien qu'en regardant un suspect au fond des yeux ?

— Alors, qui a fait ça ? demanda la jeune femme.

S'il était assez ivre, Comstock lui livrerait peut-être

une information qui lui permettrait de protéger Maddie.

— Vous vous figurez que si je l'avais su, je serais resté là à me tourner les pouces ?

— Soupçonnez-vous quelqu'un en particulier ?

— Ça doit être un type qu'elle connaissait. En qui elle avait confiance.

— Comment le savez-vous ?

— Parce qu'il n'est pas entré par effraction chez moi pour enlever ma petite fille. Je me suis levé le matin et je me suis rendu compte qu'elle n'était plus là. Je l'ai cherchée dans la maison, puis dans les bois. La fenêtre était bien fermée, dans la chambre des filles. C'est moi qui m'en étais chargé. Je les avais mises au lit, toutes les deux. Elles s'étaient endormies devant la cheminée, mais le lendemain, il y avait école. Je leur ai dit d'aller se coucher si elles ne voulaient pas recevoir une raclée. Rachel m'a obéi mais ma Sarah… ma Sarah traînassait, elle me tirait par la manche. « Papa, viens voir si la fenêtre est bien fermée », qu'elle disait ! D'habitude je me laissais pas commander par mes gosses, si vous voyez ce que je veux dire, mais quelque chose dans sa voix, dans sa façon de me supplier…

Il s'interrompit un instant. Son menton tremblota comme s'il s'efforçait de contenir ses larmes.

— C'est la dernière chose qu'elle m'a dite, gémit-il. La dernière chose qu'elle m'a demandée. Dieu merci, je l'ai écoutée. Je suis allé vérifier la fenêtre et j'ai mis le loquet. Si je ne l'avais pas fait, la culpabilité m'aurait rendu fou. Surtout après toutes ces accusations… Oh ! oui, je serais devenu dingue !

Blythe ignorait ce qu'Abel Comstock avait dit au shérif, vingt-cinq ans plus tôt, mais s'il s'était exprimé avec la même ferveur, la même émotion, elle pouvait parfaitement comprendre que Hoyt l'ait cru.

— Elle ou Rachel ont ouvert cette fenêtre. Rachel m'a juré qu'elle ne l'avait pas fait…

— Donc, à votre avis, Sarah le connaissait, souffla Blythe, médusée.

— Oui. Et elle lui faisait confiance. Sinon, elle n'aurait pas ouvert la fenêtre.

— Et vous ne voyez pas qui…

Elle s'interrompit. Il avait déjà répondu à cette question. Et elle l'avait cru. Blythe se sentait capable de tuer quiconque oserait nuire à Maddie. Si Abel Comstock avait soupçonné l'identité du meurtrier de sa fille, les tribunaux de Davis County n'auraient pas eu le temps d'intenter un procès au coupable.

— Je vais vous montrer où il l'a tuée. Ce n'est pas loin.

Blythe avait encore les lèvres entrouvertes sur la question qu'elle n'avait pas posée. Elle referma la bouche en pensant à la chaleur sécurisante de la maison de sa grand-mère. Et à Maddie.

Maddie. Qui entendait quelqu'un frapper à sa fenêtre. Et qui poussait des cris de terreur en dormant.

— D'accord.

— Vous voulez dire que vous allez venir ?

Abel semblait surpris. Peut-être parce que la plupart des habitants de Crenshaw auraient refusé de le suivre. Blythe n'avait pas plus de réponses sur le comportement de Maddie qu'avant sa visite à Smoke Hollow. Elle n'était sûre que d'une chose : l'homme qui avait tué Sarah Comstock n'était certainement pas son père.

16.

Le lendemain matin, lorsque Blythe descendit au rez-de-chaussée, Ruth enseignait à Maddie le point de croix devant une multitude de bobines de fil de toutes les couleurs étalées sur la table de cuisine.

La fillette ne leva pas les yeux quand sa mère entra. Sa petite langue rose pointant entre ses dents, elle se concentrait à fond sur son ouvrage. A l'aide d'une aiguille, elle piquait le tissu en s'efforçant de suivre le dessin tracé au marqueur bleu pâle.

— C'est très bien, lui dit Ruth.

Ses doigts noueux s'affairaient entre les bobines, séparant différentes nuances de vert et de rose.

Blythe traversa la pièce, puis jeta un coup d'œil par-dessus l'épaule de sa fille. Un motif de ramages et de fleurs se précisait sur l'étoffe neigeuse.

— Quand tu auras fini, je te montrerai comment coudre la garniture de dentelle, déclara Ruth. Ce sera pour ton trousseau.

— C'est quoi un trousseau, madame Ruth ?

— Tout ce qu'une jeune fille doit posséder pour se marier.

— Ou pour louer son premier appartement, ajouta Blythe.

— Tu as vu ma broderie, maman ?

— Oui, ma chérie, et je la trouve magnifique.

— C'est une taie d'oreiller. Après, j'en ferai d'autres.

— Qui seront tout aussi ravissantes, j'en suis convaincue.

Se penchant, Blythe effleura d'un baiser la tête de sa fille. Une raie tracée au cordeau séparait ses cheveux par le milieu — l'œuvre de Ruth, très certainement, tout comme les deux barrettes en émail fuchsia qui retenaient sagement ses mèches dorées de chaque côté de son visage.

— Les taies d'oreiller sont pour le trousseau, déclara la vieille dame d'un ton sans réplique.

— Mais elle voudra peut-être les utiliser avant de se marier, riposta Blythe avec un petit air pervers, histoire de combattre l'influence grandissante que Ruth exerçait sur sa progéniture.

Aussitôt, la fillette releva la tête et scruta la maîtresse de maison.

— Oooh, oui ! Je pourrai dormir dessus ? implora-t-elle.

Ruth croisa le regard de Blythe.

— Si tu veux. Mais après, elles ne seront plus neuves.

— Je ferai attention ! promit l'enfant.

— Bien sûr ! lui dit sa mère en souriant. Mamie te fait confiance.

— Prends donc un peu de café, proposa Ruth, signalant par ce brusque changement de conversation que le sujet était clos.

Blythe ne demandait pas mieux.

— Merci. Est-ce que tu en veux une tasse ?

— Mon Dieu, non ! J'en ai déjà bu plusieurs. Encore une et je ferai la roue.

— Je veux faire la roue, moi aussi ! déclara Maddie.

— Non, non : toi, tu n'as pas bu de café, répliqua Ruth d'un ton taquin. C'est juste pour les grandes personnes, comme ta mère et moi. Au fait, demande à ta maman si elle se rappelle le point français que je lui ai appris quand elle avait ton âge.

— C'est quoi ?

— Quelque chose dont tu auras besoin pour le cœur de tes fleurs.

— Tu sais faire le point français, maman ?

Blythe sourit.

— Je crois que je m'en souviens, oui. Je te montrerai quand j'aurai avalé un demi-litre du bon café de Mme Ruth.

Ce disant, elle se dirigea vers le comptoir chromé,

décrocha une tasse suspendue par l'anse à un crochet métallique, la posa à côté du pot de café. Le riche arôme lui chatouilla agréablement les narines, tandis qu'elle versait le liquide sombre dans la tasse, puis savourait une longue gorgée onctueuse, légèrement parfumée à la chicorée.

— Tu as fait la grasse matinée, lui dit Ruth. Tu en avais besoin.

Ce n'était que trop vrai, et après une bonne nuit de sommeil, elle se sentait fraîche et dispose.

— C'est formidable de pouvoir rester à la maison avec vous ! dit-elle en souriant d'un air heureux.

Ruth hocha la tête, ravie de cette déclaration, ce qui ne l'empêcha pas de lancer un regard désapprobateur à sa petite-fille, comme pour insinuer : « Si tu étais venue ici depuis le début, rien de tout cela ne serait arrivé ! »

— Quels sont tes plans pour aujourd'hui ? s'enquit-elle.

— Me reposer !

Le carillon de l'entrée tinta, comme pour démentir ses propos.

— Grands dieux, qui cela peut-il bien être, à cette heure-ci ? se demanda Ruth en repoussant sa chaise.

— J'y vais ! dit Blythe.

Elle émergea dans le vestibule relativement sombre

malgré un soleil radieux, en se posant la même question que sa grand-mère.

La silhouette qui se découpa contre la clarté du jour était reconnaissable entre toutes. Avec sa carrure d'athlète, Cade Jackson était toujours aussi impressionnant.

Blythe le contempla un instant. Ils se dévisagèrent sans un mot, après quoi elle murmura :

— Shérif Jackson ?

Il toucha du bout des doigts le bord de son Stetson.

— Madame Wyndham.

Elle poussa un léger soupir.

— J'apprécie les bonnes manières, mais même le jeune pompiste du coin m'appelle par mon prénom. Je crois, en conséquence, que nous pouvons passer outre ces formules de politesse.

— Surtout que j'ai agi comme un sombre crétin, la dernière fois que je vous ai vue !

— Je ne sais pas ce que veut dire « sombre crétin ».

— Alors, crétin tout court.

Elle ne put s'empêcher de sourire.

— Oui, d'accord.

— Vous comprendrez donc pourquoi je suis venu ?

— J'essaie.

— Je voudrais m'excuser. Je n'avais pas le droit de suggérer… vous savez quoi.

— Emmener Maddie à Smoke Hollow ?

— Exactement. Vous aviez raison d'être furieuse. Comme l'enquête piétine, je mets ma maladresse sur le compte de la frustration. Il n'y a pas d'autre excuse.

— L'enquête sur le meurtre de Sarah ?

— Sur l'incendie.

— Et vous ne voyez aucun rapport entre les deux ?

— Je n'ai pas dit ça.

— Vous n'êtes pas obligé d'abonder dans mon sens.

— Ecoutez…

Il s'interrompit pour prendre une profonde inspiration.

— Je ne suis pas venu ici pour me disputer avec vous, reprit-il.

— Juste pour vous excuser ?

— Croyez-le ou non, mais c'est la vérité.

— Je n'ai aucune raison de ne pas vous croire. Moi non plus, je ne veux pas me quereller avec vous. Quand vous êtes parti, je me suis demandé si vous n'aviez pas un peu raison.

— A propos de Smoke Hollow ?

— Oui.

— Vous… vous allez y emmener Maddie ?

— Non. J'y suis allée seule.

Une ride soucieuse se creusa entre les sourcils de Cade.

— Pourquoi ?

— Pour voir… si je ressentais quelque chose. Une sorte de… je ne sais pas… d'entité spirituelle, d'énergie résiduelle ou… Seigneur ! Jusqu'à présent, ces mots-là ne faisaient pas partie de mon vocabulaire. Oh ! je sais à quoi vous pensez !

— Vous n'en savez rien.

Elle le scruta, abasourdie, sans déceler une once d'ironie ou d'amusement dans ses prunelles aigue-marine.

— Vous m'aviez décrit un joli paysage, lui dit-elle.

— Avez-vous ressenti quelque chose, là-bas ?

— Oui. Un certain malaise. Il faisait jour, pourtant.

— Vous n'auriez pas dû y aller seule.

— Je n'étais pas seule.

Il lui fallut une seconde pour digérer l'information.

— Comment ? Il y avait quelqu'un avec vous ?

— Pas avec moi. Sur place. Il s'est présenté comme le propriétaire des terres.

— Les terres appartiennent au comté, depuis que Longleaf a fermé son usine de textiles à Draper.

— Alors, il a menti sur ce point. Mais pas sur le reste.

— Le reste ?

— Sur Sarah. Sur sa mort.

— Il vous a parlé du meurtre ?

— Effectivement…

— Blythe, ma chérie, qui est-ce ?

Poussée par la curiosité, Ruth déboucha à son tour dans le vestibule. D'un regard appuyé, Blythe intima à Cade de se taire. Puis elle se tourna vers sa grand-mère.

— Le shérif Jackson est venu m'informer des investigations en cours concernant l'incendie.

— Pour l'amour du ciel, ne laisse pas ce garçon dans le froid ! Voulez-vous une tasse de café, Cade ?

— Non, merci, madame Ruth.

— Bon, entrez quand même et refermez cette porte, sinon vous allez faire grimper ma facture de chauffage ! Allez donc discuter dans le salon, tous les deux. Je ferai en sorte que Maddie ne vous dérange pas.

Sur ce, Ruth regagna sa cuisine.

Blythe espérait ardemment que Cade n'avait pas deviné les projets matrimoniaux que sa grand-mère nourrissait pour elle.

Elle s'effaça pour le laisser passer.

Il entra et la suivit jusqu'au salon où régnait une douce chaleur. Le feu de cheminée distillait dans la pièce une atmosphère douillette, propice aux confidences. Du coup, Smoke Hollow revêtit dans l'esprit de la jeune femme une allure de pays imaginaire.

— Est-ce qu'il vous a donné son nom ? demanda Cade en s'asseyant dans un fauteuil.

— Il n'a pas eu besoin de le faire. Il m'a simplement dit qu'il était le père de Sarah.

— Abel Comstock ? Il était là-bas ?

— Je cherchais le lieu du crime. J'avais en tête les clichés publiés dans le *Herald*, mais je n'ai pas été fichue de le découvrir. Je me suis un peu perdue dans le sous-bois, et quand j'ai pris la décision de regagner ma voiture, j'ai emprunté un chemin creux. C'est là que je l'ai rencontré.

— Quelle a été votre première réaction ? La peur ?

— Au début, j'ignorais à qui j'avais affaire. Disons que je me suis sentie mal à l'aise. Compte tenu de la situation, n'importe qui aurait éprouvé la même appréhension. Et puis, quand j'ai compris qui il était…

— Saviez-vous qu'il avait été le suspect numéro un ?

— Oui. Tout le monde l'a soupçonné, excepté Hoyt, apparemment.

— J'ai une grande estime pour le shérif Lee, mais je crois qu'il s'est trompé.

— Abel m'a demandé si je connaissais un seul

être humain capable de tuer son propre enfant. Je n'en connais aucun. Je ne peux même pas l'imaginer. Ensuite, je me suis rappelé tous les cas de maltraitance dont j'avais entendu parler et, a posteriori, je me suis demandé…

— S'il avait été capable de commettre ce crime ?

— Oui, admit-elle. Il aurait pu, finalement. Aux dires des habitants de la région, c'était un homme méchant. Abusif. Cruel vis-à-vis de sa femme et de ses enfants. Alcoolique. Il a pu, par exemple, frapper Sarah dans un accès de rage, la pousser dans l'escalier ou contre un meuble. Un terrible accident…

Elle s'interrompit, hors d'haleine. Depuis hier, elle avait envisagé tous les scénarios possibles et imaginables.

— Mais ? demanda Cade.

— Comment savez-vous qu'il y a un « mais » ?

— Je l'ai deviné au ton de votre voix. Vous pensez qu'Abel a peut-être frappé sa fille à mort, mais…

— Je ne crois pas qu'il l'aurait mutilée, « dépecée comme un pourceau », pour reprendre ses propres mots, reconnut-elle dans un souffle.

— D'après le rapport du légiste, sa description n'est pas loin de la vérité.

— Qui aurait pu faire ça à une petite fille ?

— Un homme en colère. Quelqu'un qui se serait fâché tout rouge contre elle, jusqu'à en perdre la raison. Ne vous méprenez pas, Blythe. Ce qui s'est passé dans la vallée n'est pas un acte de violence gratuit. C'est le crime personnel d'un homme animé de sentiments puissants à l'égard de sa victime, pas d'un tueur occasionnel qui l'aurait aperçue par hasard et qui l'aurait enlevée.

— C'est exactement ce qu'il prétend.

— Abel ?

— Il m'a dit que Sarah connaissait son bourreau. Que c'était elle qui lui avait ouvert la fenêtre pour le laisser entrer.

— Sauf s'il était déjà à l'intérieur… L'autopsie a révélé certains détails troublants qui n'ont pas été divulgués à la presse.

— Comme quoi ?

— Des abus sexuels. L'homme qui a assassiné Sarah, cette nuit-là, entretenait des rapports sexuels avec elle depuis très longtemps. Et le meilleur candidat à cette abomination…

— C'était son propre père, acheva doucement Blythe.

17.

Cade dévala les marches du perron, l'air sombre.

Il devait encore interroger deux personnes, mais il n'arrivait pas à décider dans quel ordre il allait le faire.

La logique aurait voulu qu'il commence par Hoyt Lee, mais le fait qu'Abel Comstock continue à proclamer son innocence l'incitait à faire le contraire.

« Aurais-tu toujours envie de lui casser la figure ? »

Oui, probablement. Même si Lee avait eu raison de mettre en doute la culpabilité de Comstock, ce sale ivrogne ne méritait tout de même pas le prix du meilleur père. Bien avant la mort de Sarah, il avait envoyé sa femme et ses gosses chez le Dr Etheridge. Elles étaient toutes les trois couvertes d'hématomes...

Cette pensée fit remonter en lui une colère refoulée. Cade inspira une grande goulée d'air froid pour se calmer. Sarah était morte depuis un quart de siècle, maintenant, mais à l'évocation de ses souffrances, une rage épouvantable déferlait dans les veines du shérif. Comment les enquêteurs faisaient-ils pour ne pas cogner sur certains suspects particulièrement vicieux ?

Evidemment, un bon policier doit toujours faire preuve de sang-froid, garder ses distances et éviter de s'identifier à la victime.

C'était la première chose que Hoyt Lee lui avait apprise. Les haines viscérales, la soif de vengeance, l'indignation, si justifiée soient-elles, ne servaient qu'à compliquer inutilement les procédures. Une enquête criminelle devait reposer sur la réflexion. Et sur les preuves.

Cade estima qu'il avait besoin d'un nouveau cours magistral sur son métier de flic.

— Je ne l'ai pas inculpé parce que je le croyais innocent. C'était mon intime conviction, déclara Hoyt. Le flair, si tu préfères.

Le mentor de Cade Jackson n'avait guère changé depuis un an qu'ils ne s'étaient pas vus. Si, un peu, peut-être. Ses cheveux étaient complètement blancs, maintenant, et pour la première fois, Cade nota qu'il était légèrement voûté. Mais ses yeux d'un bleu délavé avaient conservé cette lueur d'intelligence que Cade lui avait toujours connue.

— Pourtant, tu n'avais pas l'habitude de recourir à l'intime conviction pour résoudre un crime !

— Non. Mais en l'occurrence, l'innocence de Comstock s'était imposée à moi comme une certitude. J'aurais voulu arrêter le coupable, Cade. Le souvenir de ce meurtre me donne encore des sueurs froides.

— A cause de la façon atroce dont Sarah est morte.

— Et à cause de la façon dont elle a vécu. Le fait qu'un homme ait pu massacrer une petite fille, puis se fondre tranquillement dans la communauté m'a empêché de dormir pendant longtemps.

— Il n'a plus jamais tué.

— Non, pas que je sache. Jusqu'à ce que je prenne ma retraite, je me suis intéressé aux tueurs en série, aux meurtriers d'enfants qui sévissaient dans les Etats voisins. Mais aucun ne correspondait…

Hoyt s'interrompit pour porter à ses lèvres une bouteille de bière. Il avala une longue gorgée au goulot, puis soupira, ce qui chez lui traduisait une certaine gêne.

— Alors, pourquoi pas Abel ? demanda Cade.

— Je n'en sais rien. Bon sang, ce type était assez brutal pour tabasser sa gosse quand elle osait lui tenir tête. La nuit du meurtre, il était ivre mort. Si la petite l'a appelé au secours, il ne l'a pas entendue parce qu'il roupillait comme une souche.

— Mais tu ne l'as pas arrêté.

Hoyt secoua la tête.

— Je l'ai vu, le fameux matin où on a découvert

le corps… ou ce qu'il en restait… Le spectacle avait arraché des larmes à tous les hommes présents. Tous les durs à cuire d'Alabama étaient sous le choc. J'ai chialé, moi aussi, je n'ai pas honte de l'avouer.

— Son père aussi, je suppose.

— Eh bien, tu te trompes. Ses yeux sont restés secs.

Hoyt but une nouvelle gorgée de bière et s'essuya la bouche du dos de la main.

— On aurait dit qu'on lui avait arraché le cœur, reprit-il. Sarah était sa préférée, sa petite dernière. Abel avait construit la chambre de ses filles à l'endroit le plus chaud de la maison. D'accord, c'était un pochard, un fainéant, violent et mauvais père. D'accord, ce matin-là, il n'a pas versé une larme. Mais si tu avais vu l'expression de ses yeux, tu ne me demanderais pas pourquoi je me suis refusé à lui passer les menottes.

Cade avait scrupule à formuler le fond de sa pensée, de crainte de manquer de respect à son ancien chef. Il prit une lampée de sa propre bière, tout en cherchant le moyen d'aborder le sujet qui l'avait amené jusqu'ici, quand Hoyt le sortit d'embarras.

— Mais pourquoi me poses-tu toutes ces questions ? On ne s'est pas vus depuis une paie et tu viens me replonger dans un meurtre vieux de vingt-cinq ans.

— C'est une histoire longue et compliquée. J'ai besoin de tes lumières, Hoyt.

— Ça tombe bien : je n'ai rien à faire, cet après-midi.

— Je ne voudrais pas te déranger.

— Tu ne me déranges pas. La chasse et la pêche peuvent attendre jusqu'à l'ouverture de la saison. Je passe le plus clair de mon temps à regarder la télé. Qu'est-ce qui te fait penser que ton histoire ne va pas m'amuser ?

— Et… tu l'as crue ? fut la seule question que Hoyt posa, vingt minutes plus tard, après que Cade lui eut exposé le sujet de ses préoccupations.

La seule question qui comptait, après tout.

— Justement, je ne sais pas. En tout cas, Blythe y croit, dur comme fer… Et toi ?

— J'aurais tendance à accorder un certain crédit à son récit.

— Tu penses que le fantôme de Sarah Comstock essaie d'utiliser Maddie afin que son meurtrier soit puni ?

Cade perçut le sarcasme dans sa propre voix, mais Hoyt ne sourit pas.

— Je pense que si un esprit a des raisons d'être tourmenté, c'est bien celui de la petite Sarah, dit-il.

Elle doit me reprocher de l'avoir laissée tomber, et Dieu sait si j'ai essayé de découvrir le coupable.

— Alors, pourquoi elle ne te hante pas ?

— Pour la même raison qu'elle ne te harcèle pas, toi non plus. Parce que nous sommes des adultes, et les adultes ne prêtent pas attention aux phénomènes surnaturels. Alors qu'une fillette de quatre ans est plus réceptive.

— Donc, à ton avis, il y aurait du vrai dans les affirmations de Mme Wyndham ?

— On ne sait pas où est la vérité, mon gars. Si jamais tu te décides à emmener Maddie à Smoke Hollow, j'aimerais bien vous accompagner pour étudier ses réactions.

Il y avait trois ou quatre ans que Cade n'était pas venu dans ce coin. Les entrelacs des branches s'écartèrent sur la cabane où une vieille couche de peinture achevait de s'écailler. Deux carcasses de voitures rongées par la rouille, dont l'une posée sur quatre blocs de ciment, agrémentaient la cour désolée.

Cade écrasa la pédale de frein et fouilla d'un œil perçant la façade décrépite aux fenêtres défoncées. Du papier journal et des haillons remplaçaient toutes les vitres, sauf celles de la chambre où, selon les descriptions de Hoyt, Abel avait installé ses deux filles. Là, les fenêtres restaient béantes, ouvertes aux éléments.

Ainsi, Abel n'était jamais retourné dans cette chambre.

Une attitude révélatrice aux yeux de Cade.

Malgré l'intime conviction de l'ex-shérif que Comstock n'était pas le meurtrier de sa fille cadette, son successeur était prêt à parier le contraire. Sinon, pourquoi diable ce type vivrait-il dans un tel gourbi, alors qu'il aurait pu prétendre aux allocations que l'Etat attribuait aux indigents ?

Un père alcoolique qui se sent coupable parce qu'il n'a pas protégé sa petite fille… ou parce qu'il l'a tuée…

Cade sortit du véhicule de patrouille en claquant délibérément la portière afin d'annoncer son arrivée, mais rien ne bougea à l'intérieur de la cabane, et à part un sac en plastique qui survola la cour, charrié par le vent, il ne décela aucun mouvement alentour.

— Abel ?

Il attendit une réponse qui ne vint pas.

Du regard, il balaya le porche délabré, à la recherche du moindre signe de vie. Ou l'homme se terrait dans la maison en compagnie d'une bouteille de whisky de contrebande, ou il errait dans la vallée, guettant les randonneurs.

— Abel Comstock ?

Toujours pas de réponse. Il n'était que 4 heures

de l'après-midi et, déjà, la lumière commençait à décliner. La température avait chuté de six ou sept degrés depuis qu'il avait quitté son bureau.

Sa conversation avec Hoyt l'avait incité à repasser au poste de police où il avait parcouru le dossier du meurtre. Sa lecture lui avait laissé un goût de fiel dans la bouche.

Il fit quelques pas en direction du perron, les sourcils froncés. Puis il monta les marches branlantes, et frappa à la porte.

Rien. Le silence semblait s'intensifier, tout comme le froid des profondeurs boisées.

Cade frappa de nouveau. Sans plus de résultat.

Abel faisait peut-être la sourde oreille. Après sa rencontre avec Blythe, il devait se méfier de la police.

La pensée que ce vaurien se fichait de lui rendit Cade presque aussi furieux que l'affirmation d'Abel que la vallée lui appartenait. Il avait vérifié le registre pour s'assurer que le titre de propriété était bien établi au nom de la Ville.

Au bout d'un moment, il battit en retraite. Arrivé près de la voiture, il se ravisa. Une brusque impulsion le poussa à s'élancer vers la maison. Il saisit la poignée de la porte, et entra dans une pièce longue et basse de plafond, presque aussi sale et froide que la cour.

Une pyramide de bois mort était érigée près de la cheminée, mais les cendres qui recouvraient l'âtre étaient anciennes.

Un vague malaise s'empara de Cade.

— Abel Comstock ? C'est le shérif Jackson. J'aimerais vous parler. Vous êtes là ?

Rien. Un relent tenace, mélange de bacon graisseux, de crasse et de moisissure l'assaillit. Il s'immobilisa et lança un regard inquisiteur alentour.

Un fauteuil à bascule devant la cheminée. Une table basse supportant une bouteille sans étiquette remplie d'un liquide trouble, et un livre — une Bible, probablement.

Cade s'engouffra dans un couloir sur la gauche : une salle de bains, deux pièces vides. Il jeta un coup d'œil dans la première, celle qui était mitoyenne à la salle de séjour. Un lit défait, des vêtements sales accrochés aux montants de fer.

Il mit le cap sur la cuisine. Une pile d'assiettes dégoûtantes débordait de l'évier. Canettes et bouteilles encombraient les comptoirs.

— Abel ? cria-t-il.

Sa voix ricocha sur les cloisons sans susciter de réponse.

Il ne restait plus qu'une pièce à inspecter. La chambre des filles. Cade repassa par la salle de séjour. Sans se donner le temps de réfléchir, il ouvrit la porte. Il avait eu tort de penser qu'il faisait froid dans la maison. Ici, c'était une glacière.

Le mobilier se résumait en tout et pour tout à un double lit recouvert d'une courtepointe en patchwork, et à une minuscule table de chevet sans lampe. Il n'y avait pas de plafonnier non plus. La seule source de lumière devait pénétrer par la fenêtre.

Si la chambre d'Abel et de sa femme avait toujours été située de l'autre côté de la salle de séjour, ils n'avaient pas pu entendre quoi que ce soit, et surtout pas un tapotement contre la vitre.

C'était ici que Sarah Comstock avait passé sa brève existence. Son enfance misérable. Alors, si elle avait choisi de revenir, pourquoi n'avait-elle pas jeté son dévolu sur cet endroit ?

Si elle avait choisi de revenir… Cade n'était pas près de croire à cette hypothèse.

Il retourna dans la pièce principale. A l'évidence, Abel n'était pas là. Et à en juger par les cendres froides, il devait être absent depuis des heures. Est-ce qu'il passait ses journées dans la vallée ? Et pour quelle raison ? Pour y surprendre un éventuel promeneur et tenter de le convaincre qu'il n'avait pas tué sa fille ?

Cade n'avait guère envie d'attendre son retour dans cette baraque lugubre. Pas plus que de se rendre sur le lieu du crime, à un demi-kilomètre de là. Pas à cette heure de la journée. En ressortant, il se résolut à suivre la direction que Blythe avait empruntée la veille. Si Abel rôdait là-bas, il lui adresserait un sévère avertissement. Il le préviendrait qu'il était passible d'une lourde peine pour harcèlement. Ce serait toujours ça de pris, songea-t-il en forçant l'allure.

Et s'il ne le trouvait pas, tant mieux. Compte tenu de son humeur de chien, Comstock était la dernière personne au monde qu'il souhaitait rencontrer.

Dans le sous-bois, le chemin était sinueux. Il faisait presque noir. Les frondaisons formaient un dôme sombre au-dessus de sa tête. C'est à peine s'il distinguait le sol qu'il foulait. Le murmure de la rivière, à sa gauche, le guiderait jusqu'au cœur de la vallée, il le savait.

Il continua d'avancer en faisant attention de ne pas trébucher sur les pierres. A mesure qu'il marchait, une étrange sensation s'emparait de lui. Un sentiment de tristesse, de solitude. Une sorte d'appréhension irraisonnée. Il se rappela qu'au service militaire, on décrivait ce genre de lieu comme propice aux embuscades. Surtout à la tombée de la nuit.

Cade s'immobilisa soudain, et écouta attentivement. Il lui avait semblé entendre quelque chose à sa gauche : un bruit sec, aigu, qui, l'espace d'un instant, avait recouvert le bruissement de l'eau. Sans être chasseur, il s'était suffisamment promené dans la forêt quand il était petit pour identifier le bruit.

Figé sur place, il défit la pression de son holster, puis ses doigts empoignèrent la crosse de son arme de service. Le poids du Glock au creux de sa paume évacua un peu la tension qui raidissait ses muscles.

Il respira profondément, puis exhala un long souffle dans un nuage de condensation. La température avait encore chuté ; une humide coulée de brume s'élevait du fond de la vallée. Il réprima un frisson en songeant au froid glacial que les fantômes sont censés laisser dans leur sillage.

Une pensée bizarre ! se dit-il avec un vague sourire. Parce que le bruit qu'il avait entendu n'avait rien à voir avec le fantôme de Sarah Comstock, bien sûr. C'était plutôt le pas titubant de son ivrogne de père.

Le Glock au poing, Cade se remit en marche. Le bout de sa botte buta contre un objet dur, une pierre ou un nid-de-poule. Il faillit basculer en avant mais recouvra l'équilibre. Sa main libre plongea dans la poche de sa veste à la recherche de sa lampe électrique. Le faisceau lumineux accrochait des broussailles, des écorces, des troncs noueux, un lacet de terre lacéré de racines.

A plusieurs reprises il songea à regagner la voiture de patrouille pour aller s'offrir un bon dîner en ville, mais une obscure pulsion l'incitait à avancer, toujours plus loin. S'il tombait sur Abel, il le mettrait en garde. De nouveau, il se laissait aller à ses émotions, mais c'était plus fort que lui.

A un moment donné, il comprit qu'il avait atteint le lieu du crime. La torche creusa un sillon éblouissant entre les silhouettes des pins. Il bifurqua vers la rivière qui luisait entre les arbres, s'efforçant d'adapter sa vision aux profondeurs de la nuit. Le site était effectivement identique à celui qu'il avait contemplé sur les photos officielles, un peu plus tôt, dans l'après-midi. Une buée blanche flottait au-dessus de l'eau. Visiblement, Abel n'avait pas jalonné la région de pieux pour décourager les intrus.

— Abel, vous êtes là ?

Rien, excepté ce bruit en provenance de la rivière.

Cade se dit qu'il perdait son temps. Il serait plus judicieux de rebrousser chemin, quitte à revenir le lendemain, en plein jour. Il pourrait prendre des photos, comme s'il procédait à une investigation policière plutôt qu'à une vengeance personnelle.

Ou à une chasse aux fantômes.

— Si vous êtes là, mon vieux, sachez que je suis au courant des mensonges que vous avez débités hier à Mme Wyndham ! Vous n'êtes pas le propriétaire de ces terres. Ça veut dire que c'est vous qui avez violé une propriété privée, celle de la Ville.

Un silence moqueur salua ce discours. Cade se sentit ridicule. Il ignorait si Comstock déambulait sur le rivage ou pas. Et porter contre quelqu'un une accusation de violation de propriété privée ne rimait à rien, même à Crenshaw.

Serrant les dents, il glissa le semi-automatique dans

le holster avant de tourner les talons. A peine avait-il esquissé un pas en arrière que l'écorce de l'arbre le plus proche explosa, puis l'écho du coup de feu se répercuta dans la clairière.

18.

Cade porta vivement la main devant ses yeux afin de se protéger des éclats de bois — un vieux réflexe. En même temps, il se jeta à terre, dégaina le semi-automatique et se tourna vers la direction d'où le coup était parti.

Il brandissait le Glock dans sa main droite qu'il consolidait de sa main gauche. Ensuite, il se mit à ramper silencieusement jusqu'à l'arbre où la balle avait fait un trou.

Il se positionna derrière le tronc trapu, l'oreille à l'affût, le souffle bloqué dans ses poumons, mais il ne distingua que le gargouillis de l'eau.

Au bout d'un long moment, il s'autorisa à bouger de quelques centimètres. Il fallait qu'il trouve le moyen de s'en sortir sans se faire exploser la cervelle car — il n'en doutait pas — son agresseur avait bel et bien l'intention de l'abattre.

Sans laisser l'inquiétude le paralyser, il se mit à fomenter un plan. Il n'allait pas rester caché sous les branches toute la nuit, mais il ne donnerait pas non plus à Abel l'occasion de lui décocher une deuxième balle. La façon dont il avait visé laissait penser qu'il n'avait pas assez bu… quoique ! Comstock était chasseur. Des années durant, il avait nourri sa famille du produit de ses chasses nocturnes ; il était donc capable d'atteindre sa cible, même en état d'ébriété.

« Fils de pute ! »

Cade ravala le juron, ce qui augmenta sa frustration. La lampe lui avait échappé et avait roulé dans les buissons. Il était seul dans les ténèbres. Assis sur ses talons, il balaya le sous-bois d'un regard scrutateur, et n'aperçut que des formes opaques, immobiles. S'il parvenait à décrire un cercle assez large, il pourrait surprendre son agresseur par-derrière. Les pluies récentes avaient ramolli le sol mais les aiguilles de pin et les brindilles ne manqueraient pas de crisser sous ses semelles.

Exaspéré, il s'accroupit, le Glock bien en main, et s'efforça d'affûter sa vue. Les ombres qui, peu à peu, se dégagèrent du fond obscur appartenaient au règne végétal. Comstock, si toutefois c'était lui le tireur, avait probablement quitté sa cachette. Peut-être avait-il regagné sa tanière. Peut-être même avait-il tiré une seule fois en guise d'avertissement.

Cade reporta son poids sur ses talons pour se redresser. Sa vision s'était accommodée car, à présent, il distinguait les arbres. Avec un luxe de précautions, il s'engagea dans la direction d'où était venu le coup de feu.

Excepté le bruissement de l'eau, le silence était retombé sur la forêt. Il se fraya un chemin laborieux au milieu des pins et des arbustes hérissés d'épines. Soudain, son pied heurta un obstacle d'une texture différente : il ne s'agissait pas d'une pierre ni d'un amas de feuilles mortes.

Cade s'appuya sur l'autre jambe, ébaucha un pas en arrière, puis se pencha, l'arme dans la main droite, cherchant à tâtons de la main gauche. Quand ses doigts touchèrent l'obstacle, son cœur fit un bond dans sa poitrine. Il palpa ce qu'il identifia comme un torse humain. Aucune chaleur ne s'en dégageait à travers la chemise de flanelle. Cade remonta les doigts vers un cou massif, à la recherche d'un pouls inexistant. Plus haut encore, il rencontra une moustache. Il s'agissait donc d'un homme, étalé par terre. Mort depuis longtemps, compte tenu de la température de son corps.

Malgré le choc de cette découverte, Cade ne baissa pas sa garde. La logique lui soufflait le raisonnement suivant : le tireur qui l'avait pris pour cible avait déjà abattu cet homme, auparavant. Et l'homme en question n'était autre que… Abel Comstock.

Cade déplaça la main, s'efforçant de reconnaître les traits de la victime. Le nez charnu, les joues creusées, les yeux profondément enfoncés dans leurs orbites, les sourcils broussailleux lui indiquaient qu'il avait vu juste.

Le tireur n'était pas Abel Comstock, pour la bonne raison que Cade venait de buter contre son cadavre. Ça voulait dire que l'assassin était tapi quelque part dans la forêt. Mais pourquoi avait-il fait feu sur le shérif? Pour supprimer un témoin gênant? Ou pour l'amener à découvrir le corps?

Cade s'agenouilla et se pencha vers le corps d'Abel. Sa main se déplaça le long du bras inerte jusqu'au poignet, après quoi il tâtonna alentour. Un fusil gisait sur l'humus. Cade le saisit par le canon, afin de ne pas effacer les éventuelles empreintes digitales sur la crosse, puis il le rapprocha de son nez. L'odeur de poudre l'incita à conclure que l'arme avait servi récemment, mais à coup sûr, ce n'était pas le doigt d'Abel qui avait appuyé sur la détente.

« Sauf si tu crois aux fantômes. »

Il n'y croyait pas. Ni aux fantômes qui tirent des coups de feu ni à ceux qui tapent contre les fenêtres.

Cade replaça le fusil par terre, puis se redressa, les mains serrées sur le semi-automatique. Il savait, néanmoins, que son agresseur était déjà loin.

Il se mit à réfléchir. L'assassin d'Abel Comstock n'avait pas prévu que Cade arriverait. Lorsqu'il avait aperçu la lueur de la lampe électrique, il lui avait tiré dessus pour égarer les soupçons. Parce que si Cade avait été mortellement touché avec le fusil d'Abel, celui-ci aurait été accusé du meurtre. Le coroner se serait retrouvé avec deux cadavres sur les bras et, compte tenu du froid glacial, il n'aurait pas pu déterminer avec exactitude l'heure de leur mort. Certes, la mise en scène laissait à désirer. Abel n'avait pas été tué avec l'arme de service de Cade. On aurait peut-être supposé — et le meurtrier devait compter là-dessus — qu'il avait retourné son arme contre lui-même.

Malheureusement pour le tueur, son subterfuge n'avait pas fonctionné. Il y aurait une enquête, Cade y veillerait.

Mais une question plus importante se posait : quel était le lien entre ce qui s'était passé à Smoke Hollow ce soir et le crime survenu vingt-cinq ans plus tôt ?

Cade sut avec une certitude absolue que lorsqu'il aurait résolu le premier meurtre, il tiendrait la solution du deuxième.

Depuis l'épisode de la balançoire, les terreurs nocturnes semblaient s'être apaisées, contrairement aux craintes de Blythe. La jeune femme ne chercha pas à expliquer ce phénomène. Pourtant, elle ne dormait que d'un œil, harcelée par des voix intérieures lui susurrant à longueur de nuit que les cris stridents ne tarderaient pas à recommencer.

Et ce soir-là, elle les entendit. Oh ! pas des cris !

Des gémissements. Des sanglots en provenance de la chambre de sa fille. Pires que des cris, en réalité.

Elle se glissa hors du lit et jeta un coup d'œil machinal à la pendulette de la table de chevet. 23 heures. Elle venait juste de s'endormir.

Blythe saisit sa robe de chambre accrochée au montant du lit avant de se propulser sur le palier. Maddie n'avait pas pleuré depuis longtemps. Depuis l'incendie, très exactement. Elle enfila la robe de chambre, tandis qu'elle entrait dans la chambre de la petite fille. Il y faisait froid. Beaucoup plus froid que dans le reste de la maison.

Instinctivement, la jeune femme regarda vers la fenêtre. Les rideaux étaient écartés, mais elle ne prit pas le temps de les refermer.

Dans la lueur de la veilleuse, elle voyait Maddie couchée sur le ventre, le visage enfoui dans l'oreiller, le corps secoué de sanglots. Elle s'assit sur le bord du lit.

— Allons, allons, ce n'est rien, mon bébé, chuchota-t-elle, soucieuse de ne pas réveiller Ruth qui dormait dans la chambre attenante. Voilà, voilà… tout va bien.

Des mots consolateurs qui n'eurent aucun effet sur l'enfant. Maddie ne se réveilla pas, comme lorsqu'elle faisait des cauchemars. La peur familière imprégna Blythe, mais elle s'efforça de se contrôler. La fillette ne poussait pas de cris stridents, c'était donc différent. Un rêve moins angoissant, probablement.

— Maddie, réveille-toi, bébé ! Maman est là. Tout va bien.

Ce disant, elle secoua légèrement l'épaule gauche de la fillette. Maddie roula sur le côté. Ses yeux étaient ouverts. Des larmes ruisselaient sur ses joues. Une expression de terreur voilait son regard.

— Maddie !

Blythe secoua de nouveau sa fille dont la tête dodelina mollement.

— Maddie, réveille-toi !

Elle avait haussé le ton, cherchant à briser la barrière invisible qui la séparait de son enfant. Un instant plus tard, le miracle se produisit : les yeux bleus se ranimèrent, puis se posèrent sur le visage de Blythe avec un air surpris.

— Tu le savais, maman ?

— Je savais quoi, mon cœur ?

Maddie avait posé une question déconcertante et pourtant, Blythe ressentit une sensation de soulagement. Ce n'était pas une répétition du schéma ordinaire, pas un cauchemar, songea-t-elle.

— Mon papa… murmura la fillette.

Puis sa voix se brisa, et ses yeux s'emplirent de larmes. Blythe lui caressa doucement la joue.

— Tu rêvais de ton papa ?

La psy avait-elle raison ? Le décès de John était-il

à l'origine de ces troubles ? S'agissait-il d'un chagrin qui ne se manifestait que dans les rêves ?

Maddie hocha la tête, ravalant un sanglot.

— Ce n'est rien, dit Blythe en prenant la fillette dans ses bras. Moi aussi, je rêve de lui. Il me manque comme il te manque à toi, mon amour.

Les petits bras fluets se nouèrent autour de sa nuque. Elle se recula pour scruter le petit visage ravagé, balaya de la joue de Maddie une mèche mouillée de larmes.

— Tu veux bien me raconter ton rêve ? On peut parler de papa, si tu en as envie. On peut se rappeler les bons moments qu'on a passés avec lui. Ça te plairait ?

La petite tête blonde remua en un signe d'assentiment.

— Bon, alors, je t'écoute. Je…

Blythe s'interrompit, perplexe, se rappelant les conseils de la psy.

— Il faisait noir, murmura alors la petite fille d'une voix ténue, presque inaudible. Et froid. Très froid.

La gorge sèche, Blythe serra son enfant dans ses bras. Ainsi, Maddie associait la mort de son père au froid et à l'obscurité. Un vague malaise envahissait la jeune femme. Ce n'étaient pas les images qu'elle avait contribué à créer dans l'esprit de sa fille, après le décès de John. Elle lui avait dit : « Papa est au ciel » ; elle lui avait dépeint un vert paradis d'où John pouvait les voir, les protéger…

— Ça va aller, dit-elle en attirant la tête de Maddie contre son épaule, comme lorsqu'elle était bébé.

— Il était froid, lui aussi, marmonna la fillette. Si froid ! Et je ne pouvais pas le réveiller.

— Maddie, non…

— Au début, je l'ai cherché, mais je ne pouvais pas le trouver parce qu'il faisait trop noir. Comme…

La voix de la fillette se fêla de nouveau, et ses yeux bleus s'agrandirent.

Blythe retint un soupir. Elle sentait le corps tiède de la petite, et ce seul contact la rassurait. Pourtant, la phrase interrompue continuait de lui trotter dans la tête. Elle ne put s'empêcher de demander :

— Comme quoi, ma chérie ?

Maddie releva la tête. Son regard se planta dans celui de sa mère. Quelque chose avait changé dans les yeux de l'enfant. On aurait dit qu'ils étaient plus réveillés, plus… présents. Ce fut le seul qualificatif qui vint à l'esprit de Blythe. Un mot qui ne cadrait pas dans le contexte.

— Comme quoi, Maddie ? demanda-t-elle d'une voix douce.

— Je ne sais pas. Je ne me rappelle pas.

— Un autre cauchemar ?

Ruth se tenait dans l'embrasure éclairée de la porte.

— Eh bien…, commença Blythe.

« Etait-ce un cauchemar ? » se demanda-t-elle.

— Je crois que c'était quelque chose de différent, conclut-elle.

— Un verre de lait chaud aidera notre bébé à s'endormir, dit Ruth.

La jeune femme haussa les épaules. Les remèdes de sa grand-mère contre les insomnies s'étaient toujours révélés efficaces.

Mais déjà, les paupières de Maddie s'alourdissaient, et Blythe savait par expérience qu'elle ne tarderait pas à sombrer dans un sommeil de plomb.

Se redressant, elle allongea la petite fille, posa sa tête blonde sur l'oreiller, remonta la couverture. Elle se pencha ensuite pour poser sur sa tempe moite un baiser, puis attendit quelques instants. La respiration régulière de Maddie indiquait qu'elle s'était endormie, mais sa mère s'attarda encore une minute à son chevet avant de se résoudre à quitter la chambre.

En se tournant vers la porte, elle s'aperçut que Ruth était toujours là. Quand elle s'approcha, sa grand-mère la laissa passer et lui emboîta le pas.

— Qu'est-ce qui s'est passé ?

— Je ne suis pas sûre mais…

— Ça ne correspond pas aux cauchemars que tu m'as décrits.

— C'est vrai. Ce n'était pas la même chose, cette fois.

— Je l'ai entendue parler de son père, dit Ruth. C'est bon signe, non ? Cette psy l'avait prévu, il me semble.

— Oui, mais... elle a dit quelque chose...

— La psychologue ?

— Non, Maddie. Elle a dit qu'il faisait froid et noir. Et que John était froid.

— Doux Jésus ! Où est-elle allée chercher des idées pareilles ? Qui a pu lui parler de la mort ?

— Je l'ignore. Elle ne voit personne à part toi, moi et Delores. Je ne crois pas que Delores...

— Sûrement pas ! trancha Ruth, prenant résolument le parti de sa fidèle gouvernante. Delores n'aurait jamais rempli la tête d'une enfant de ce genre d'aberrations, tu le sais.

Blythe hocha la tête. Elle ne soupçonnait pas Delores. Celle-ci chérissait tendrement Maddie, comme si elle était sa propre petite-fille. Pourtant...

La jeune femme s'éclaircit la gorge.

— Peut-être a-t-elle parlé d'autre chose. Maddie aurait pu se méprendre sur le sens de ses paroles.

— Non, Blythe. Je ne sais pas quel est le problème de ton bébé, mais nous n'allons pas incriminer Delores.

— Ne t'inquiète pas, grand-mère.

Blythe se força à sourire, tandis que Ruth lui prenait la main.

— Tu veux que je te dise ? C'était un mauvais rêve et rien d'autre. Ne commence pas à gamberger.

— Elle a dit qu'elle essayait de le réveiller, murmura Blythe. Elle n'était pas présente quand John est mort. Je ne sais pas d'où elle sort cette histoire.

— De son imagination, naturellement ! Maddie est une enfant qui a perdu son papa : il est normal qu'elle ressente un manque. Ou alors, elle aura entendu les hymnes à l'église : « … endormi dans tes bras, Seigneur », ou quelque chose comme ça. Les gosses de cet âge sont impressionnables, voilà tout.

C'était logique. D'une logique aussi implacable que rassurante.

Enfant, Blythe avait souvent mal interprété certains enseignements religieux. Certains mystères ayant trait à la théologie ne s'étaient éclaircis que beaucoup plus tard dans son esprit.

— Tu ferais mieux de dormir dans mon lit pour pouvoir l'entendre si elle pleure, décréta Ruth. Nous échangerons nos chambres dès demain.

— Je ne peux pas accepter, grand-mère.

— Pourquoi ? C'est de toi qu'elle a besoin, pas de moi. Et puis, il me faut huit heures de sommeil. A mon âge, je ne peux pas faire la sarabande toute la nuit… Maintenant, allons boire ce verre de lait chaud pour nous calmer.

Blythe passa le bras autour des épaules de sa grand-mère.

— Avec une goutte de bourbon dans le mien, si tu n'y vois pas d'inconvénient.

Ruth s'esclaffa.

— Marché conclu.

Elles descendirent au rez-de-chaussée. L'étage était calme, à présent. Maddie dormait paisiblement. Mais l'inquiétude rongeait Blythe. Le rêve de ce soir lui paraissait plus terrifiant que les précédents.

19.

Delores leur annonça la nouvelle le lendemain matin.

Blythe avait beau subodorer qu'une grande partie du récit se fondait sur des ouï-dire, l'essentiel, que la gouvernante narra avec jubilation, se résumait en deux phrases : Abel Comstock avait été découvert raide mort à Smoke Hollow, là où sa fille avait été assassinée vingt-cinq ans plus tôt.

Le reste n'était que spéculations. D'après Delores, l'homme avait été abattu avec son propre fusil, et l'on attendait le rapport de l'autopsie pour déterminer s'il s'agissait d'un suicide.

— Il n'a eu que ce qu'il méritait ! déclara-t-elle en posant une tasse de café devant Blythe.

— Hoyt Lee n'a jamais cru que M. Comstock avait tué Sarah, répliqua Blythe.

En disant cela, elle se rendit compte qu'elle non plus ne le croyait pas. Pas après avoir vu le désespoir dans ses yeux, lorsqu'il lui avait parlé de son enfant.

— Hoyt s'est bien trompé une ou deux fois dans

sa vie ! lança Ruth en sirotant une gorgée de café. Personne n'est infaillible.

— Mais alors, pourquoi Abel se serait-il suicidé à l'endroit même où il a assassiné sa petite fille ? fit Delores.

— J'ai cru comprendre que le légiste n'avait pas encore rendu son verdict, dit Blythe.

— Oh ! pas besoin d'attendre : c'est tout vu ! riposta la gouvernante avec un reniflement satisfait.

— Il a dû se soûler, comme d'habitude, ajouta Ruth.

— Exactement ! approuva Delores. Et quand il est allé là-bas, le souvenir de son crime l'a rendu fou.

Blythe reposa sa tasse à moitié vide d'un air songeur. Les propos des deux femmes la replongeaient dans ses interrogations. Abel Comstock n'avait pas l'air fou, lors de leur rencontre. Il semblait triste, un peu coupable peut-être, comme n'importe quel parent qui aurait perdu un enfant dans des circonstances aussi horribles. Cependant, elle n'avait pas senti chez lui le remords qu'un père éprouverait après avoir tué sa fille.

— Bah, un de ces jours, on saura s'il a attenté à ses jours ! dit Ruth en soupirant. En attendant, tout ça va remuer le passé. Quand Ada a raconté que tu voulais écrire un livre à ce sujet, Blythe, les gens ont été bouleversés. Et avec la disparition d'Abel, ça ira de mal en pis.

Si les élucubrations d'Ada avaient déclenché un incendie volontaire, on était en droit de se demander à quoi aboutirait la mort d'Abel, se dit Blythe. Maintenant, si le père de Sarah était responsable des deux derniers incidents — l'incendie et l'épisode de la balançoire —, elle pourrait peut-être souffler un peu. Sinon, il serait impératif de découvrir quel était le lien entre ces événements étranges. Et une seule personne de sa connaissance pouvait lui donner la réponse.

La jeune femme repoussa sa chaise.

— Je vais voir si Maddie va bien, murmura-t-elle. Ça ne lui ressemble pas de dormir aussi tard.

— Laisse-la donc se reposer ! dit Ruth. Elle a passé une mauvaise nuit, ne l'oublie pas.

— Maddie a eu un autre cauchemar ? demanda Delores.

— Pas le même que d'habitude, dit Ruth. Un rêve normal, je dirais. Elle pleurait son papa. Mais ça va s'arranger avec le temps.

Quelle était la définition d'un rêve normal ? se demanda Blythe. La petite fille avait vu des images que sa mère s'était bien gardée d'associer à la mort de John.

— Je reviens, dit-elle soudain.

Elle voulait appeler Cade, mais elle préférait cacher son intention à Ruth et à Delores. Les deux femmes ignoraient sa visite à Smoke Hollow, et il lui aurait été difficile de leur expliquer pourquoi elle réfutait l'idée qu'Abel se soit suicidé.

Mais s'il ne s'était pas suicidé, quelqu'un l'avait supprimé. Et son meurtrier avait choisi le décor dans lequel la fille d'Abel avait péri. Dans ce cas, songea la jeune femme, compte tenu de la rumeur publique qui courait sur ce fameux livre, la mort d'Abel était liée à sa personne. Ou, pire encore, à Maddie.

Blythe écarta ces sombres réflexions pour monter les marches quatre à quatre. En passant devant la chambre de Maddie, elle jeta un coup d'œil par la porte entrebâillée. L'enfant dormait à poings fermés, et la couverture sur ses épaules se soulevait doucement au rythme de sa respiration.

La jeune femme se glissa ensuite dans la chambre de sa grand-mère dont elle repoussa le battant sans toutefois le fermer complètement. Le lit était fait, l'ordre régnait, chaque objet occupait sa place habituelle, jusqu'aux photos de famille dans leurs cadres d'argent ciselé, soigneusement alignés sur la coiffeuse.

Bien qu'elle se sentît un peu comme une intruse, Blythe traversa la pièce et s'assit sur le lit. En s'emparant du combiné qui trônait sur la petite table de nuit, elle s'aperçut qu'elle ne connaissait pas le numéro du poste de police.

Elle ouvrit le tiroir de la table de chevet à la recherche de l'annuaire téléphonique. Là, elle découvrit une bible et… un revolver. Son premier réflexe fut de refermer le tiroir, puis elle se rappela que l'arme avait appartenu à son grand-père. C'était un Colt de l'armée. Les dérives d'une société qui prenait la légitime défense à la lettre, songea-t-elle.

Ruth avait vécu seule dans cette maison isolée pendant de longues années. Elle avait beau répéter qu'aucun danger ne menaçait la petite communauté, il n'était guère étonnant qu'elle conserve une arme à portée de main. Ce qui, en revanche, paraissait surprenant, c'était que la vieille dame n'ait pas pensé à la changer de place quand Maddie s'était installée dans la chambre voisine.

Blythe souleva le Colt, le soupesa au creux de sa paume. Son poids la surprit. Tandis qu'elle le tenait, le barillet tourna, révélant que l'arme était chargée. Raison de plus pour la cacher quelque part où sa petite fille n'aurait pas pu la trouver.

La jeune femme se redressa, jetant un regard alentour. Un tiroir étroit en haut de la commode attira son attention. Une excellente cachette, se dit-elle. Et la prochaine fois que Cade viendrait…

Cade. Elle avait presque oublié pourquoi elle était montée. Elle alla cacher l'arme, revint vers le lit. Bien sûr, elle allait prévenir sa grand-mère que le revolver avait changé de place, mais le plus urgent était de passer ce coup de fil.

Elle était sur le point de composer le numéro des renseignements quand une voix se fit entendre dans la pièce voisine. Blythe s'immobilisa. Maddie parlait à quelqu'un. Non, elle ne parlait pas. Elle chuchotait.

Blythe reposa le combiné. En s'approchant de la porte, elle entendit plus clairement la voix de sa fille. Elle sortit sur le palier, et crut distinguer le mot « papa ». Alors, elle se précipita dans la chambre de Maddie.

Elle n'y trouva ni Delores ni Ruth. La petite fille dormait en position fœtale, exactement comme Blythe l'avait laissée. La couverture montait et s'abaissait comme tout à l'heure.

Lorsque Blythe entra, elle n'entendit plus rien. Soit Maddie avait cessé de parler dans son sommeil, soit elle-même avait eu une hallucination auditive.

Elle fit deux pas en avant. De sa place, elle apercevait le visage de Maddie. Yeux fermés, cils immobiles, main sous la joue. La pâle lumière hivernale filtrait par les persiennes et ruisselait en taches brillantes sur le parquet de chêne. Le plaid à rayures roses était sagement plié au bout du lit, et la robe de chambre de Maddie, suspendue au dossier de l'unique chaise.

Rien n'avait été dérangé, et sa fille dormait paisiblement.

Alors, qui avait-elle entendu parler ?

— Maddie, il est temps de te réveiller, mon lapin !

Les yeux bleus s'ouvrirent. La petite fille contempla

sa mère comme si elle ne la reconnaissait pas. Enfin, un sourire éclaira sa frimousse, apaisant la terreur qui commençait à tétaniser Blythe.

— Tu es déjà habillée, maman ?

— Mais oui, mademoiselle Marmotte. La matinée est bien avancée. Lève-toi et ne perdons pas de temps.

Quand Blythe était petite, Ruth lui répétait constamment qu'on ne devait jamais perdre son temps.

— Qu'est-ce qu'on va faire, maman ?

Elle ne pouvait plus appeler Cade, pensa-t-elle avec regret. Ou alors, pendant que Maddie prendrait son petit déjeuner. Finalement, le coup de fil pouvait attendre, décida-t-elle. D'autant que le shérif devait être très occupé, ce matin.

Maddie repoussa la couette et sortit du lit.

— Tu veux ta robe de chambre, ma chérie ?

— Non, je préfère mettre mes nouveaux vêtements.

— Bon, alors je vais les sortir de la penderie pendant que tu seras dans la salle de bains.

Obéissante, la petite fille se dirigea vers le palier. Avant qu'elle ne traverse le seuil, Blythe posa la question qui lui brûlait les lèvres :

— Tu rêvais, petit chou ?

Maddie se retourna, l'air innocent.

— Là, tout de suite ?

— Oui, quand je t'ai réveillée, est-ce que tu rêvais ?

— Je ne sais pas, maman. Je ne m'en souviens pas.

— J'ai entendu quelqu'un parler, alors que j'étais dans la chambre de Mme Ruth. J'ai cru que ça venait d'ici.

— Je n'ai rien entendu.

— Je suis venue et tu dormais. Je me suis demandé si tu ne parlais pas avec quelqu'un en dormant.

— Je ne m'en souviens pas.

Voyant que ça ne menait nulle part, Blythe essaya une autre approche.

— Hier soir, tu as rêvé. Tu t'en souviens ?

Maddie secoua la tête, faisant danser ses boucles blondes sur ses épaules. Ses sourcils se froncèrent, tandis qu'elle réfléchissait.

— Tu as rêvé de papa et tu pleurais. Je t'ai entendue. Mme Ruth aussi.

— Je ne me rappelle pas.

La frustration aiguisa la voix de Blythe.

— Tu as dit qu'il faisait noir et froid. Qu'il était froid.

La fillette esquissa un signe négatif de la tête.

— Je ne…

— Et ce matin, tu parlais à voix haute. Avec qui, Maddie ? Tâche de te le rappeler, c'est important. Y avait-il quelqu'un ici avec toi ?

Maddie eut un nouveau mouvement de dénégation. Ses yeux s'embuèrent, puis les larmes perlèrent au coin de ses paupières.

— Arrête de pleurer ! Il faut que je sache ce qui se passe ! Je…

Blythe s'interrompit, effarée par le ton rude qu'elle avait adopté. Un flot de larmes inondait les joues de Maddie.

— Je n'ai rien fait de mal, maman.

Blythe prit une profonde inspiration.

— Je sais, murmura-t-elle d'une voix radoucie. Je le sais, mon bébé. Pardonne-moi, je suis un peu nerveuse.

— C'est à cause du feu ?

— En partie, oui.

— Je ne sais pas si j'ai rêvé de papa. Je ne me rappelle pas.

— Bon, ma chérie, d'accord. Tu ne te rappelles pas. Va te doucher, maintenant. Je t'aiderai à t'habiller et on trouvera quelque chose d'amusant à faire, d'accord ?

— Oui, maman. Tu n'es plus fâchée ?

— Oh, non, pas contre toi, Maddie ! Depuis que papa est monté au ciel, nous formons une équipe toutes les deux. Tout ira bien tant que nous resterons ensemble.

— Oui, maman.

Quand Maddie eut disparu dans la salle de bains,

Blythe ferma les yeux, puis les rouvrit avec un long soupir.

« Mais qu'est-ce qui t'a pris de harceler ce bout de chou, sous prétexte qu'elle ne se rappelait pas avoir rêvé de son père ? Ou avoir parlé à un fantôme ? »

Blythe serra les mains l'une contre l'autre. C'était la première fois qu'elle envisageait cette possibilité. Est-ce que sa fille conversait avec Sarah Comstock, une enfant décédée depuis un quart de siècle ? Ou est-ce qu'elle-même fantasmait à cause des incidents singuliers qui avaient transformé son existence depuis qu'elle était revenue à Crenshaw ?

S'efforçant de chasser ces réflexions déplaisantes, Blythe se dirigea vers la commode pour y prendre l'ensemble qu'elle avait acheté à Maddie après l'incendie. Puis elle ôta les étiquettes, et posa les vêtements sur le lit défait.

— Vraiment, maman, je ne m'en souviens pas !

Maddie la scrutait de ses yeux encore brillants de larmes. Blythe courut la prendre dans ses bras.

— Je te crois, mon amour. N'en parlons plus.

— Je te l'aurais dit, si je m'en étais souvenue.

— Oui, oui, j'en suis certaine. Ça n'a pas d'importance. J'ai eu tort de m'énerver… Si on allait au parc ?

Le parc, niché au centre-ville, était une vaste étendue verdoyante ombragée de chênes centenaires. En été, les enfants prenaient d'assaut balançoires et toboggans. En hiver, c'était sûrement désert, mais la ville manquait cruellement de distractions.

— Ensuite, hamburger, frites et milkshake ! Ça te plairait ?

— Oui, maman, merci.

— Allez, habille-toi pendant que je vais chercher nos manteaux.

Elle donna une petite tape affectueuse sur les fesses de Maddie, qui laissa échapper un rire enchanté.

Au moment où elle s'apprêtait à quitter la chambre, la sonnerie du téléphone retentit dans la chambre voisine. Un mauvais pressentiment figea Blythe sur place. Enfin, quelqu'un décrocha au rez-de-chaussée, puis Ruth cria :

— C'est Cade ! Pour toi !

— Je prends la communication dans ta chambre, merci, grand-mère !

Blythe se tourna vers Maddie.

— Rendez-vous au rez-de-chaussée. Tu fais part de nos plans à Delores et à Mme Ruth… Et prends une banane pour la route !

Ce disant, elle se précipita vers la pièce d'à-côté, saisit l'écouteur et se laissa tomber sur le lit.

— Tu peux raccrocher, grand-mère.

Un déclic l'avertit que Ruth avait obtempéré.

— Blythe ?

Le son de sa voix lui fit l'effet d'une onde de chaleur dans le linceul glacé qui l'enveloppait depuis qu'elle avait appris la mort d'Abel — une sensation très différente des réactions sensuelles qu'elle avait ressenties dans des circonstances analogues. Cette fois-ci, un sentiment de soulagement prédominait, semblable à la joie que l'on éprouve quand on est perdu et que l'on retrouve soudain son chemin. Une espèce de sécurité. De réconfort.

— Je suis là.

— Etes-vous au courant pour Abel Comstock ?

— Oui, par Delores. Selon elle, les autorités pencheraient pour la thèse du suicide.

— Ce n'est pas un suicide, Blythe, j'en suis convaincu.

Un silence suivit pendant lequel la jeune femme réfléchit.

— Quelqu'un l'a tué, n'est-ce pas ? A l'endroit où Sarah est morte.

— Assez près, en tout cas.

— Savez-vous qui…

— Il faut que nous en parlions, coupa-t-il.

Ce n'était pas une requête.

— Pas au téléphone, vous voulez dire ?

— Oui. Pouvez-vous venir à mon bureau ? Je voudrais mettre un terme à la désinformation.

— Qu'entendez-vous par « désinformation » ?

— Les potins que Delores ou votre grand-mère ont entendus. Je me refuse d'alimenter les rumeurs tant que je n'aurai pas les résultats officiels du labo.

— J'ai promis à Maddie de l'emmener au parc.

Il marqua une pause.

— Alors, je vous y rejoins. Disons dans vingt minutes ?

Elle avait hâte de le voir, de parler avec lui, de lui faire part de ses propres appréhensions.

— Dans vingt minutes, répéta-t-elle doucement.

Elle eut du mal à raccrocher.

20.

Cade gara son véhicule de patrouille le long du trottoir. A travers la vitre, côté conducteur, il n'aperçut que deux personnes dans le parc. Par cette journée glaciale, les gens avaient préféré rester au chaud. Apparemment, seules Blythe et Maddie avaient eu le courage de sortir, et ça l'arrangeait parfaitement.

La scène paisible qu'il avait sous les yeux — une mère jouant avec son enfant — l'incita à refouler l'inévitable. Blythe poussait sa fille sur une balançoire, et la petite se renversait en arrière en riant. Ses longs cheveux d'un blond lustré accrochaient les pâles reflets du soleil.

Cade pinça les lèvres : dans un instant, il allait briser à jamais l'harmonie de ce charmant tableau.

Il détourna les yeux de la jeune et jolie maman pour saisir son émetteur radio. Lorsqu'il joignit le policier de garde, il déclara :

— On ne pourra pas me joindre pendant une dizaine de minutes. Je reprendrai contact avec vous dès que possible. A part la découverte d'un nouveau cadavre, toutes les affaires peuvent attendre.

Il descendit de voiture, et claqua la portière. Un geste qui eut l'effet escompté : Blythe tourna la tête vers lui.

Ils étaient assez loin l'un de l'autre, mais leurs yeux se croisèrent pendant quelques secondes. Cade sut qu'elle se préparait mentalement à leur entrevue.

« Tu deviens voyant, toi aussi ? » se demanda-t-il en souriant intérieurement.

Tandis qu'il traversait la pelouse brûlée par le gel, Blythe retint la balançoire et se pencha pour murmurer quelque chose à l'oreille de Maddie. La fillette tourna le regard en direction de Cade et, l'espace d'une seconde, il crut déceler une lueur d'inquiétude dans ses prunelles. Ensuite, elle se laissa glisser à terre et courut vers le toboggan le plus proche.

Blythe suivit sa fille des yeux avant de se tourner vers Cade. L'inquiétude qu'il avait devinée chez Maddie se reflétait à présent sur le visage de sa mère. Une sorte de crainte diffuse que rien ne pouvait apaiser.

— Qui a bien pu le tuer ? souffla-t-elle quand Cade s'approcha.

Il lança un coup d'œil vers Maddie pour s'assurer qu'elle n'entendait pas leur conversation.

— Quelqu'un qui se serait substitué à la justice pour venger Sarah.

— Un citoyen bien pensant, convaincu que la police n'avait pas fait son travail ?

— C'est possible.

— Je n'y crois pas, déclara la jeune femme avec conviction.

— Moi non plus.

— Alors, qu'en pensez-vous ?

— Je crois qu'hier, Abel faisait la même chose que le jour où vous l'avez rencontré à Smoke Hollow.

— Il revenait sur le lieu où sa fille a été assassinée ?

— Et il est tombé sur un autre visiteur.

— Alors ?

— Peut-être que la personne en question a dit quelque chose qui a éveillé la suspicion d'Abel. Une sorte d'accusation.

— Etes-vous en train d'insinuer que l'homme qui a échappé à la justice pendant vingt-cinq ans aurait tué une seconde fois parce que l'ivrogne du coin lui aurait fait part de ses soupçons ?

— Ce n'est pas plus tiré par les cheveux que l'hypothèse selon laquelle l'incendie aurait été provoqué par votre intention d'écrire un livre sur l'affaire.

— D'accord. Je l'admets.

— J'ignore pourquoi il a tué Abel. Nous ne le saurons peut-être jamais. Mais il ne s'agit pas d'un crime prémédité. Le meurtrier a été dérouté et il a réagi sans réfléchir.

Blythe jeta un coup d'œil à sa fille qui se laissait glisser sur le toboggan. Puis elle se tourna une nouvelle fois vers Cade.

— Où cela nous mène-t-il ? demanda-t-elle.

— Quelque chose a changé. Du moins, le tueur le croit, et ça va le pousser à changer d'attitude.

— C'est-à-dire ?

— Pendant toutes ces années, il a laissé les gens suspecter Abel. Ou les Satanistes qui jetaient le blâme sur n'importe qui sauf le vrai coupable. Alors que maintenant…

Cade s'interrompit, cherchant les mots appropriés pour délivrer le message qui, il le savait, allait effrayer Blythe.

— Maintenant ?

— Pour une raison inconnue, le tueur a peur.

Il suivit sur le visage de la jeune femme le cheminement de ses pensées. Enfin, elle parut s'arrêter sur la conclusion la plus logique.

— Peur d'être identifié ? C'est ça qui a changé ?

— Oui.

Blythe se mit à rire.

— Attendez ! Il a peur que je mène ma propre enquête sur le meurtre de Sarah et que je parvienne à le démasquer ? Comment peut-il croire que je réussirai là où Hoyt Lee a échoué ?

Cade garda le silence, espérant qu'elle tirerait les

conclusions qui s'imposaient, ce qui lui ôterait une épine du pied.

— Pensez-vous vraiment qu'il a peur de moi ? demanda-t-elle.

— Peut-être. Ou alors, il imagine que vous bénéficiez d'une aide extérieure.

— L'aide de qui ? De Sarah ?

Elle rit de nouveau.

— Oh, non ! Ecoutez, j'ai dit un tas de bêtises au sujet des Wright qui voudraient que le coupable soit châtié, mais il faut que vous sachiez…

— Les gens changent avec le temps. Les meurtriers n'échappent pas à la règle, vous savez ? Ce type a vécu dans la culpabilité pendant toutes ces années. La crainte qu'une main vienne le désigner depuis l'au-delà a pu le fragiliser.

— Pure spéculation.

— Blythe, je n'ai jamais adhéré à l'idée que votre fille puisse être en contact avec le fantôme de Sarah. Ça ne veut pas dire que le tueur, lui, y est insensible.

— Alors, pourquoi a-t-il supprimé Abel ? Il aurait été plus logique de s'en prendre à Maddie.

Soudain, comme si elle avait saisi la portée de ses déclarations, la jeune femme se figea. Ses lèvres s'entrouvrirent sans qu'elle émette le moindre son. Finalement, elle hocha lentement la tête.

— Le f… feu a été… allumé pour ça, bredouilla-t-elle. Pas pour moi, mais pour Maddie.

— C'est possible.

— Comment s'en assurer ?

— A combien de personnes avez-vous parlé du tapotement ?

Blythe s'abîma dans une réflexion morose.

— Le tapotement à la fenêtre ? murmura-t-elle enfin.

— Ça ne peut avoir de sens que pour une seule personne, expliqua Cade doucement. Pour l'homme qui frappait à la fenêtre de Sarah, nuit après nuit, de manière à l'attirer dehors pour la violer.

La jeune femme tressaillit.

— Oh, mon Dieu… C'est ça, le sens ?

— Je ne sais pas… Beaucoup d'éléments nous échappent encore. Voyons ce que nous savons avec certitude : Abel Comstock est mort. Quelqu'un a mis le feu à votre maison, alors que vous vous y trouviez toutes les deux. Ainsi, comme je l'ai déjà dit, après vingt-cinq ans, il y a un changement.

Blythe chercha sa fille des yeux. Maddie avait grimpé sur une balançoire à l'autre bout du terrain de jeu.

— Maddie ? Tu es trop loin ! Reviens tout de suite !

— Je vais bien, maman.

La petite voix fluette fut emportée par une rafale de vent.

— Maddie, obéis ! cria Blythe. Sinon, on rentre tout de suite !

Ensemble, ils regardèrent l'enfant regagner le toboggan à contrecœur, et monter l'échelle, tête baissée.

Blythe dévisagea Cade.

— Qu'est-ce que nous allons faire ? chuchota-t-elle.

« Nous. » C'était une question normale. Cade Jackson était le shérif de Davis County. Si Maddie Wyndham était en danger, il avait le devoir de la protéger.

— D'abord, nous supposons qu'il va réessayer.

— Un autre incendie ?

— Oh ! j'en doute !

— Vous voulez dire qu'il va changer de tactique ?

— Je veux dire qu'il aura recours à des moyens plus...

— Drastiques ? acheva-t-elle à sa place, l'air terrorisé.

— Grâce à vous, l'incendie n'a pas eu les résultats qu'il escomptait.

— Alors quoi ? Il va tirer sur ma fille ?

Inconsciemment, la jeune femme s'était entourée de ses bras. Elle tremblait comme une feuille.

— Mon Dieu, Cade ! Pourquoi Maddie ?

En prononçant le nom de son enfant, elle étouffa

un sanglot. La petite fille était maintenant assise sur le bord du toboggan, le bout de ses tennis dans le bac à sable.

— Nous partons ! déclara Blythe. Nous quittons Crenshaw.

— Ainsi, vous allez prendre la fuite ?

— Ne dites pas ça ! Je ne vous dois rien. Je ne dois rien à cette ville. Pas quand la vie de mon enfant est en jeu.

Elle voulut se ruer vers le toboggan quand Cade lui saisit le bras.

— Et à elle ? demanda-t-il. Vous lui devez quelque chose.

— Mais bien sûr ! Je suis sa mère.

— Je ne parlais pas de votre fille.

Blythe tira sur son bras pour se dégager, et il relâcha son étreinte.

— De qui parlez-vous ? De Sarah ? Mais vous m'avez dit et répété que vous ne croyez pas aux fantômes !

— C'est vous qui y croyez.

Les yeux de Blythe s'agrandirent au milieu de son visage blême.

— Eh bien, je ne lui dois rien. Je n'ai rien demandé. Cette histoire ne me concerne pas.

— D'accord, mais elle concerne Maddie. Les enfants sont plus réceptifs que nous. Tout a commencé dès l'instant où Maddie est entrée dans le pavillon des grands-parents de Sarah.

— Cette maison n'existe plus. Le lien est rompu. Je…

S'interrompant au milieu de sa phrase, elle déglutit péniblement.

— Il ne s'est plus rien passé depuis que vous vivez chez Mme Ruth ?

Il lut la réponse dans les yeux de Blythe.

— Pensez-vous vraiment que Sarah va laisser Maddie tranquille ?

— Ne dites pas ça !

— Vous n'avez rien demandé, je sais. Il semble que ce soit Sarah qui réclame quelque chose. Et si c'est vrai, elle ne renoncera pas.

— Je m'en fiche ! Ne me servez pas ce genre d'argument. Vous n'avez pas cru un mot de ce que je vous ai raconté. N'essayez pas de me persuader que vous avez changé d'avis !

Eh bien, il n'aurait pas su le dire. L'autre jour, alors qu'il regardait la fenêtre sans carreaux chez les Comstock, sa conviction que Blythe Wyndham ou sa fille était folle avait cédé la place au doute.

— Je n'essaie pas de vous persuader, Blythe. Je voudrais simplement que vous preniez en considération certaines données du problème. Après tout, vous êtes la seule à savoir à quel point le lien entre Maddie et Sarah est solide.

Le regard de la jeune femme se fit lointain. Au bout d'un long moment, elle demanda :

— Il faisait noir ?
— Pardon ?
— Est-ce qu'il faisait noir quand Abel a été tué ?
— Je n'en sais rien. Je n'ai pas encore reçu le rapport du légiste. En tout cas, il faisait nuit quand j'ai découvert son corps.
— Noir et froid, murmura-t-elle.
— Exactement. Noir et froid, répéta-t-il, perplexe.
Blythe regarda la petite fille assise sur le toboggan. Maddie ne donnait plus de coups de pied dans le sable. Elle fixait un point dans le parc. Ses lèvres remuaient, comme si elle chantonnait.
Les yeux de la jeune femme revinrent se poser sur Cade.
— Qu'est-ce que vous nous proposez ? lui demanda-t-elle.

Cade quitta son bureau peu après 20 heures. Le manque de sommeil se faisait sentir mais malgré sa fatigue, il décida de prendre le temps de réfléchir. La moindre erreur de sa part tournerait au désastre.
Il ne se rappelait plus quand il avait mangé pour la dernière fois… Il fallait coûte que coûte qu'il se nourrisse pour tenir le coup. Dédaignant les fast-foods qui jalonnaient sa route, il lança sa voiture en direction du Town Square Diner.

Peu après, il se gara sur le parking du restaurant, descendit de voiture et étira son dos fourbu par toute une nuit d'investigations à Smoke Hollow, suivie d'une journée interminable. Son téléphone portable était dans sa poche. Si ses collègues avaient besoin de lui, ils pourraient le joindre sans problème.

Il s'engagea dans la porte à tambour de l'établissement où il fut assailli par un courant d'air chaud et l'appétissante odeur du pain de maïs fraîchement sorti du four. Marilyn Becker, la patronne, était en train d'aligner des bols de pop-corn sur le bar rutilant. A la vue du shérif, elle sourit.

— Tiens, tiens, un revenant !

Cade lui adressa un sourire las.

— Café ?

— Oui. Epais, très noir et bouillant.

Il accrocha son Stetson et sa veste sur le portemanteau près de la porte. Marilyn, le pot de café à la main, l'escorta jusqu'à la table la plus proche du comptoir. Là, elle remplit à ras bord une grande tasse qu'elle posa devant son client.

— Qu'est-ce qui vous ferait plaisir, Cade ?

— Laissez-moi boire ça : je commanderai après.

— Comme vous voulez, chéri. Vous n'aurez qu'à me sonner et je serai ravie de vous servir. Vous avez bossé toute la journée ?

— Oui. Et une partie de la nuit.

— Vous savez qui a réglé son compte à Comstock ?

— Pas encore. Mais nous l'attraperons.

Marilyn hocha la tête avant de prendre la direction de la caisse enregistreuse.

Cade avala d'une traite la moitié de sa tasse. Le breuvage chaud lui brûla l'estomac. Il avait été présomptueux de prédire l'arrestation prochaine d'une ombre.

— La caféine empêche de dormir.

Le shérif leva les yeux. Le Dr Etheridge, debout devant la table, lui adressa un sourire. Etheridge, qui avait exercé les fonctions de coroner pendant plusieurs années, allait sûrement vouloir parler du meurtre. Cade lui rendit son sourire.

— Vous pourriez me mettre sous perfusion de caféine que je dormirais comme une souche !

— Il paraît que vous et vos hommes avez passé au crible Smoke Hollow.

— Je ne voulais pas courir le risque qu'un indice s'égare dans une crevasse.

— Et vous n'avez pas laissé une pierre sans la retourner, n'est-ce pas ? La vieille devise de Hoyt.

— Exact.

— Avez-vous découvert quelque chose ?

— Nous attendons le rapport de l'autopsie. Le légiste a plus ou moins fixé l'heure de la mort. Nous avons les balles et les douilles, mais il se pourrait qu'un nouvel élément surgisse post-mortem. Nous avons envoyé des échantillons au laboratoire.

— Alors, le dénouement est proche.

Le ton du médecin laissait penser qu'il ne s'était pas laissé duper par l'assurance de Cade. Après avoir exercé la médecine pendant près de quarante ans à Crenshaw, Etheridge restait sceptique sur les investigations criminelles. Après tout, le seul autre assassinat survenu dans la région n'avait jamais été élucidé.

— Nous avons une piste, dit Cade d'une voix neutre.

— Tant mieux. J'espère que vous aurez plus de chance que nous.

— Nous ?

— Hoyt et moi. J'étais coroner et légiste, à l'époque. Vous l'ignoriez ?

— Non, bien sûr, mais je n'avais pas fait le rapprochement avec l'affaire Comstock.

— La première affaire Comstock, corrigea le vieil homme.

— Auriez-vous un avis à me donner ?

Cade avait toujours estimé le Dr Etheridge.

— Je me disais…

— Oui ?

Cade reposa sa tasse vide et fit signe à Marilyn. Ses muscles se détendaient, ses épaules se décrispaient. Il sentait le calme revenir en lui.

— Il y a forcément un lien, déclara Etheridge.

C'était exactement ce que lui-même avait suggéré à Blythe, quelques heures plus tôt, mais il fut étonné d'entendre cette affirmation de la bouche de quelqu'un d'autre. Si Etheridge le pensait, Hoyt devait être du même avis.

— Un lien ?

— Oui, entre le meurtre de Sarah et celui d'Abel.

Evitant les doux yeux bruns qui le scrutaient, Cade attendit que Marilyn le ravitaille en café.

— Qu'est-ce qui vous a inspiré cette réflexion ? demanda-t-il quand Marilyn se fut éloignée.

— Vous ne croyez pas plus aux coïncidences que moi, Cade Jackson ! N'essayez pas de me dire le contraire. Deux meurtres en l'espace de trente ans, deux victimes appartenant à la même famille… ce n'est pas sans relation.

— Un justicier convaincu qu'Abel a tué sa fille l'aurait exécuté.

Il avait offert la même explication à Blythe, sans trop y croire.

— C'est votre théorie ? demanda Etheridge.

— Je n'ai pas de théorie. Seulement des hypothèses qui demandent à être vérifiées. L'enquête ne fait que commencer.

— Avez-vous mis la maison de Mme Ruth sous surveillance ?

Il avait, en effet, envoyé une voiture de patrouille,

mais la résidence Mitchell se trouvait trop loin du lieu du crime pour exiger une surveillance constante.

— Pourquoi ? Vous pensez qu'il le faut ?

— Je connais Blythe depuis sa plus tendre enfance. J'ai souri quand j'ai appris qu'elle allait écrire un livre sur le meurtre de Sarah Comstock. Mais il se peut que quelqu'un ait pris ces rumeurs au sérieux.

— Je ne vois pas le rapport avec Abel.

— Abel a sûrement entendu ces potins. Et comme il avait toujours proclamé son innocence…

— Vous voulez dire qu'il espérait voir Blythe le blanchir ?

— Oui. Je me demande s'il ne l'a pas répété à qui voulait bien l'entendre.

C'était une possibilité, songea Cade. Abel avait rencontré Blythe la veille de sa mort. Sans doute avait-il vu en elle une alliée. D'ailleurs, il l'avait convaincue de son innocence.

— Faites-vous allusion à un fait précis ?

— Non, je vous livre simplement mes réflexions, répondit Etheridge. Il faudrait savoir à qui Abel a parlé avant de mourir.

Une suggestion intéressante.

— Je compte bien éplucher son emploi du temps. Merci, docteur.

— De rien. J'aimerais bien vous aider, Cade. Le martyre de cette petite continue de me hanter. Et il hante Lee Hoyt aussi, j'en suis sûr. Je n'oublierai jamais le pauvre petit corps mutilé sur ma table d'autopsie.

Cade opina de la tête. Ses pensées voguaient vers une autre petite fille dont la mère avait accepté de rester à Crenshaw sur ses conseils.

— Je vous laisse dîner en paix, dit Etheridge. Vous l'avez bien mérité.

— Bonsoir, docteur. Et merci encore.

— Si vous avez des questions, je serai heureux d'y répondre. Je possède encore tous les dossiers. Naturellement, Hoyt Lee les a conservés, lui aussi.

— Le dossier de Sarah Comstock n'a jamais été classé.

— Eh bien, peut-être qu'il le sera, cette fois.

21.

Blythe ne s'expliquait pas la pulsion qui l'avait conduite aux obsèques d'Abel Comstock. A sa surprise, une foule compacte avait pris d'assaut les longs bancs en bois de la petite chapelle blanchie à la chaux.

Si, à de rares exceptions près, les natifs de Davis County prenaient très au sérieux la religion et suivaient à la lettre les enseignements de la Bible, les membres de la Sainte Confrérie, eux, poussaient leurs devoirs religieux à l'extrême.

Aussi loin que Blythe se souvienne, d'étranges rites semblaient s'attacher à cette congrégation rurale : immolation de serpents, exorcismes, apposition de mains…

Assise au fond de la chapelle, la jeune femme laissa errer son regard alentour. L'assistance se composait de visages fermés, hommes aux cheveux pommadés et en bras de chemise malgré le froid, femmes coiffées en chignon, sans une ombre de maquillage, en habits du dimanche.

Hoyt Lee avait pris place quelques rangées devant Blythe, et elle l'avait reconnu aussitôt.

Les autres, en revanche, lui étaient inconnus.

Ruth avait refusé d'accompagner sa petite-fille à cause de la mauvaise réputation du défunt.

Un homme apparut au fond de la chapelle. Blythe devina qu'il s'agissait du ministre du culte, étant donné qu'il était le seul à porter un costume. Au même moment, Cade Jackson descendit la travée et se glissa sur un banc, juste devant la jeune femme. Elle résista à l'envie de lui toucher l'épaule, et s'efforça de se concentrer sur le pasteur qui s'était avancé vers l'assemblée. Visage rondouillard, cheveux gris peignés en arrière, il portait une veste en polyester gris bleuté, une chemise bleu marine et une cravate à motifs cachemire, vestige des années quatre-vingt. Ses mains dégageaient une impression de force extraordinaire, un contraste étonnant avec son âge et son apparence frêle.

Il commença le service en lisant un passage de la Bible que Blythe trouva fort peu approprié à la situation, tout comme le ton enflammé de sa voix.

Peu après, malgré ses bonnes résolutions, elle jeta un regard à l'homme qui était assis juste devant elle. C'était la première fois qu'elle voyait Cade en civil. Son blazer bleu marine soulignait l'impressionnante largeur de ses épaules, et les sombres ondulations de ses cheveux faisaient ressortir la blancheur éclatante de sa chemise oxford.

Embarrassée par la fascination qu'il exerçait sur elle, elle fit l'effort de reporter son attention vers le pasteur qui venait de refermer la Bible d'un geste théâtral et entamait une oraison funèbre.

— Tous, vous connaissiez notre frère Abel. Tous, vous connaissiez ses souffrances en ce bas monde. Comment il fut jugé et condamné par ses concitoyens pour la mort de sa fille. Et comment il fut victime de ceux qui ont mis fin à la précieuse vie de la petite Sarah. A présent, Dieu soit loué, ils sont de nouveau réunis. Abel la serre sur son cœur et sent ses bras autour de son cou.

En dépit des accusations d'abus sexuels portées contre Comstock, cet éloge fut accueilli par un murmure approbateur et des signes de croix.

— Quant aux responsables de leurs souffrances, reprit le prédicateur, les pervers qui ont sacrifié cette petite innocente, qu'il leur soit réservé le même sort que celui de cet homme riche dont les miettes ont nourri Lazare, et qu'il leur soit permis de contempler entre le ciel et l'enfer terrestre où ils croupissent les retrouvailles d'Abel et de Sarah.

Un chœur d'amen salua ces mots prononcés d'une voix de stentor. Blythe coula un regard en direction de l'ancien shérif du comté. Hoyt levait les yeux vers le plafond recouvert de tuiles jaunes destinées à l'isolation acoustique. Les allusions à l'œuvre de Satan et au sacrifice le laissaient de marbre. Tout comme Cade, constata Blythe.

Etaient-ils venus aux obsèques pour accompagner Abel à sa dernière demeure ou pour observer la foule ? A quoi s'attendaient-ils ? A ce que le meurtrier de Comstock et de Sarah soit là aujourd'hui ? L'assassin revenant sur les lieux de son crime, conformément à la tradition ? Etait-ce ce qui s'était passé, l'après-midi où Abel avait été abattu ?

Blythe renonça à répondre à ces questions. Une fois de plus, elle déploya un effort surhumain pour se concentrer sur le discours du prédicateur. Celui-ci s'était lancé dans la deuxième partie de l'oraison et jetait l'anathème sur ceux qu'il considérait comme les vrais responsables de la tragédie.

— Ils ont ravi l'innocence de cette enfant, puis ils lui ont ôté la vie, fidèles aux commandements du maître des ténèbres. Ils ont berné la justice humaine mais pas la justice divine. Les sceptiques nient l'existence des suppôts de Satan mais moi, j'en ai la preuve. La voici !

Se retournant, il abattit la main sur le cercueil de pin dans lequel reposait la dépouille d'Abel.

— A l'endroit où ils ont volé la vie de Sarah, ils ont exigé un autre sacrifice. Allez-vous nier que le mal rôde parmi nous ? Me direz-vous aujourd'hui, comme vous me l'avez dit alors, que ce qui s'est produit dans la vallée où règne Lucifer n'était pas un sacrifice ?

Il marqua une pause dramatique, et dévisagea Hoyt comme s'il attendait de lui une réponse, mais l'ex-shérif continua à regarder le plafond.

— Je vous ai dit ce qui s'était passé, poursuivit le pasteur en baissant le ton jusqu'au murmure, et vous vous êtes voilé la face. Je vous ai dit qu'ils étaient toujours parmi nous, qu'ils vivaient à nos côtés, déguisés en bons chrétiens, et vous vous êtes bouché les oreilles. Je vous ai avertis que les serviteurs de Satan accomplissaient leurs rituels obscènes et vous avez fermé les yeux.

Il foudroya les fidèles d'un regard désapprobateur, puis sa voix grimpa de plusieurs octaves.

— Le sang d'Abel Comstock et le sang de sa fille sont sur vos mains. En vérité, un jour, vous vous tiendrez, vous aussi, de l'autre côté du redoutable rivage, et vous implorerez notre frère Abel pour une goutte d'eau, afin de calmer le feu de votre damnation éternelle ! Et il ignorera vos souffrances comme vous avez ignoré les siennes !

Une salve d'amen salua la dernière imprécation.

— Prions ! commanda le prédicateur en levant les bras.

Toutes les têtes s'inclinèrent, sauf celles de Cade et de Hoyt Lee. Blythe réprima un sourire.

La prière fut plus conventionnelle que l'oraison

funèbre. Le pasteur exhorta le Seigneur à accueillir l'âme d'Abel à sa droite, après quoi les fidèles se signèrent avec ferveur.

Blythe resta à sa place, cependant que les membres de la Sainte Confrérie remontaient deux par deux la travée étroite, escortant les six hommes qui avaient soulevé le cercueil pour le conduire au petit cimetière de l'église.

Au passage, le pasteur salua Cade d'un signe de tête, puis il s'arrêta devant Blythe.

— Si vous avez besoin de mes services, madame Wyndham, je suis disponible. Nous n'appartenons pas à la même paroisse, mais nous adorons le même Dieu.

La jeune femme murmura un vague : « Merci » sans trop savoir ce que le prédicateur avait voulu exprimer. Quand la procession s'écoula par la porte de la nef, Cade se tourna vers Blythe.

— Où est Maddie ? lui demanda-t-il.

— A la maison, avec Mme Ruth et Delores, sous la surveillance d'un de vos policiers.

Depuis trois jours, les hommes de Cade se relayaient à la résidence Mitchell. Cela faisait trois nuits que Maddie n'avait pas fait de cauchemars, et les inquiétudes de Blythe commençaient à s'apaiser. Pas complètement, bien sûr, mais suffisamment pour lui permettre de confier la petite fille à sa grand-mère, aujourd'hui.

— Je ne pensais pas que vous l'amèneriez, dit Cade. A vrai dire, je ne m'attendais pas à vous voir ici.

— J'ai éprouvé le besoin de venir… A votre avis, qu'est-ce qu'il a voulu dire ? demanda-t-elle en lançant un regard vers le portail par lequel le pasteur avait disparu.

Elle avait retenu les rumeurs sur les exorcismes pratiqués au sein de la congrégation. Si le prédicateur avait voulu insinuer que Maddie en avait besoin, cette suggestion était aussi bizarre que son oraison funèbre. Avant que Cade ne puisse répondre, Hoyt lui posa la main sur l'épaule.

— Eh bien, qu'en penses-tu, mon garçon ?

— J'ai compris pourquoi j'avais cessé d'aller à la messe.

— Oh ! Pour une fois que quelqu'un dit du bien de ce pauvre Abel…

— Mais pas de l'enquête sur le meurtre de sa fille, fit remarquer Blythe.

Hoyt lui sourit.

— Salut, Blythe ! Tu n'as pas changé. Toujours aussi jolie, comme ta maman !

Blythe l'embrassa sur la joue.

— C'est bon de te revoir, Hoyt, en dépit des circonstances.

— Le révérend Clarence m'en veut depuis que j'ai refusé de traquer je ne sais plus quel croquemitaine, alors que, selon lui, je persécutais Abel, dit Lee d'un ton sarcastique.

Puis il regarda Cade.

— Des progrès dans l'enquête ?

Blythe crut un instant qu'il parlait du meurtre de Sarah, puis elle se rappela qu'ils avaient un deuxième homicide sur les bras.

— Pas encore, répondit Cade. La balle que le légiste a extraite du cadavre vient d'un .45, un calibre très courant. Par contre, les traces de pneus que nous avons relevées dans la cour d'Abel ne correspondent pas à sa camionnette. Quand nous les aurons comparées aux traces de Salter Road, nous saurons si sa mort a un rapport avec l'incendie.

— C'était pareil avec Sarah. On n'avait pas beaucoup d'indices… Comment va la petiote ?

Blythe se demanda un instant s'il parlait bien de Maddie. Oui, bien sûr. Il s'agissait de Maddie, pas de Sarah !

— Très bien, merci. Aujourd'hui, elle est avec ma grand-mère.

— Cette chère Ruth ! Il y a un siècle que je ne l'ai pas vue.

— C'est parce que tu ne fréquentes pas l'église baptiste ! rétorqua la jeune femme avec un sourire.

— Pas faux ! s'exclama Hoyt. Et plus ce vieux Clarence vitupère, plus ma foi en prend un coup. Je n'ai pas besoin de me lever aux aurores chaque dimanche pour m'entendre dire que j'irai en enfer. Les gens n'ont pas cessé de me le répéter depuis l'enfance.

— Mais tu leur as prouvé qu'ils avaient tort !

— Pas tant que ça, fit le vieil homme, l'œil pétillant.

— Je suis prête à parier qu'aucun de vous deux ne prend les théories du bon révérend au sérieux, dit Blythe.

— Clarence a toujours jeté la pierre aux pécheurs, déclara Hoyt. Surtout aux satanistes ! Et pas seulement à Crenshaw.

Blythe hocha la tête.

— Oui, il semble très convaincu.

— Il l'est. A tort ou à raison.

— A-t-il toujours eu ces croyances particulières ? demanda Cade.

— Il a dressé une liste de gens qu'il accuse de commerce avec le diable, soit parce qu'ils ne viennent pas écouter ses sermons, soit parce qu'ils étaient des clients assidus d'Otis.

Otis Wolfe était le légendaire contrebandier local. S'il était toujours en vie, il devait friser la soixantaine.

— C'est sa façon à lui de détourner les soupçons d'un suspect qui fait partie de sa paroisse, poursuivit Hoyt. L'éducation qu'Abel infligeait à ses gosses s'inspirait des méthodes de Clarence : ne pas épargner le fouet et châtier l'enfant. Du haut de sa chaire, le révérend a toujours préconisé une discipline de fer. A ses yeux, battre un enfant équivaut à arracher le démon de son âme.

— Il paraît que le Dr Etheridge a soigné les enfants de Comstock — non seulement ses filles mais aussi ses garçons — et qu'ils présentaient des blessures suspectes, dit Cade d'une voix sérieuse qui contrastait avec le ton de plaisanterie adopté par son ancien patron.

— Leur père les maltraitait quand il était ivre, c'est-à-dire régulièrement.

— Ils sont encore dans la région ? demanda Blythe.

— Dès qu'ils ont été assez grands, les deux fils Comstock ont pris la poudre d'escampette. Bien sûr, après le meurtre de leur petite sœur, j'ai interrogé les trois enfants, y compris Rachel, qui dormait dans le même lit que Sarah, la nuit du drame. Aucun d'eux n'a pu me donner la moindre information satisfaisante.

— Maintenant qu'Abel est mort, ces jeunes gens accepteront peut-être de parler, suggéra Cade.

— A condition qu'on arrive à les localiser, murmura Hoyt. Rachel est décédée. Quant aux garçons… je me demande si leur propre père savait où les trouver.

— J'espérais les voir à son enterrement.

Blythe comprit soudain pourquoi Cade était venu aux obsèques d'Abel Comstock.

— Je ne les ai pas vus, dit Hoyt. Vous allez au cimetière ?

— Pourquoi pas ? répondit Cade. Puisque je suis là...

— Je suis allé à l'enterrement de Sarah pour les mêmes raisons que tu es là aujourd'hui, mais ça n'a rien donné.

— Vous croyez que l'assassin d'Abel assistera à ses funérailles ? demanda Blythe.

— C'est une possibilité que nous ne pouvons pas négliger.

— Evidemment, fit l'ancien shérif, quand on n'a rien d'autre à se mettre sous la dent...

— Bon, j'y vais ! lança Cade.

— Moi aussi, dit Hoyt. Mais pas au cimetière. Je rentre chez moi.

— Je crois que je vais rentrer aussi, murmura Blythe.

Elle se surprit à espérer que Cade lui demanderait de rester.

— Je passerai chez Mme Ruth plus tard, dit-il simplement.

— D'accord. Merci, et bonne chance.

— C'est exactement ce qu'il lui faut, déclara Hoyt Lee. De la chance et du flair.

Il posa brièvement la main sur l'épaule de Cade, puis prit gentiment le bras de Blythe pour la guider jusqu'à sa voiture.

22.

En arrivant chez sa grand-mère, Blythe aperçut une voiture inconnue, garée derrière la vieille guimbarde de Delores. Une voix tout aussi inconnue lui parvint en provenance de la cuisine, quand elle pénétra dans le vestibule.

Elle hésita un instant, cherchant à identifier la personne qui parlait. Une autre voix répondait, celle de Delores.

Blythe se serait damnée pour une tasse de café, mais elle n'osait pas interrompre la conversation — la gouvernante devait recevoir une de ses amies. Ce ne fut que lorsqu'elle entendit le timbre fluet de Maddie qu'elle se décida.

Sur le seuil, elle s'immobilisa.

Aucune des trois personnes attablées dans la cuisine de Ruth ne parut s'apercevoir de sa présence. Une belle jeune femme noire aux cheveux nattés était assise en face de Maddie. Elles se tenaient les mains au-dessus de la table d'acajou, les menottes pâles de l'enfant disparaissant sous les longs doigts cuivrés.

Bien qu'elle soit installée face à la porte, Delores ne se rendit même pas compte que Blythe était là.

— Et elle te dit des choses ? demandait l'inconnue en s'adressant à Maddie.

— Parfois… Mais…

La fillette s'interrompit, les sourcils froncés comme chaque fois qu'elle réfléchissait.

— Parfois, quoi ? demanda la jeune Noire avec un sourire encourageant.

— Parfois, je sais ce qu'elle veut me dire.

— Sans qu'elle ait besoin de parler ?

Maddie hocha la tête.

— Oui. Je le sais, c'est tout.

— Tu as peur, quand elle te parle ?

La tête blonde esquissa un signe de dénégation.

— Oh, non ! Au début, je ne savais pas pourquoi elle venait, et après, j'ai compris : elle est toute seule et elle a besoin d'une amie.

Blythe s'appuya au chambranle. Un frisson la parcourut. Son premier réflexe fut de se ruer dans la pièce pour mettre fin à cet entretien insensé, mais la tentation d'écouter les explications de Maddie la retint. Déchirée entre deux sentiments contradictoires, elle laissa échapper un soupir qui fit lever les yeux à Delores. En l'apercevant, la gouvernante sursauta.

— Mademoiselle Blythe ! Ce n'est pas ce que vous croyez.

— C'est quoi, alors ?

— Maman ! Maman !

Maddie courut vers sa mère, et Blythe la serra contre elle. Elle eut beau scruter son visage, elle n'y décela aucune trace de peur. Maddie ressemblait à ce qu'elle était réellement : une petite fille de quatre ans, ravie d'accueillir sa maman.

Blythe se tourna vers les deux femmes qui s'étaient levées. Delores se tordait nerveusement les mains, tandis que son amie affichait un calme olympien.

— Qu'est-ce qui se passe ici ? demanda Blythe.

Ce fut l'inconnue qui répondit :

— Mme Simmons m'a demandé d'aider votre fille. J'ai bien voulu essayer, sans garantie de succès.

Elle avait l'accent local mais elle articulait soigneusement chaque syllabe.

— Qui êtes-vous ?

— Je m'appelle Tewanda Hardy, madame Wyndham.

— Et en quoi consiste cette « aide » ?

Les yeux de jais se tournèrent brièvement vers la gouvernante, puis revinrent se poser calmement sur le visage de Blythe.

— Delores a évoqué certains troubles. Des cauchemars, des incidents…

Pour la première fois, la voix de la jeune Noire chevrota, tandis que son regard revenait se poser sur Maddie.

— Incidents au cours desquels votre fille a eu des contacts.

Des contacts ?

Blythe avala sa salive avec la plus grande difficulté.

— Des contacts avec qui ?

— Vous le savez très bien, madame Wyndham, répondit Tewanda Hardy d'une voix douce.

Oui, Blythe le savait. Si incroyable que cela puisse paraître, Sarah avait jeté son dévolu sur Maddie, probablement à cause de son jeune âge.

— Que croyez-vous pouvoir faire pour ma fille ?

Les yeux sombres de Tewanda ne cillèrent pas.

— Faciliter la communication.

— La communication avec... une enfant décédée ?

— Si c'est vraiment ce qui se passe.

— Quel est votre avis sur la question ? demanda Blythe.

Elle entrait dans ce jeu pervers, songea-t-elle, furieuse contre elle-même pour sa faiblesse.

— Je pense que c'est possible. Ce n'est pas la première fois que je me trouve confrontée à une telle situation, madame Wyndham.

— Pourquoi ? Etes-vous voyante ? Médium ?

— Depuis l'enfance, j'ai conscience qu'il existe des phénomènes que la plupart des gens ne perçoivent pas. Je suis venue pour aider Maddie à comprendre.

— A comprendre quoi ?

— Qu'elle n'est pas seule à posséder ce don.

Blythe faillit demander « quel don », puis elle se ravisa. Tewanda avait déjà répondu à cette question.

— Qu'est-ce que Maddie vous a dit exactement ?

— Nous n'avons pas eu le temps de bavarder. Je suis arrivée en retard parce que j'ai dû confier mon bébé à ma belle-mère. J'ai un petit garçon et aujourd'hui, il souffrait de coliques. Ce petit coquin a dû sentir que j'étais pressée, ajouta-t-elle en souriant. Les enfants ressentent sans difficulté les états d'âme des adultes.

L'explication semblait si logique que Blythe se sentit presque soulagée. Cette femme était une mère. Elle ne ferait pas de mal à Maddie.

— M'autorisez-vous à terminer la séance ? demanda-t-elle d'un ton neutre.

Blythe savait que si elle refusait, Tewanda n'insisterait pas. Elle tournerait les talons et se précipiterait chez sa belle-mère pour récupérer son petit garçon.

— Où est ma grand-mère ?

Blythe venait tout juste de remarquer l'absence de Ruth.

— Figurez-vous que le fils Delray a été emmené aux urgences, expliqua Delores. Celui qui vit à Montgomery. Il a eu une crise cardiaque, et Mme Ruth s'est rendue chez Mme Delray pour lui tenir compagnie en attendant les nouvelles.

Les Delray habitaient depuis des temps immémoriaux la propriété voisine. Lettie Delray, née Russel, avait grandi avec Ruth…

— Je ne peux pas rester longtemps, dit Tewanda. Mon fils doit faire la sieste et il n'y a pas de berceau chez ma belle-mère.

— Vous n'avez rien à perdre, mademoiselle Blythe, plaida Delores. A votre place, j'aurais laissé Tewanda poursuivre, des fois qu'elle découvre quelque chose d'important.

— En posant des questions à Maddie ?

— Oui, si vous me le permettez, intervint Tewanda. Bien que la petite n'ait pas beaucoup de souvenirs.

— Parce qu'elle préfère les occulter ou parce que… parce que quelque chose l'empêche de les mémoriser ?

— Je n'en sais rien. Les enfants qui développent des dons psychiques les perdent à mesure qu'ils grandissent. A l'évidence, dans le cas qui nous occupe, la communication s'établit à travers les rêves. En effet, lorsqu'elle dort, Maddie est plus détendue et plus…

Elle s'interrompit. Ses yeux noirs étaient remplis de compassion.

— Vulnérable, acheva Blythe d'une voix amère.

— Ne dites pas ça, madame Wyndham. Votre

petite fille est trop innocente pour s'ouvrir au mal. Elle ne peut ressentir que des esprits comme celui de Sarah. Les esprits errants qui ne trouvent pas le repos.

— Vous vous référez à la façon dont Sarah est morte ?

Soudain consciente que Maddie ne perdait pas un mot de la conversation, Blythe posa la main sur les cheveux soyeux de l'enfant.

Tewanda inclina la tête.

— Oui… Et aussi à un message qu'elle aurait délivré à votre fille.

Le regard de Blythe se posa une fraction de seconde sur sa fille, avant de revenir sur le beau visage grave de Tewanda.

— Comment comptez-vous procéder ?

— Il existe plusieurs méthodes. La relaxation en est une. On essaie d'amener le sujet à se détendre, à se rassurer. L'inconscient enregistre tout, mais il existe des blocages qui occultent les souvenirs.

— Et alors ?

Tewanda prit une profonde inspiration.

— Alors, certaines personnes entrent en transe. L'hypnose leur permet de revivre un épisode qu'elles ont refoulé. En gros, j'essaierai de lever les blocages, afin que Maddie puisse se rappeler ses rêves.

— Mais si jamais…

Blythe s'interrompit, tremblante. Une sombre appréhension l'avait assaillie.

— Je sais que vous avez peur et je vous comprends, dit Tewanda. Sachez que l'hypnose ne présente aucun risque. D'après ce que Delores m'a raconté sur les rêves qui tourmentent Maddie, franchement, je ne vois pas ce qui pourrait être pire… Et je suis sûre qu'ensuite, l'état de votre petite fille s'améliorera.

— Mais vous ne pouvez pas me le promettre.

— Non, madame Wyndham. Mes expériences m'ont appris qu'il ne faut rien promettre. Mais je suis convaincue…

La jeune femme marqua une pause et sourit à Maddie.

— J'aimerais essayer, conclut-elle.

Avec la permission de Blythe, la séance reprit. Les deux femmes fermèrent les rideaux sur le pâle éclat du jour et éteignirent le plafonnier pour plonger la cuisine dans une pénombre propice. Tewanda extirpa de son énorme fourre-tout une grosse bougie, et rapprocha la flamme d'une allumette de la mèche qui s'embrasa. Un parfum tenace imprégna la pièce, une odeur presque médicinale qui, comme la pénombre, exerçait un effet apaisant sur les nerfs.

Tewanda avait repris les mains de Maddie, tandis

que Delores et Blythe s'étaient installées de chaque côté de la table, en simples spectatrices.

La jeune femme aux cheveux nattés fixa sur l'enfant un regard assuré. Puis sa voix s'éleva, basse, mélodieuse.

— Il n'y a rien ici qui puisse te faire peur ou mal. Il n'y a qu'une petite fille qui demande ton aide car elle s'est perdue sur le chemin. Une petite fille comme toi, qui jouait à la poupée, à la dînette, et qui aimait sa maman et son papa, comme toi, tu aimes tes parents.

Un bref silence, puis la voix mélodieuse reprit, suggestive et lancinante :

— La petite fille t'a vue dans la maison de sa grand-mère et elle a voulu jouer avec toi. Elle se sentait seule et elle n'avait personne à qui parler. Alors, elle t'a parlé à toi, n'est-ce pas, Maddie ?

La fillette, les yeux mi-clos, fit oui de la tête.

— Qu'est-ce qu'elle t'a dit ? demanda doucement Tewanda. Qu'est-ce qu'elle t'a raconté, la pauvre petite fille solitaire ?

Maddie attendit quelques secondes avant de répondre dans un soupir :

— Elle dormait dans ma chambre, il y a très très longtemps.

— Dans la maison de sa grand-mère.

— Il ne pouvait pas la trouver, quand elle dormait là-bas.

Blythe se mordit la lèvre. Comment Cade avait-il défini les coups frappés à la fenêtre ? Comme un signal, une invitation à sortir.

— Elle adorait aller chez sa mamie, reprit Maddie d'un ton empreint de nostalgie, une voix fervente qui reflétait en réalité les sentiments de Sarah. Il ne pouvait pas la trouver quand elle était là-bas.

— Mais cette petite fille t'a suivie jusqu'ici, n'est-ce pas ?

— Oui… Elle se sent trop seule… Elle aimerait bien avoir une amie à qui parler.

Une profonde peine enfantine vibrait dans ces mots, si bien que Blythe sentit les larmes lui monter aux yeux.

— Je comprends, murmura Tewanda. De quoi est-ce qu'elle t'a parlé, alors ?

— De sa maman. Et de Rachel. Rachel était sa sœur. Elles couchaient dans le même lit, mais Rachel dormait tellement bien qu'elle ne l'entendait jamais quand il venait.

— Mais Sarah l'entendait. Sarah l'entendait chaque fois.

Maddie baissa la tête, mais Tewanda persévéra.

— Elle ne voulait pas qu'il vienne, n'est-ce pas ?

— Non.

— Est-ce qu'elle le lui a dit ?

Maddie opina de la tête.

— Oui, mais il n'a rien voulu entendre. Il lui a répondu…

Le reste de la phrase se perdit dans un souffle.

— Tu n'es pas obligée de me le répéter si tu ne veux pas, affirma Tewanda.

— Il me fait peur, chuchota Maddie.

— Il faisait peur à Sarah. Il n'est plus là, maintenant.

— Si, il est là. L'autre soir, il était dans la cour. Elle me l'a dit.

— Qu'est-ce qu'elle t'a dit exactement ?

Blythe connaissait la réponse. Au souvenir de cette nuit terrifiante, son estomac se noua.

— Elle m'a dit de me cacher.

Blythe croisa le regard de Tewanda, et elle y lut une question non formulée. Elle fit un petit signe de la tête — la permission de poursuivre la séance. S'il y avait un moyen de délivrer Maddie de ses terreurs, autant aller jusqu'au bout.

— Est-ce que Sarah t'a dit qui il est ?

La petite tête blonde se balança vigoureusement de gauche à droite, et le nœud dans l'estomac de Blythe se resserra.

— Tu peux me le décrire ? demanda Tewanda.

— Il est grand… très grand.

Une note étrange se glissait dans la voix de Maddie, quelque chose que Blythe détesta.

— Grand comment ?

Maddie haussa les épaules.

— Gros ou maigre ?

— Grand… Immense…

C'était la tactique que Cade avait déjà adoptée avec les mêmes résultats. N'importe quel homme adulte paraissait immense à une petite fille de quatre ans.

— De quelle couleur sont ses yeux ?

Maddie tressaillit. Une pure horreur déforma son petit visage. Ses yeux grands ouverts semblaient ne rien voir, comme dans ses cauchemars.

Blythe commença à se redresser. Un signe négatif de Tewanda la stoppa en plein élan. Les paumes appuyées sur la table, la jeune femme attendit, le cœur battant à tout rompre.

— Il n'est pas ici, Maddie, dit Tewanda d'un air parfaitement calme. Tu n'as aucune raison d'avoir peur.

Rien ne bougea dans les prunelles fixes de la petite fille. A l'évidence, des visions effrayantes défilaient devant ce regard vide.

— Maddie ? appela Blythe.

— Il n'est pas réel, Maddie, déclara Tewanda d'une voix plus forte. Ce que tu vois s'est passé il y a très longtemps. Un malheur est arrivé à Sarah, pas à toi. Personne ne cherche à te faire du mal.

La respiration de la petite fille sortait par saccades, à l'instar d'un coureur épuisé ou d'un enfant qui aurait sangloté des heures durant. Quand sa tête commença à se balancer d'avant en arrière, Blythe ne put se contenir davantage. Ignorant les tentatives que faisait Tewanda pour l'arrêter, elle courut s'agenouiller près de sa fille et la prit dans ses bras.

Le corps de Maddie était froid et parcouru de frissons.

— Tout va bien, mon bébé. Maman est là. Maman te tient. Ce n'est qu'un rêve. Tu es chez Mme Ruth et je suis là. Delores aussi est là. Il ne t'arrivera rien, je ne le permettrai pas.

Petit à petit, les spasmes cessèrent, la respiration se calma. Les yeux de la petite fille papillotèrent, tandis qu'elle émergeait de sa transe. Blythe s'essuya les yeux d'un revers de main. Son nez coulait.

— Pleure pas, maman. Tout va bien.

— Je sais, je sais, ma chérie.

Blythe leva les yeux vers Tewanda.

— Elle ne peut pas continuer comme ça.

— Malheureusement, cette décision ne vous appartient pas, madame Wyndham. Ni à Maddie.

Cette information atteignit Blythe comme un coup de poignard.

— Elle n'est pas assez forte, murmura-t-elle en pressant ses lèvres sur les cheveux de sa fille.

Tewanda se tut un long moment. Ensuite, elle prit la bougie qu'elle avait posée au milieu de la table, l'approcha de ses lèvres, souffla la flamme. Enfin, ses yeux d'un noir d'encre se plantèrent dans ceux de Blythe.

— Priez pour qu'elle soit forte, madame Wyndham. Je prierai aussi. Pour vous deux.

— Mais… cet homme…

— Elle ne sait pas qui il est, mais elle l'a vu à travers les yeux de Sarah, comprenez-vous ?

Blythe fit oui de la tête.

— Alors, je ne sais pas si elle serait capable de le reconnaître tel qu'il est aujourd'hui, acheva Tewanda. Il y a si longtemps…

Vingt-cinq ans. Un quart de siècle s'était écoulé depuis que ce monstre avait peuplé les cauchemars d'une autre petite fille.

« Elle se sent seule et elle a besoin d'une amie. »

Pauvre Sarah !

Et pauvre Maddie, qui n'avait rien demandé, qui ne comprenait pas ce qu'il lui arrivait.

La petite fille se blottit dans les bras de sa maman, rassurée par sa promesse. Une promesse que Blythe ne se sentait plus tout à fait capable de tenir.

23.

— C'est Cade, mon chou. Il t'avait prévenue qu'il passerait après l'enterrement.

Blythe l'avait oublié... Elle leva les yeux sur Ruth, qui se tenait à la porte du salon.

— Merci, grand-mère. Tu peux rester avec Maddie ?

Mère et fille étaient affalées sur le sofa, au milieu d'une profusion de livres et d'illustrés ayant appartenu à Blythe quand elle était enfant. La séance d'hypnose dans la cuisine hantait encore l'esprit de la jeune femme, alors que Maddie semblait parfaitement calme.

— Bien sûr ! répondit Ruth en s'installant à la place que Blythe venait de quitter. Je sais encore lire ! Alors, mon petit lapin, par quoi veux-tu commencer ?

— Par là, répondit Maddie, l'index pointé sur la pile de droite.

— Mmm, je lisais ces contes à ta maman quand elle avait ton âge.

— Celui-là, madame Ruth.

— Le Petit Chaperon rouge… Je n'ai pas besoin du bouquin pour te raconter cette histoire, ma chérie. Je la connais par cœur.

La voix de Ruth s'éteignit progressivement, tandis que Blythe se hâtait vers le vestibule où Cade l'attendait, emmitouflé dans son manteau noir.

— Allons parler dehors, suggéra-t-elle.

— Alors, couvrez-vous : il fait un froid de canard.

Elle sortit sa veste du placard de l'entrée, et comme Cade l'aidait à l'enfiler, elle s'appuya un instant contre sa large poitrine. Alors, il lui murmura à l'oreille :

— Ça va s'arranger, Blythe. Nous trouverons une solution.

Son haleine tiède caressa la nuque de Blythe, déversant un flot de chaleur dans son corps. « Nous trouverons une solution. » Il n'avait pas prononcé le mot « ensemble », mais elle l'entendit au fond de son cœur. Elle déploya un effort surhumain pour faire un pas en avant et briser ainsi le contact.

Une fois sur le perron, elle emplit ses poumons d'air froid, dans l'espoir de s'éclaircir les idées et de refréner l'appétit sexuel que les mains de Cade avaient éveillé en elle.

— Vous semblez bouleversée, lui dit-il, les yeux plongés dans les siens. C'est à cause des obsèques ?

— Il se passait quelque chose quand je suis rentrée à la maison.

— Avec Maddie ?

Blythe hocha la tête.

— Connaissez-vous une certaine Tewanda Hardy ?

A en juger par l'hésitation de Cade, elle conclut que le nom lui disait quelque chose.

— Disons que j'ai entendu parler d'elle, répondit-il d'un ton neutre. Pourquoi ?

— Elle était ici quand je suis revenue. Delores lui a demandé d'aider Maddie.

— Ah… Et est-ce qu'elle l'a fait ?

— Elle a essayé.

— Et alors ?

— Vous aviez raison à propos du tapotement à la fenêtre. C'était un code que le tueur utilisait pour intimer à Sarah l'ordre de sortir. En tout cas, il ne l'a jamais importunée quand elle se trouvait chez sa grand-mère.

— Le pavillon des Wright ?

Elle fit oui de la tête.

— Maddie a dit qu'elle adorait y aller.

— Maddie ?

— Sarah, rectifia Blythe. Sarah adorait aller chez ses grands-parents parce qu'elle s'y sentait en sécurité.

— Mais vous avez entendu les coups à la fenêtre ?

— C'est vrai, mais il doit s'agir d'une sorte de message.

— Un message… de qui ?

— De Sarah. Elle veut sans doute nous faire comprendre comment son bourreau signalait sa présence.

— Vous croyez que c'est Sarah qui tapait à la fenêtre ?

Blythe croisa les bras sur sa poitrine. Il serait difficile de convaincre un représentant de la loi qu'une fillette morte depuis des lustres s'efforçait de dénoncer son assassin.

— Je crois que cela a un sens, répliqua-t-elle prudemment. Si la maison des Wright était hantée, le meurtrier n'y est pour rien. Ce qui veut dire qu'il est toujours en vie.

L'expression de Cade resta impénétrable. Du moins n'avait-il pas rejeté cet argument d'un revers de main moqueur.

— Qui vous a raconté tout ça ? Maddie ou Tewanda ?

— Maddie. Tewanda s'est contentée de l'interroger.

— Combien vous a-t-elle fait payer ce service ?

Blythe commença par trouver cette suggestion choquante, puis elle se dit que la question était parfaitement logique. Elle aussi avait conçu des soupçons quant aux motivations de la voyante.

— Je n'aurais jamais payé pour un truc pareil, avoua-t-elle. En tout cas — et c'est tout à son honneur —, elle n'a pas demandé d'argent. J'ai failli tout arrêter, mais Maddie s'est rappelé certains détails dont elle ne m'avait jamais parlé auparavant.

— Lesquels ?

— Qu'il était présent, cette nuit-là. Vous savez, le soir où j'ai cru qu'elle avait disparu. Elle a dit aussi qu'il était grand, mais j'ai conscience que dans la bouche d'une gosse de quatre ans, ce renseignement n'est guère significatif.

— Que s'est-il passé ensuite ?

— Tewanda lui a demandé de décrire les yeux de cet homme, et c'est à ce moment-là que Maddie s'est troublée. Elle était paralysée par la peur. Comme après ses cauchemars.

— Une affaire qui roule ! marmonna Cade.

— Je vous demande pardon ?

— Tewanda Hardy prédit l'avenir : elle tire les cartes ou bien elle lit dans une boule de cristal. C'est son gagne-pain, Blythe. Un commerce fructueux.

— Peut-être, mais ça ne l'empêche pas d'être douée.

— Oh ! elle est sûrement assez douée pour raconter à ses clients ce qu'ils veulent entendre ! Les gens qui s'adressent à une voyante sont ceux qui rencontrent des problèmes. Le reste n'est qu'une question de psychologie élémentaire.

— Tewanda ne nous a pas prédit l'avenir ! fit remarquer Blythe, refrénant une subite colère. Et elle ne s'est pas fait payer. Elle a juste essayé d'aider Maddie à se souvenir, et sur ce point, elle a réussi.

— Ça ne présente aucune difficulté pour qui possède suffisamment d'informations.

— Je ne comprends pas.

— En lui demandant de venir, Delores lui a certainement raconté tout ce qu'elle savait. Les cauchemars, les bruits, votre curiosité concernant le meurtre de Sarah.

— Tout ce que je sais, c'est que Tewanda n'a pas profité de notre désarroi. Elle posait des questions et Maddie répondait. Tout s'est déroulé à peu près bien, jusqu'à ce que Tewanda lui demande de décrire l'homme qui tapait à sa fenêtre… ou à la fenêtre de Sarah.

— Une description aurait été de la plus haute importance, mais je suppose que c'était trop demander à une fillette de l'âge de Maddie.

Son ton égal exaspéra Blythe.

— Ecoutez, Cade, ma première réaction a été de jeter cette femme dehors. Ensuite, je me suis dit que Maddie se rappellerait peut-être quelque chose qui mettrait fin à cette histoire effroyable. Je suis consciente qu'une description serait utile. Personne dans cette ville n'a autant envie que moi de confondre le meurtrier de Sarah…

Ses larmes jaillirent, incontrôlables, et Cade s'avança vers elle pour poser les mains sur ses épaules.

— Ne pleurez pas, murmura-t-il en la caressant légèrement.

Elle renifla — une réaction au froid glacial et à l'émotion. Relâchant ses épaules, Cade sortit un mouchoir de sa poche et le lui tendit. Elle le prit, se moucha, puis regarda la cour sans un mot.

— Voulez-vous que nous essayions une nouvelle fois ? proposa-t-il, lorsqu'elle se fut calmée.

— Essayer quoi ?

— De poursuivre l'expérience de Mme Hardy.

Il faisait l'effort de se montrer conciliant, reconnut-elle. Lui aussi souhaitait retrouver le tueur et, en attendant, il faisait tout pour protéger Maddie.

— Je ne sais pas si c'est une bonne idée. Si vous l'aviez vue…

Blythe crut revoir les yeux terrifiés de Maddie.

— J'ai reçu le rapport du labo, déclara-t-il, changeant brusquement de sujet. Nous avons deux balles et aucune arme. Comstock n'a pas été tué avec son propre fusil. J'en conclus qu'il a tiré sur son agresseur et qu'il l'a raté. Il n'y a aucun autre indice, aucune empreinte de chaussures sur place… rien.

— Pourquoi a-t-il abattu Abel, Cade ? Pourquoi, après toutes ces années ?

— Je vous l'ai déjà dit. Le meurtrier se sent en danger… Dites-moi, que savent Delores et votre grand-mère à propos du rapport qui semble exister entre vous, votre fille et le meurtre de la petite Sarah ?

— Elles sont au courant des cauchemars de Maddie, de l'incendie, naturellement, et de votre conclusion selon laquelle c'était un acte prémédité.

La jeune femme fronça les sourcils, cherchant à se rappeler ce qu'elle avait pu leur raconter. Elle leur avait épargné ses suppositions les plus troublantes, mais Ruth Mitchell n'était pas tombée de la dernière pluie. Et ce que Ruth savait, Delores le savait également.

— Je n'ai pas fait part à ma grand-mère de mes soupçons à propos de Sarah, mais je crois qu'elle a compris. Elle n'est pas sotte.

— Mme Ruth aime bien avoir des histoires à raconter.

— Je ne le nie pas, dit Blythe d'une voix lasse.

Sans aucun doute, les deux femmes avaient répété ses confidences à leurs amies du club de couture ou de l'association caritative. Dans cette petite société fermée, les femmes partageaient toutes leurs joies et tous leurs tracas : naissances, décès, maladies, divorces. Pourquoi les cauchemars d'une petite fille auraient-ils échappé à la règle ? Ou même l'éventualité d'une maison hantée ?

— Ce soir, je monterai la garde, trancha Cade.

— Ici ?

La voiture de patrouille se trouvait toujours dans l'allée. L'un des hommes du shérif avait passé la journée à surveiller la maison.

— A l'intérieur, si vous et Mme Ruth n'y voyez

pas d'inconvénient. Doug restera à son poste, mais je préfère renforcer la garde.

La présence des policiers la dérangeait d'autant moins que Cade bénéficiait de toute sa confiance, mais cette subite décision d'augmenter les effectifs lui parut de mauvais augure. Que craignait-il au juste ?

— Ma grand-mère sera d'accord, répondit-elle en cachant de son mieux l'anxiété qui la taraudait.

— Et vous ?

— Ma fille est tout ce que j'ai au monde. Si vous estimez qu'une protection renforcée est nécessaire, je n'ai aucune objection à formuler.

Quand Blythe regagna le salon, Ruth était en train de ramasser les livres éparpillés sur le sofa et la table basse.

— Où est Maddie ?

— Je lui ai dit que tes vieilles poupées étaient encore à la cave, et elle est partie les chercher.

La jeune femme visualisa l'escalier étroit conduisant au sous-sol, et une vague de panique parfaitement irraisonnée lui coupa le souffle.

— Tu l'as laissée descendre toute seule ?

— Tu passais des heures entières, en bas, quand tu étais petite ! D'ailleurs, il y fait tellement froid qu'elle n'y restera pas longtemps, si tu veux mon avis. Où veux-tu que je range ça ?

Ruth désignait les livres, et semblait inconsciente de la terreur soudaine de sa petite-fille.

— N'importe où. Je vais chercher Maddie.

Une sourde crainte assombrit le regard de la vieille dame.

— Oh, mon Dieu! Ai-je commis une erreur? Tu voulais que la petite reste à la maison… Mais la cave fait partie de la maison, non?

Blythe n'entendit pas les explications de sa grand-mère. Elle s'était précipitée en direction de la cuisine ensoleillée, saturée de l'arôme omniprésent du café, évitant de poser le regard sur la table où, ce matin, un médium avait hypnotisé sa fille.

« Je prierai pour elle », avait dit Tewanda Hardy.

« Pourvu qu'elle soit précisément en train de prier! »

La porte d'accès au sous-sol se trouvait dans l'office. Blythe poussa le battant et abaissa l'interrupteur. La lumière électrique ruissela sur les marches, laissant une grande partie du sous-sol dans l'ombre. Une lucarne sur le mur du fond laissait filtrer la lueur hivernale de l'après-midi.

— Maddie?

Pas de réponse.

— Maddie, tu es là?

Blythe dégringola les marches, affolée. Le casier sur lequel elle avait trouvé les livres se détachait dans la pénombre, mais la petite fille n'était nulle part.

Elle fouilla les lieux du regard, frénétiquement. Puis son cœur fit un bond dans sa poitrine : Maddie venait d'apparaître, émergeant de l'autre côté du casier.

— Pourquoi tu ne réponds pas ?

— Je cherchais quelque chose, maman.

— Il fait trop froid ici. Viens, on remonte !

— Mme Ruth m'a dit qu'il y avait des poupées quelque part.

— Il n'y en a pas ! lança Blythe.

Une rage folle avait remplacé son inquiétude. Rage contre Maddie ? Ou contre Ruth ?

— Mais Mme Ruth a dit…

— S'il y avait des jouets, ils seraient avec les livres.

— Ils n'y sont pas.

— Maddie, il n'y a rien ici. Viens, maintenant.

— Non ! Je veux chercher les poupées !

Blythe se propulsa vers le fond de la cave. Maddie furetait sur une étagère encombrée de bocaux de confitures, de cornichons et de fruits confits.

— C'est le garde-manger de Mme Ruth. Les jouets sont de l'autre côté. Viens, ma chérie, je vais te montrer.

Maddie se rapprocha lentement, à contrecœur. Sa petite main froide se glissa dans celle de sa mère, qui en éprouva une merveilleuse sensation de soulagement. Sa colère retomba d'un seul coup, et elle eut honte de s'être emportée. Ses doigts serrèrent gentiment la menotte de Maddie.

— Suis-moi. On va chercher ensemble.

Il n'y avait aucune raison de ne pas satisfaire la curiosité de l'enfant. Elle la guida tout doucement vers les casiers de livres, mais aucun jouet n'apparut parmi les volumes colorés. Ou bien Ruth s'était trompée, ou bien les poupées avaient été jetées. Mais, malgré l'évidence, Maddie se cabra.

— Mme Ruth m'a dit que les poupées étaient ici !

— Eh bien, elles n'y sont plus, répondit Blythe. Mais tu sais quoi ? Probablement que Delores s'en est débarrassée parce que, entre nous, les pauvres petites avaient drôlement souffert. Je n'étais pas très tendre avec mes poupées.

— Non ? Mme Ruth dit que tu les aimais à mourir.

Encore une expression excessive ! Et en plus, dans les circonstances présentes, aimer à mourir acquérait une connotation lugubre.

Blythe avala sa salive et parvint à sourire.

— Ça te plairait, une poupée toute neuve ?

— Oh, oui ! Tu en as une, maman ?

— Non, mais je sais où l'on en vend.

Elle aurait dû y penser plus tôt. Mais ses économies étaient pratiquement épuisées et, comme toujours, elle avait scrupule à emprunter même une petite somme à sa grand-mère. Mais une fillette de quatre ans n'avait pas la même notion de ce que les adultes appellent « des produits de première nécessité ». Pour Maddie, les jouets revêtaient une importance capitale.

Après l'incendie, Blythe avait privilégié l'achat de vêtements. Elle avait également acheté un ours en peluche pour remplacer le nounours avec lequel Maddie dormait. A présent, elle regrettait son manque de clairvoyance.

— Dans un magasin ? demanda la petite fille avec un regard plein d'espoir qui bouleversa sa mère.

— Exactement. On va y aller et on choisira une poupée, tu veux ?

— Oh, chic ! s'écria joyeusement Maddie. Je peux avoir une poupée bébé ?

— Mais oui ! Avec son biberon et tous ses accessoires.

Wal-Mart, le grand magasin sur l'autoroute, proposait un éventail de jouets adaptés à toutes les bourses, songea Blythe. Le policier qui montait la garde devant la maison pourrait les suivre dans son véhicule.

Oui, mais tout d'abord, elle allait devoir appeler Cade. Avant de s'en aller, le shérif lui avait extorqué la promesse de le tenir au courant de tous leurs mouvements. L'idée qu'il lui proposerait peut-être de les accompagner suscita une joie inattendue dans le cœur de la jeune femme. Joie qu'elle repoussa délibérément. Quant tout cela serait terminé, elle analyserait plus calmement ses sentiments vis-à-vis de Cade Jackson.

Blythe sourit à sa fille.

— Je vais passer un coup de fil, et puis on s'en va, d'accord ?

— Ça va prendre longtemps, le coup de fil, maman ?

— Cinq minutes. Le temps que tu mettes ton manteau.

24.

— Je lui ai promis une poupée.

— Désolé, Blythe. Il n'en est pas question !

Cade retint un juron. Cet après-midi, il avait pris des gants pour exprimer ses appréhensions, mais il pensait que Blythe avait compris. Le meurtrier d'Abel semblait déterminé à supprimer tous les témoins gênants, et s'il associait Blythe ou Maddie à une menace, il n'hésiterait pas à les éliminer.

— Elle n'a que quatre ans ! plaida la jeune femme. Elle a perdu dans l'incendie tout ce à quoi elle tenait.

— Sauf vous, rétorqua-t-il. Vous êtes-vous demandé comment elle aurait réagi si elle vous avait perdue ?

Il l'entendit soupirer.

— Cade, tout ce que je vous demande…

— C'est d'emmener votre fille dans un lieu public bondé ! Savez-vous à quelle vitesse un gosse peut disparaître au milieu d'une foule ?

— Je le lui ai promis, Cade.

Un bref silence flotta sur la ligne. Si Cade avait

estimé que Maddie était une enfant gâtée, il aurait protesté encore et encore, jusqu'à ce que Blythe capitule. Mais il en arriva finalement à la conclusion qu'elle avait raison. La petite avait tout perdu dans le sinistre. Désirer une poupée n'avait rien de déraisonnable.

— Quel genre ? demanda-t-il.

— Comment ?

— Quel genre de poupée lui avez-vous promis ?

— Une poupée bébé. Un baigneur, si vous préférez. Equipé de tous les accessoires.

— Quels accessoires ?

Il tira vers lui un bloc-notes, écrivit baigneur en haut de la page.

— Biberon, couverture, chaussons, pyjama ou robe. Plus une tétine.

— Une… quoi ? fit-il, tandis qu'il griffonnait.

— Tétine. En général, les accessoires sont vendus avec la poupée. Pourquoi ?

— Je ferai un saut à Wal-Mart en sortant du bureau. Encore une question : fille ou garçon ?

Elle eut un rire qu'il trouva incongru. Les poupées bébés n'avaient donc pas de sexe ?

— Prenez-en une habillée en rose.

— Compris.

— Vous partez tout de suite ?

L'horloge murale indiquait 18 h 20, et il calcula rapidement ce qu'il lui restait à faire : la police d'Etat allait lui envoyer par fax les résultats des analyses pratiquées sur les rares indices que ses hommes avaient relevés dans la vallée. Il ne s'attendait pas à des miracles, mais rien n'était négligeable. Il avait aussi caressé l'espoir d'un repas chaud avant de gagner la résidence Mitchell. Tant pis pour le repas ! Il s'offrirait un sandwich dans l'un des fast-foods de l'autoroute, quand il irait chercher la poupée.

— Non, pas avant une heure ou deux. J'attends un fax.

— Je lui ai promis, répéta Blythe après un silence.

— Je sais. Je m'en occupe. Je serai chez Mme Ruth dès que possible. Mais, pour l'amour du ciel, ne bougez pas, même si je suis en retard !

Comme elle ne disait rien, il ajouta :

— Jurez-moi que vous resterez sagement à la maison.

— Mais si le policier qui…

— Jurez-le-moi !

— D'accord, murmura-t-elle, résignée. Nous n'irons nulle part.

— J'arriverai aussi vite que je le pourrai.

Et sans rien ajouter, il raccrocha.

Lorsque Cade gravit les marches du perron, il était 9 heures passées. Le grand magasin était archi bondé, comme il l'avait prévu. Plusieurs personnes, l'ayant reconnu, l'avaient bombardé de questions sur la mort d'Abel Comstock.

Ils devaient se demander ce qu'il cherchait au rayon des jouets, alors que l'enquête criminelle battait son plein. Et il s'était posé la même question, tout en fouillant parmi les boîtes sous emballage de Cellophane. Il y avait des douzaines de poupées, de toutes les tailles et de toutes les couleurs, et chacune possédait sa propre garde-robe. Finalement, il choisit celle dont la liste de vêtements était la plus longue : un nourrisson en celluloïd drapé dans une couverture, avec une tétine dans sa minuscule bouche rose bonbon. A toutes fins utiles, il cueillit sur une étagère une paire de bottines miniatures, puis, tandis qu'il remontait l'allée en direction des caisses, un petit landau rose attira son attention. Il l'ajouta à ses emplettes en se disant que Maddie s'amuserait à promener son « bébé » dans la poussette.

Peu après, il remonta en voiture et se dirigea vers la demeure de Ruth Mitchell. Leroy Smothers, le policier qui montait la garde dans son véhicule de patrouille depuis 19 heures, déclara qu'il n'y avait rien à signaler.

— La maison est aussi calme qu'une tombe, patron.

Bien que la comparaison fût loin de l'enthousiasmer, Cade ne releva pas. Il sonna à la porte. Un carillon égrena un chapelet de notes. Il avait plus d'une heure de retard, constata-t-il en jetant un coup d'œil à son bracelet-montre. Blythe était peut-être couchée. Il sonna une nouvelle fois et attendit. En vain. Un long frisson le parcourut.

Il s'apprêtait à sonner une troisième fois quand, enfin, la porte s'ouvrit.

Blythe était habillée. Ses paupières enflées trahissaient une fatigue extrême.

— Excusez-moi, dit-il.

— Il est tard ?

— Presque 21 h 30.

— Je me suis endormie... On vous attendait et... Maddie a sombré dans le sommeil vers 20 heures, et je n'ai pas résisté très longtemps.

— Excusez-moi, répéta-t-il.

Il lui tendit les deux sacs en plastique contenant la poupée et la poussette.

— Si jamais le modèle ne lui plaît pas...

— Ça va aller. Entrez, je vous en prie.

Il pénétra dans le vestibule.

La jeune femme referma la porte et remit le loquet.

— Je ne pense pas que j'arriverai à la réveiller. Elle dort à poings fermés.

— Vous lui donnerez son cadeau demain matin. Je suis désolé d'être arrivé aussi tard.

— Oh ! je poserai le paquet sur son lit ! Elle le verra dès qu'elle ouvrira les yeux.

Cade avait peu d'expérience avec les enfants et les poupées, mais le plan lui parut absolument parfait. Hochant la tête, il accrocha sa veste et son Stetson au portemanteau.

— Maintenant, dit-elle, si vous le voulez bien…

— Oui ? Qu'y a-t-il ?

L'anxiété qui l'avait assailli dehors était revenue en force.

— Je me demandais si vous pourriez transporter Maddie à l'étage. Aucune de nous n'a eu une bonne nuit de sommeil depuis plusieurs jours, et ma grand-mère est déjà au lit. Le Dr Etheridge la conduira avec Lettie Delray à l'hôpital de Montgomery, demain matin, pour qu'elle rende visite au fils de Lettie. Il a eu une crise cardiaque. Vous le saviez ?

— Non. Je n'en ai pas entendu parler.

— Alors, s'il était possible de ne pas réveiller Maddie…

— Bien sûr. Je vais la transporter dans sa chambre.

— Elle est dans le salon.

Ce disant, la jeune femme le précéda.

Les appliques de l'entrée éclairaient chichement sa fine silhouette et, malgré la pénombre, il remarqua que son blue-jean lui moulait admirablement les fesses et soulignait la longueur de ses jambes. Elle avait un corps de rêve — une observation qu'il s'empressa d'oublier.

Dans le salon, une lampe allumée sur le buffet dispensait une douce clarté. Nimbée d'une lumière ambrée, la petite fille endormie sur le canapé ressemblait à l'une des poupées qu'il avait vues au supermarché. Elle était couchée sur le côté, ses cheveux blonds répandus sur ses épaules menues, une mèche en travers de la joue.

— Vous voulez que je l'emmène maintenant ? demanda-t-il, soucieux de ne pas rompre l'harmonie du tableau.

— Elle devrait être couchée depuis plus d'une heure, répondit Blythe.

Il ne renouvela pas ses excuses. Il avait apporté la poupée, et ce n'était déjà pas si mal. La moitié de la population l'avait surpris en train de faire du shopping au lieu de poursuivre les investigations. Les mauvaises langues devaient raconter qu'il prenait des libertés avec ses devoirs.

« Et alors ? Tu te fiches pas mal de ce qu'ils pensent. »

Il ne s'en fichait pas, en réalité. Visiblement, Blythe lui en voulait de son retard, mais il n'y pouvait rien.

Il traversa la pièce, souleva la fillette dans ses bras. Elle ne se réveilla pas, pas même lorsqu'il posa sa tête au creux de son épaule. Ses cheveux embaumaient le shampooing mêlé au parfum de sa mère.

Ils montèrent l'escalier. Blythe ouvrait le cortège en direction de la petite chambre où il avait déjà transporté Maddie après l'incendie. Il attendit qu'elle repousse la couette et les draps avant de poser doucement la fillette au milieu du lit.

Avec une économie de gestes qui trahissait une longue pratique, Blythe retira les chaussures de sa fille, puis elle hésita à la déshabiller. La robe tricotée qu'elle portait paraissait aussi confortable qu'un pyjama.

Enfin, renonçant à la dévêtir, Blythe remonta sur le corps de Maddie les draps, puis la couette. Ensuite, elle retira la boîte transparente du sac en plastique et la posa devant la lampe de chevet. Finalement, se penchant, elle posa un baiser sur le front de l'enfant, qui ne bougea pas.

Blythe se redressa pour regarder Cade. La lumière du palier se reflétait dans ses yeux brillants de larmes.

— Vous êtes sûre que ça va ? murmura-t-il.

Le regard de la jeune femme glissa un instant vers sa fille, puis revint se poser sur Cade.

— La journée a été longue, répondit-elle d'une voix lasse.

Il connaissait ce sentiment de fatigue et de solitude.

— Vous dormirez mieux cette nuit.

Elle lui adressa le sourire indulgent d'une mère dont le gamin vient de faire une remarque idiote.

— Espérons-le !

Une atmosphère de détente régnait dans la chambre. La faible senteur de lavande, la lumière tamisée, tout invitait au repos. Mais ce n'était pas forcément au repos que Cade aspirait.

— Mme Ruth m'en voudrait si je me m'offrais une tasse de café dans sa cuisine ?

— Pas du tout. Je vais vous le préparer.

Blythe se dirigea vers la porte.

Compte tenu de sa fatigue, Cade s'était attendu à ce qu'elle aille se coucher immédiatement.

— Vous n'êtes pas obligée, dit-il en la suivant sur le palier.

La jeune femme commença à descendre l'escalier.

— Grand-mère déteste les cafetières modernes. Avez-vous jamais utilisé un percolateur ancien ?

— Non, mais je me débrouillerai.

— Vous feriez mieux de me faire confiance.

Blythe remplit d'eau le pot avant de déposer quelques cuillerées de café dans le filtre à mailles serrées. Le riche arôme des grains fraîchement moulus la fit saliver. La tentation était forte, mais la caféine l'empêcherait de fermer l'œil. Le simple fait de savoir que Cade allait monter la garde au rez-de-chaussée lui permettrait de dormir tranquillement, à condition que Maddy ne fasse pas de cauchemar…

— Et voilà ! fit-elle en plaçant le filtre sur le pot. Il ne reste plus qu'à le poser sur la plaque chauffante. Quand l'eau sera bouillante, elle remontera dans le filtre, ajouta-t-elle en indiquant le globe de verre. D'habitude, j'éteins à ce moment-là, tandis que Mme Ruth et Delores se contentent de baisser le thermostat.

— Je crois que j'opterai pour votre recette : je n'ai pas envie de mettre le feu à la maison… Oh ! pardon ! ajouta-t-il vivement. Je ne voulais pas vous rappeler des mauvais souvenirs.

— Et il y en a beaucoup, reconnut-elle.

Comme l'épuisement la gagnait, elle ne chercha pas à dissimuler son amertume, signe que sa ténacité s'amenuisait.

— Ils ne sont pas tous mauvais, quand même ?

— Non, c'est vrai. Je suis revenue à Crenshaw à la recherche de bons souvenirs. Malgré la mort de mon père, ma mère et moi étions heureuses, ici. Dans cette maison, j'ai été dorlotée, gâtée comme une princesse. La vie s'est chargée de détruire mes illusions. Le bonheur est provisoire, malheureusement. John nous a quittées trop tôt, et Maddie ne méritait pas de se retrouver orpheline à un âge aussi tendre. Alors, j'ai voulu revenir à l'endroit où, jadis, je m'étais sentie en sécurité… La lâcheté classique, autrement dit.

— Si c'était vrai, vous auriez tout de suite emménagé chez votre grand-mère !

— Oh ! j'aurais dû ! J'ai cru bien faire, mais là aussi, je me suis plantée lamentablement.

Elle s'appuya sur le comptoir, s'entourant de ses bras.

— Vous avez agi pour le mieux, Blythe. Je sais que lorsqu'on perd un être cher, il n'y a pas de consolation, mais…

Il laissa sa phrase en suspens.

La jeune femme leva les yeux vers lui et s'aperçut qu'il la scrutait intensément. Quelque chose dans ses yeux avait changé. Elle n'aurait pas su dire en quoi consistait ce changement. En tout cas, elle se sentit extrêmement troublée… sexuellement. Sauf que ce n'était pas le moment de se laisser aller à ce genre de dérive.

« Quand, alors ? Quand Maddie sera grande ? Quand tu ne seras plus responsable d'elle ? »

Partager l'éducation d'un enfant, comme elle l'avait fait avec John, lui sembla tout à coup aussi tentant que la lueur fugitive qu'elle avait aperçue dans les yeux de Cade.

« Ce n'est jamais qu'une lâcheté de plus. La solution la plus facile. »

Pourtant, l'envie de connaître la fin de la phrase qu'il avait prononcée une minute plus tôt l'incita à demander :

— Mais… quoi ?

— Je suis content que vous soyez revenue.

Blythe sentit les battements de son cœur s'accélérer.

— Pourquoi ? Je ne vous ai apporté que des ennuis, y compris un nouveau meurtre.

— Oui, je sais. Par ailleurs…

Il hésita une fois de plus, puis haussa les épaules.

— Je suis quand même content que vous soyez revenue.

— Merci. Je ne vois pas pourquoi, mais c'est gentil de me le dire.

En deux enjambées, il fut à son côté, et la saisit aux épaules pour la tourner vers lui. Bien que Blythe fût grande et élancée, il la dominait de toute sa stature. Il baissa la tête, rapprochant ses lèvres des siennes.

Un vertige la fit chanceler, et elle s'accrocha à lui. Leurs bouches s'unirent avidement. Il la serrait à lui couper le souffle, et elle sentit ses seins s'écraser contre la muraille de son torse, tandis qu'il glissait sa langue entre ses lèvres.

Elle répondit ardemment à son baiser, malgré une fugace vision de John, une sorte de bref et douloureux retour sur leur bonheur perdu. Mais John était mort. Elle était vivante, et n'avait aucune raison de se sentir coupable. Se hissant sur la pointe des pieds, elle pressa son corps contre celui de Cade, et sentit nettement son érection à travers la barrière de leurs vêtements.

Un éclair de peur la transperça soudain. Elle n'était pas prête à se donner à lui, et prétendre le contraire aurait été un mensonge éhonté.

Blythe se recula, rompant leur étreinte. Sans la relâcher, il plongea les yeux au fond des siens.

— Qu'est-ce qui ne va pas ?

Elle secoua la tête, les lèvres tremblantes.

— Blythe ? Qu'y a-t-il ?

— Je ne peux pas faire ça.

Il ouvrit la bouche, puis la referma. Un muscle roula sous sa mâchoire. Enfin, il fit un pas en arrière.

— Navré, murmura-t-il.

— Ce n'est pas ce que vous pensez.

Qu'en savait-elle ? Il devait se dire qu'elle ne le désirait pas.

— Ma grand-mère est en haut, dit-elle d'une voix penaude.

— Est-ce un avertissement ? Vous croyez que nous avons besoin d'un chaperon ?

Il semblait amusé, et tant mieux, songea-t-elle, soulagée.

— Les deux, peut-être.

— Voilà qui me rassure.

Elle se mit à rire.

— Quel est le problème ? lui demanda-t-il.

— Je… j'ai peur.

Il pencha la tête sur le côté.

— Peur de m'embrasser ou…

— Oui. Ou de succomber. Vous n'avez pas idée de ce que cela représente pour moi. Voilà des lustres que je n'ai pas fait l'amour avec un homme, depuis John… Oh ! ce n'est pas à cause de lui ! John n'aurait jamais voulu m'empêcher de continuer à vivre, mais tout ça est si nouveau… Rien que d'envisager cette possibilité…

— Parce que vous l'avez envisagée ? fit-il avec un sourire amusé.

— Dès que je vous ai revu.

Il fronça légèrement les sourcils.

— Revu ?

— Oui. Vous n'y avez jamais songé, n'est-ce pas ?

Il ignorait tout de son béguin d'adolescente, se dit-elle. C'était pourtant flagrant, à l'époque.

— Je ne sais pas de quoi vous parlez, Blythe.

Il s'efforçait de remonter vers le passé. Cade Jackson personnifiait le dieu du stade de Davis County. La moitié des filles de l'école avaient follement fantasmé sur lui… Mais Blythe ? Il aurait dû s'en douter.

— Je crois que si, répondit-elle.

— Vous parlez de l'école ?

— Du lycée. J'étais junior quand vous étiez en terminale. J'avais douze ans et je vous croyais capable de décrocher la lune.

— Je le croyais aussi. Quand j'ai quitté Crenshaw, j'ai vite déchanté.

— Vraiment ? Je parie qu'une autre escouade de groupies s'est constituée à l'université !

— N'exagérons rien.

Elle éclata de rire.

— Quelle modestie ! Sincèrement, j'ai été surprise...

Elle hésita, ne sachant pas trop comment formuler la question qu'elle se posait depuis son retour.

— Surprise de quoi ?

— Que vous ne soyez pas... comment dire... pris !

— J'ai été marié. Un désastre. Et comme chat échaudé craint l'eau froide... à part quelques idylles éphémères, il n'y a personne dans ma vie.

— Ce ne sont certainement pas les occasions qui ont manqué. Vous êtes encore très séduisant, Cade.

Il s'esclaffa.

— Encore ? Merci pour la restriction !

— Oh ! vous savez très bien ce que j'entends par là ! Je m'étais imaginé que vous iriez vivre dans une grande ville, mais non. Vous êtes toujours ici, à Crenshaw, et... Désolée. Je deviens indiscrète.

— Je n'ai rien à cacher. J'ai passé quelques années dans l'armée. J'ai voyagé, aussi, et j'ai connu pas mal de gens qui m'ont amené à apprécier mon éducation. Je suis revenu à Crenshaw volontairement.

— Je vois.

— Probablement pas, mais c'est sans importance. Je voulais retrouver mes racines. Après mon divorce, je n'ai rencontré aucune femme avec qui j'ai eu envie de vivre. Pas jusqu'à maintenant.

Pas jusqu'à maintenant. Cela signifiait-il qu'il souhaitait vivre avec elle ? Blythe tenta d'endiguer le flot de plaisir qui la submergeait.

Un silence suivit. L'espace d'une seconde, elle rêva qu'il l'embrasse de nouveau. S'il le faisait, elle n'aurait pas la force de lui résister. Mais il recula davantage.

— Où voulez-vous que je dorme, ce soir ? demanda-t-il.

— Pardon ?

— Je vais camper dans le salon. Cela me permettra de surveiller l'escalier... et de faire des allers et retours dans la cuisine pour me ravitailler en café.

— Comme vous voulez. Je vous remercie d'être là, en tout cas.

— Profitez-en pour vous reposer. Tâchez de dormir.

— D'accord. Mais je vous préviens : si vous entendez Maddie hurler, ne vous affolez pas. Vous savez qu'elle fait des cauchemars et une fois qu'elle commence, il faut attendre que ça s'arrête.

— Peut-être que ce soir, nous aurons de la chance.

Cette déclaration mit du baume au cœur de Blythe. Et en regardant Cade, elle se dit que, pour une fois, la chance lui souriait.

25.

Après que Blythe se fut retirée, le portable de Cade se mit à sonner.

— Quelque chose ne tourne pas rond, chef.

La voix appartenait à Doug Stuart, qui avait relayé Smothers dans le jardin.

— Quoi, exactement ?

— J'sais pas. Quelque chose a bougé dans le bois derrière la maison. Peut-être une biche ou un chien. J'ai cru bon de t'avertir.

— Tu es toujours dans la voiture ?

— Non. Je suis près du porche de devant.

— Ne bouge pas : j'arrive !

— D'accord.

Cade s'arracha du canapé, et dégaina le Glock, tout en se ruant hors de la pièce.

Soudain, une ombre se détacha devant la vitre dépolie de la porte d'entrée — esquisse furtive d'une silhouette sombre. Instinctivement, il leva le pistolet, les mains autour de la crosse… Mais ce n'était que le portemanteau auquel sa veste et son chapeau avaient conféré une apparence humaine.

Cade se redressa, tout en baissant son arme. Il ferma les yeux un instant afin de reprendre possession de ses moyens, puis traversa le vestibule. Au passage, il attrapa sa veste et l'enfila.

Ses doigts se refermèrent autour de la poignée de bronze. Sans aucun doute, Doug avait évalué correctement la situation. Il devait s'agir d'un animal. Aucun bandit ne se risquerait dans les parages, avec les deux voitures de police garées dans l'allée.

Du bout du canon, il poussa le loquet, puis il ouvrit la porte et se glissa dehors.

Le froid aigu lui coupa le souffle. Le Glock dans la main droite, il repoussa le battant et enfonça le bouton de sécurité.

Il allait devoir réveiller Blythe pour rentrer, mais tant pis.

Accroupi dans le clair de lune, Doug le regardait à travers les balustres.

Cade leva le bras, esquissant un signe de l'index. Le jeune policier répondit par un hochement de tête, après quoi les deux hommes s'élancèrent chacun dans une direction différente, Doug à gauche, Cade à droite.

Cade fit passer le Glock dans sa main gauche. De sa main droite, il prit appui sur la rampe et sauta par-dessus. Il atterrit sur le sol gelé avec un bruit crissant, et se mit à longer le mur de brique, jetant un œil perçant au travers de la ceinture des arbres.

Il fit ainsi le tour de la maison. A l'arrière de la propriété, les branches dénudées se découpaient comme des lames aiguisées sur le ciel nocturne. La clôture de pieux luisait dans les rayons de lune et, plus loin, on distinguait la masse trapue du cabanon qui croupissait dans le silence.

Il y avait un tas de cachettes. Un tas d'endroits où le prédateur pouvait se dissimuler pour surveiller sa proie.

Doug eut un geste négatif quand Cade l'interrogea du regard. Alors, Cade lui fit signe d'avancer, et tous deux se jetèrent en direction de la clôture. Puis ils se séparèrent et longèrent la barrière de bout en bout.

Dans la clarté argentée de la lune, la cour était vide. A l'arrière de la maison, tout était calme. N'ayant décelé aucun signe d'effraction, Cade poussa jusqu'au cabanon qu'il contourna pour inspecter l'espace étroit entre la cloison en rondins et la barrière. Vide également.

Restait la forêt profonde qui ceignait le quartier, dans laquelle Doug avait vu quelque chose bouger. Une pelouse d'une trentaine de mètres séparait Cade de l'orée du bois.

Le shérif prit une profonde inspiration. A mesure qu'il observait le sous-bois obscur, ses premières certitudes s'ébranlaient. Le voyeur qui avait regardé brûler le pavillon de Blythe se tenait dans la forêt. Et il était également présent, le soir où Maddie s'était cachée derrière le cabanon.

Se pouvait-il qu'il soit revenu ?

Le craquement d'une brindille sur sa droite le fit sursauter. Il pivota sur lui-même, le Glock en avant... Il avait identifié le bruit de pas, tout comme l'homme qui avait levé les bras.

— C'est moi, shérif ! Désolé.

Cade se redressa.

— Voilà une bonne façon de se faire tirer dessus !

Le jeune homme acquiesça, les mains en l'air.

— Pardon.

La bouche sèche, Cade fit l'effort d'articuler.

— Où as-tu aperçu ce mouvement ?

— Par là-bas.

Doug montra une rangée d'arbres qui plongeaient dans un ravin. Si quelqu'un s'était aventuré dans cette région, il devait jouir d'une vision nocturne exceptionnelle.

Un vague signal d'alarme se déclencha dans l'esprit de Cade. Hoyt disait qu'une bonne enquête devait se fonder sur la chance et le flair. Et à cet instant précis, son flair lui disait...

— Doug, reprends la voiture et va voir ce qui se passe. Braque les phares sur les arbres, et si tu vois quelque chose d'anormal, appelle-moi sur mon portable.

Il s'apprêtait à tourner les talons quand son jeune coéquipier le retint.

— Qu'est-ce que tu vas faire ?

— M'assurer que tout va bien à l'intérieur.

— Tu crois que…

— Je crois que quelqu'un doit vérifier, répondit-il en fourrant le Glock dans son étui de cuir. Et comme cette famille me fait confiance, ça ne peut être que moi.

Sur ces mots, il rebroussa chemin. Avant même d'atteindre le coin de la maison, il se mit à courir. Sa main plongea dans la poche de sa veste à la recherche du portable. Il avait ajouté le numéro de téléphone de Ruth Mitchell dans son répertoire. En grimpant les marches du perron, il appuya sur la touche d'appel.

Quatre longues sonneries s'égrenèrent. D'une seconde à l'autre, son anxiété augmentait. « Réveillez-vous, bon sang ! Réveillez-vous ! »

— Allô ?

La voix de Blythe était ensommeillée.

— C'est Cade. Je suis sur le perron de devant.

— Qu'est-ce que vous faites dehors ?

— Mon équipier a cru voir quelque chose. Je suis sorti pour l'aider à faire le tour de la propriété. Je n'ai pas voulu laisser la porte déverrouillée… Venez m'ouvrir, s'il vous plaît.

— Oui, d'accord.

— Mais avant, allez voir si Maddie va bien.

Pourquoi avait-il ajouté cette recommandation ? Il l'ignorait. Son instinct de flic la lui avait soufflée. Au fil des ans, il avait appris à se fier à son intuition.

— Quoi ?

— Allez voir Maddie, avant de descendre.

— Mais… que se passe-t-il, Cade ?

Il haussa le ton.

— Probablement rien, mais allez-y, Blythe.

Il raccrocha brutalement.

Un bruit de moteur déchira le silence. Doug avait grimpé dans le véhicule de patrouille. Les phares flamboyèrent, et Cade mit la main en visière, ébloui. Ensuite, la voiture emprunta l'allée latérale.

Debout sur le perron, Cade consulta sa montre. Les aiguilles phosphorescentes indiquaient 2 h 55.

Il empocha le portable et colla son oreille sur le panneau de bois massif, guettant les pas de Blythe. Elle tardait, pensa-t-il, étouffé par l'angoisse.

Deux interminables minutes s'écoulèrent. La pression montait. Il ne fallait pas plus de trente secondes à la jeune femme pour passer sa robe de chambre, jeter un coup d'œil à Maddie, puis dévaler l'escalier… Enfin, le grincement du loquet se fit entendre. La porte s'ouvrit sur Blythe.

— Elle n'est pas là, souffla-t-elle, les yeux écarquillés.

— Comment ça, elle n’est pas là ?

Il repoussa la jeune femme pour pénétrer dans le vestibule.

— Elle n’est pas dans son lit… ni dans aucune chambre. Je l’ai cherchée partout à l’étage. Si elle s’est cachée…

Cade se rua dans le couloir.

Son cerveau marchait à cent à l’heure : Maddie s’était cachée, le soir où elle avait aperçu cet individu louche. Si sa mère ne l’avait pas trouvée en haut, elle devait être quelque part au rez-de-chaussée. Il ouvrit la porte de la salle à manger. Vide. Le salon, alors. Il alluma le plafonnier. Derrière lui, il entendait Blythe et sa grand-mère crier le nom de la petite fille, mais il poursuivit ses recherches, regardant derrière les meubles, sous les tables, dans chaque recoin. Sans résultat.

Alors que Blythe et Ruth inspectaient chaque pièce, il passa dans la cuisine où il ouvrit tous les placards. Enfin, il déboucha dans l’office, une longue pièce qui, naguère, avait fait partie de la cuisine. Ses doigts tâtonnèrent près de la porte, jusqu’à ce qu’il trouve l’interrupteur. Le tube fluorescent scintilla au plafond. La porte de la cave était entrouverte. Aucune lumière ne perçait dans l’obscurité du sous-sol, et il sentit un courant d’air froid s’insinuer dans la chaleur de la maison.

— J'aurais dû y penser ! s'écria Blythe, juste derrière lui.

Il se retourna.

— Penser à quoi ?

— Ma grand-mère lui a dit que j'avais rangé mes vieilles poupées en bas. Nous sommes descendues ensemble, cet après-midi, mais comme nous n'avons rien trouvé, je lui ai promis une poupée neuve.

Elle fit mine de le dépasser. Il lui attrapa le bras.

— Vous croyez que votre fille est en train de chercher ces poupées ?

— Celle que vous lui avez apportée est tombée de la table de chevet. Maddie ne l'a peut-être pas vue, et elle a très bien pu se rendre à la cave dans l'espoir de dénicher l'une des miennes.

— Très bien, dit-il.

Du coude, il poussa le battant.

— Allumez la lumière, lui conseilla Blythe.

Avant qu'il n'ait pu l'arrêter, elle joignit le geste à la parole. Une ampoule nue suspendue au plafond jeta une clarté jaune sur les marches.

— Ne touchez à rien d'autre ! lui dit-il, par crainte qu'elle n'efface d'éventuelles empreintes sur une scène de crime.

Une scène de crime. Cette perspective le glaça jusqu'aux os.

— Maddie ?

Pas de réponse.

Il se tourna vers Blythe.

— Appelez-la.

La fillette répondrait plus volontiers à sa mère.

— Maddie ? Si tu es en bas, tu as intérêt à me répondre !

— Dites-lui que je descends, murmura-t-il. Rassurez-la. Dites-lui que tout va bien.

— Maddie, le shérif Jackson va descendre. Tout va bien, mon bébé. Nous voulons juste savoir où tu es. Tu as vu ta nouvelle poupée ? Elle est dans ta chambre. Je l'ai posée à côté de la veilleuse, mais elle est tombée. Et il y a tous les accessoires que tu m'as demandés dans la boîte, plus une jolie poussette rose.

Toujours pas de réponse.

Cade dégaina le Glock et s'engouffra dans l'escalier. Au milieu des marches, il s'immobilisa. A part les étagères qui tapissaient les murs, il n'y avait aucun meuble dans la cave. Donc, aucune cachette.

— Allez chercher une lampe torche, s'il vous plaît !

Son regard continuait à fureter alentour, alors que Blythe remontait précipitamment vers l'office.

La lucarne ? Trop haute pour que Maddie ait pu l'atteindre… sans aide.

Cade frissonna longuement. Mais si quelqu'un s'était introduit dans le sous-sol, il aurait laissé des indices…

— Là.

Blythe lui toucha l'épaule. Il saisit la lampe torche, pressa sur le bouton d'allumage, descendit quatre autres marches.

Le faisceau éblouissant balaya le ciment parfaitement propre, ne révélant aucune traînée de boue, aucune feuille morte.

Cade franchit les dernières marches, la lampe braquée au sol. Rien. Pas le moindre grain de poussière.

Il promena le pinceau de lumière sur la fenêtre : les vitres étaient intactes, les montants ne portaient aucune trace suspecte.

Il enfouit le Glock dans son holster et fit glisser ses doigts sous le cadre avant de rapprocher la lampe, sans découvrir la moindre poussière.

— Est-ce que Delores fait le ménage ici ?

— Oui, bien sûr. C'est le garde-manger de ma grand-mère.

Le bois poli des étagères en témoignait. Cade dirigea le rayon sur les vitres. Son reflet lui apparut dans les noires profondeurs, mais à part ça, il n'aperçut aucune empreinte.

La lucarne s'ouvrait vers l'extérieur. Cade exerça une forte pression sur l'unique panneau, qui pivota aussitôt. Malgré l'humidité, le bois n'avait pas gonflé. Et la fenêtre n'était pas verrouillée.

— Qu'est-ce que vous faites ?

La voix de Blythe. Assez près, signe qu'elle n'était plus dans l'escalier.

— La fenêtre n'est pas fermée, dit-il.

— Je ne suis pas certaine qu'on puisse la fermer. Avant, c'était une porte qui donnait directement dans la cave. Comme la porte du haut est munie d'un loquet, ma grand-mère n'a pas jugé nécessaire de faire poser un verrou.

Normal pour une femme qui avait passé toute sa vie à Crenshaw, pensa Cade.

— Et vous êtes sûre que la porte du haut était bien fermée ?

— Absolument. Je l'ai verrouillée moi-même, cet après-midi.

Voilà pourquoi, en voyant la porte entrebâillée, elle avait conclu que Maddie était descendue au sous-sol.

— Est-ce que Maddie sait ouvrir le verrou ?

— C'est possible. Elle nous a vues le faire des dizaines de fois. Mais si elle a ouvert cette porte…

Alors, où était-elle ?

Sans tenter de donner une réponse, Cade se précipita dans l'escalier.

Il gravit les marches étroites, traversa l'office, déboucha dans la cuisine. Là, il s'approcha de la porte de service. Le bouton de sécurité sur la poignée était remonté, si bien que cette porte était également déverrouillée.

— Mais qu'est-ce que…

La question de Blythe resta en suspens. Elle aussi

venait de remarquer l'anomalie. Son visage devint livide.

— Oh, mon Dieu !

Elle voulut s'élancer en avant, mais Cade lui agrippa la main.

— Attention ! Il peut y avoir des empreintes.

Se retournant, elle le scruta d'un air interrogateur.

— Des empreintes ? murmura-t-elle. Vous croyez que quelqu'un d'autre a débloqué la porte ?

— Pourquoi Maddie serait-elle sortie ?

— Je ne sais pas... Peut-être qu'elle a pris peur... Peut-être qu'elle a fait un autre cauchemar, bredouilla Blythe en tirant comme une folle sur son bras pour se libérer.

— Elle serait sortie dans l'obscurité ? Dans le froid ?

Tout juste vêtue d'une petite robe rose en tricot ? ajouta-t-il mentalement.

Comme si elle avait deviné ses pensées, la jeune femme chancela.

— Je ne sais pas. Je ne sais pas ce qu'elle a fait. Ni pourquoi elle est sortie. Je veux juste la retrouver. Oh ! s'il vous plaît, implora-t-elle, posant la main sur la poitrine de Cade, s'il vous plaît, s'il vous plaît, aidez-moi à la retrouver !

26.

— Sans blague ! s'exclama Hoyt Lee. Tu penses sérieusement qu'un individu s'est introduit chez Ruth Mitchell par la lucarne du sous-sol ?

Cade se passa les doigts dans les cheveux.

— La fillette a disparu, Hoyt. Aurais-tu une autre explication ?

— Tu m'as dit que la porte de la cuisine était ouverte.

— Oui, de l'intérieur. Le verrou était en place en fin d'après-midi : j'ai vérifié.

Il avait inspecté toutes les issues, sauf celle de la cave dont il ignorait l'existence. Si quelqu'un s'était glissé dans le sous-sol et avait trouvé la porte de l'office ouverte, il ne serait pas reparti par le même chemin. Pourquoi se serait-il donné cette peine, alors qu'il avait la possibilité de débloquer la porte de la cuisine et de s'en aller tranquillement en emportant la petite fille dans ses bras ?

Quand cela s'était-il passé ? Pendant qu'il attendait que Blythe vienne lui ouvrir la porte d'entrée ? A présent, il subodorait que le mouvement que Doug avait capté dans le sous-bois n'était qu'une diversion destinée à les attirer dehors.

Est-ce que le tueur était déjà dans la maison quand Cade était sorti ? Et si oui, qu'est-ce que Doug avait aperçu ?

— Tu es dans la maison, résuma Hoyt. Tu as un flic posté dehors. Et tu essaies de m'expliquer que quelqu'un est entré, qu'il a arraché la gosse de son lit et qu'il l'a enlevée… Ça, l'ami, ça suppose que ton ravisseur ait des couilles de la taille de Detroit !

« Ou une psychose tout aussi énorme. »

— Ce que j'essaie de t'expliquer, Hoyt, ce sont les faits. La petite a bel et bien disparu.

Pendant le silence qui suivit, le shérif récapitula dans sa tête les événements de la soirée. L'arrivée des renforts, Doug et Smothers retournant à pied dans le sous-bois — Maddie avait disparu depuis vingt minutes, à ce moment-là. Blythe et lui passant au crible le jardin, la cour, les buissons, le cabanon, écumant une fois de plus la maison, puis le sous-sol, que Blythe et Ruth avaient déjà fouillés frénétiquement.

En désespoir de cause, Cade avait alerté tous les postes de police du comté, les pompiers, les équipes de volontaires. La nouvelle s'était répandue comme une traînée de poudre.

Une battue avait été organisée à travers la forêt,

sous les branches enchevêtrées, dans les ravins, sur les versants abrupts.

Cade avait pris la tête des opérations. Les recherches avaient duré jusqu'à l'aube, mais loin de baisser les bras, il avait continué à mobiliser toutes les personnes disponibles.

Maddie Wyndham avait disparu depuis quatre heures quand ses hommes étaient revenus bredouilles. A mesure que le temps s'écoulait, les chances de la retrouver vivante s'amenuisaient, Cade le savait par expérience. Sans cesse, il se repassait les deux scénarios possibles. Primo : si la fillette était sortie volontairement, pieds nus, sans manteau, elle ne serait pas allée loin. La petite robe en tricot et le collant blanc constituaient une mince barrière contre le froid. L'hypothermie l'aurait tuée aussi sûrement que le meurtrier avait massacré Sarah et abattu Abel. Secundo : si elle avait été enlevée, son ravisseur n'avait aucune raison de la garder en vie, puisqu'il la percevait comme une menace. Dans les deux cas, la petite fille semblait vouée à une mort certaine.

— Qu'est-ce que tu vas faire ? demanda Hoyt.

L'ironie avait déserté sa voix, et il arborait un air grave.

Cade leva le regard de la carte topographique qu'il étudiait. Il aurait bien suggéré à son mentor et ami de prier, mais il le savait athée. Or, si les convictions de Hoyt Lee n'englobaient pas la justice divine, Cade était bien placé pour savoir que l'ancien shérif avait toujours servi de son mieux la justice des hommes.

— Continuer les recherches. Tu as une meilleure idée ?

— Est-ce que tu as donné l'alerte générale au niveau de l'Etat ?

— Oui, il y a deux heures. J'ai envoyé par fax une description de Maddie. Ils ont lancé un avis de recherche et un appel à témoins.

Hoyt se pencha sur le bureau pour tourner la carte vers lui.

— Envoie tes équipes à Smoke Hollow, dit-il en posant l'index au centre d'un triangle formé par la vallée, la vieille cabane d'Abel Comstock et la frontière ouest de la communauté.

Peut-être que l'évidence se nichait là, depuis le début. Au cœur de cette forêt dense, presque impénétrable, où l'on ne pouvait se rendre qu'à pied.

Cade poussa un lourd soupir. Le meurtrier répéterait-il le schéma ? Emmènerait-il Maddie à l'endroit maudit où il avait tué Sarah, puis Abel ? Et pourquoi pas ? La démence comporte sa propre logique.

— C'est déjà fait, répondit-il. Quoi d'autre ?

— Demande à la police d'Etat d'utiliser les chiens. C'est peut-être trop tard, mais si le corps est dans les fourrés, ils le retrouveront.

Le corps. Cade réprima un frisson. Il refusait de croire que Maddie était morte, et les conseils de Hoyt, exprimés d'une voix professionnelle, ravivèrent son angoisse.

— Dans le cas de Sarah, le tueur a lavé le cadavre pour effacer les indices, poursuivit l'ancien shérif. Aujourd'hui, avec les progrès de la technologie, on pourrait quand même prélever son ADN. Mais peut-être qu'il ne le sait pas.

— Selon toi, il va la transporter jusqu'à la rivière ? demanda Cade.

Il n'ajouta pas « après qu'il l'aura tuée », mais ça allait de soi.

— Il l'a déjà fait, non ?

Hoyt avait raison. Il aurait dû y penser.

Cade reprit la carte pour examiner les zones coloriées en bleu : une demi-douzaine d'affluents de l'Alabama River se ramifiaient sur le relief jaune et vert, rien que dans Davis County. Avec une voiture…

Avec une voiture, ce salopard pouvait être n'importe où, maintenant.

Cade avait toujours considéré le meurtre de Sarah comme un acte de colère. Un crime impulsif, sans préméditation. Dans le cas de Maddie, c'était différent. Le tueur semblait avoir prémédité l'enlèvement, jusque dans ses moindres détails.

Cade savait maintenant quel genre d'homme Blythe avait aperçu, la nuit de l'incendie.

*
* *

— Maddie ? Où es-tu, Maddie ?

Blythe se fraya un passage dans l'entrelacs des ramures. Elle repoussa une branche, qui revint la gifler en plein visage, traçant sur sa pommette une éraflure écarlate. Un peu plus loin, elle entendait les brindilles craquer sous les bottes des policiers et des bénévoles, mais aucun d'eux n'appelait plus la petite fille. Ce changement s'était opéré durant la dernière demi-heure, signe que les hommes avaient perdu l'espoir.

Ils avaient tous conscience du froid glacial, et tous savaient, pour l'avoir entendu à la télé ou lu dans la presse, que les premières heures étaient cruciales. Or, plusieurs heures s'étaient écoulées depuis la disparition de Maddie.

— Où es-tu, mon bébé ? Réponds-moi ! Réponds à maman, ma chérie ! Ta nouvelle poupée t'attend à la maison : c'est le shérif Jackson qui l'a apportée… Où es-tu, Maddie ? Nous voulons juste le savoir et je te promets que personne ne te grondera.

Elle fit une halte, épuisée. Cade l'avait informée que plusieurs équipes battaient la forêt, mais elle avait été incapable d'attendre les résultats des recherches.

— Maddie ?

Elle retint son souffle. Des pas crissaient derrière elle. Blythe se retourna vivement. Delores se détacha des branchages, glissant sur le tapis des feuilles en décomposition, le col de son manteau relevé vers son visage.

— Mademoiselle Blythe, vous allez rentrer à la maison, maintenant. Le petit ange n'est pas dans cette jungle.

— Je ne peux pas rester sans rien faire !

— Alors, faites quelque chose d'utile.

— Mais quoi ? Vous ne comprenez donc pas… Oh, mon Dieu…

Sa voix se brisa.

— Bien sûr que si, mademoiselle Blythe. Bien sûr que je vous comprends, murmura la vieille femme en l'attirant dans ses bras et en la serrant contre elle. Cette jolie petite puce, je l'aime comme si elle était ma petite-fille, mais rien ne sert de courir en pleine nuit, vous le savez.

Blythe hocha la tête d'un air misérable, et s'essuya le nez avec sa main nue. Ses doigts avaient viré au bleu. Le froid mordait avec une vigueur boréale, accroché aux épines des pins en stalactites de glace. Et Maddie, la pauvre petite Maddie, qui était dehors sans manteau…

— Je dois faire quelque chose, répéta Blythe.

— Oui, il le faut, approuva la gouvernante. Une chose à laquelle personne n'a encore songé.

— Je ne comprends pas.

Delores lui saisit le poignet entre ses mains gantées.

— Nous allons chercher votre bébé, déclara-t-elle. A notre manière.

Delores frappa à la porte de la petite maison en brique devant laquelle elle avait garé son antique Nova.

— Tewanda ? Vous êtes là ?

Les secondes passaient, lentes comme l'éternité. Depuis la disparition de Maddie, Blythe avait perdu la notion du temps.

— Madame Simmons ? Qu'est-ce qui se passe ?

Tewanda ouvrit le battant de plexiglas, son petit garçon hissé sur sa hanche ronde.

— Vous n'avez pas entendu les nouvelles ? demanda la gouvernante.

Tewanda plissa les yeux.

— Quelles nouvelles ? Je viens juste de rentrer… Que s'est-il passé ?

— Elle est partie, marmonna Blythe d'une voix lugubre. Maddie est partie.

— Partie ? Partie où, madame Wyndham ?

— Vous allez nous le dire, intervint Delores. Tout de suite, Tewanda ! Il n'y a pas une seconde à perdre.

La voyante recula d'un pas en secouant la tête.

— Madame Simmons, je ne suis pas sûre de

pouvoir vous aider. Ça ne marche pas comme ça, vous savez.

— Essayez quand même, je vous en supplie ! cria Blythe.

Il y avait un ton impérieux dans sa voix, l'urgence du désespoir.

Les yeux noirs de Tewanda s'attardèrent un instant sur son visage défait, après quoi elle tendit son bébé à Delores. Le petit garçon se mit à brailler, mais sa mère ne s'en émut pas.

— Par ici, madame Wyndam, dit-elle en indiquant la cuisine. Navrée pour le désordre.

Ce disant, elle repoussa une pile de linge propre qui attendait d'être repassé, puis posa au milieu de la table la bougie grise dont elle s'était servie deux jours plus tôt.

Un flot de larmes envahit les yeux de Blythe au souvenir des menottes de sa fille dans les mains de la voyante. Secouant la tête, elle chassa l'image dérangeante. Dans son esprit, une autre pensée s'imposait : retrouver son enfant, coûte que coûte.

— Asseyez-vous dos au mur.

Tandis qu'elle donnait ces instructions, Tewanda alla baisser les stores vénitiens. La pièce fut plongée dans la pénombre, puis la jeune Noire fit craquer une allumette pour allumer la bougie. Presque aussitôt, la senteur médicinale se répandit dans l'air.

— Madame Wyndam, il faut que vous compreniez…

— Non, pas ça ! Dites-moi ce que vous voyez. Et si vous ne voyez rien, dites-le-moi également.

Tewanda se cala sur une chaise à dossier de cuir, de l'autre côté de la table.

— D'accord, mais parfois, même si on désire ardemment se connecter à l'esprit de quelqu'un, on n'y arrive pas.

Sentant Blythe au bord du malaise, elle se reprit :

— Je vous promets de faire de mon mieux.

Blythe ne put qu'ébaucher un hochement de tête. Si elle avait parlé, sa voix l'aurait trahie. A mesure que le parfum de la bougie l'imprégnait, ses doutes resurgissaient. Que faisait-elle ici, pendant que Maddie se trouvait entre les mains d'un dément ? Pourquoi avait-elle suivi Delores, au lieu de se joindre aux sauveteurs ? Elle n'avait jamais cru au surnaturel, jamais adhéré aux fumeuses théories sur les phénomènes paranormaux. Alors, pourquoi était-elle assise dans cette cuisine, en compagnie d'une diseuse de bonne aventure, alors que pratiquement toute la ville recherchait Maddie ?

Tête baissée, yeux fermés, mains jointes, Tewanda parut s'enfoncer dans une concentration intense. Ses doigts tremblaient comme des feuilles au vent. Après avoir pris plusieurs grandes inspirations, la voyante secoua lentement la tête, et Blythe se figea, présageant le pire.

— C'est trop difficile, murmura finalement la jeune femme.

— Qu'est-ce qui est difficile ? lui demanda Blythe, le cœur serré.

— De faire le vide dans mon esprit… De le laisser entrer…

— Qui ça ?

— Maddie ne sait probablement pas où elle est.

Normal ! Si le tueur l'avait emmenée quelque part en voiture, la fillette avait perdu le sens de l'orientation.

— Plus près que vous ne le pensez… Mais il arrive. Et Maddie le sait.

Blythe refoula son impatience. Que savait Maddie ? A quoi rimait cette phrase sibylline ?

La voyante reprit alors dans un murmure :

— Elle sait qu'elle doit aller là où elle est en sécurité… Là où toutes les deux sont en sécurité…

Toutes les deux. Blythe, la respiration bloquée, attendit des explications. Elle devinait plus ou moins que le médium confondait Maddie et Sarah, mais elle se tut, dans l'expectative.

Tewanda enfouit le visage dans ses mains, l'air épuisé. Peu après, ses yeux d'un noir brillant se fixèrent sur Blythe.

— Partie, chuchota-t-elle. Elle ne veut plus me

parler. Elle a peur qu'il la trouve si elle en parle à qui que ce soit.

« Peur qu'il la trouve. »

— Etes-vous en train d'insinuer qu'elle n'est pas avec lui ? demanda Blythe.

— Elle court. Elle le fuit.

L'espoir gonfla le cœur de Blythe.

— Elle le fuyait quand elle est partie de chez Mme Ruth ?

— Oui… Il ne l'a pas eue, madame Wyndham. Mais elle sait qu'il la cherche, et elle restera cachée.

— Où ça ?

— Elle n'a pas voulu me le dire. Elle avait trop peur.

Le message d'espoir s'éteignit comme la flamme d'une bougie.

Puis Blythe passa en revue les termes employés par la voyante. « Plus près que vous ne le pensez. Il arrive. Quelque part où elle sera en sécurité. Il ne l'a pas eue… »

— Elle sait qu'il la cherche parce que Sarah l'a avertie ? demanda-t-elle, sans réussir à dissimuler une certaine ironie.

Les yeux noirs s'agrandirent jusqu'à devenir immenses.

— Vous doutez de ce que je vous dis, n'est-ce pas ? Beaucoup de gens mettent en doute mes visions. Mais je vous jure que je vous ai rapporté tout ce que

Maddie a bien voulu me communiquer. Je vais prier pour votre petite fille, madame Wyndham. Que le Tout-Puissant la protège !

— Vous venez d'affirmer que vous étiez en communication avec ma fille, mais vous ne savez pas où elle se trouve ?

— Non. Maddie refuse de dire où elle est, parce qu'elle a peur…

Blythe repoussa violemment sa chaise contre le mur.

— Le shérif Jackson avait raison.

— Le shérif Jackson ?

— Vos prétendues voyances constituent une jolie source de revenus. Si je pose quelques billets sur la table, est-ce que vous me donnerez plus d'informations ? Ou allez-vous continuer à me mener en bateau ?

— Assez, mademoiselle Blythe ! Vous en avez assez dit.

Blythe leva les yeux. La gouvernante de sa grand-mère la scrutait d'un œil sévère.

— Avez-vous du liquide sur vous, Delores ? Payez-la et je vous rembourserai. Nous verrons si la communication avec Maddie reprend, avec cinquante ou cent dollars à la clé.

— Vous exagérez ! lança Delores. Ça suffit, maintenant.

Elle traversa la pièce pour rendre le petit garçon à sa mère.

— Excusez-la. Vous éprouveriez la même colère si votre bébé avait disparu.

Tewanda se mit à bercer son enfant dans ses bras.

— Ce n’est pas grave, madame Simmons. Quand Mme Wyndham sera en état de vous écouter, tâchez de lui expliquer que j’ai essayé de l’aider de mon mieux.

La gouvernante empoigna le bras de Blythe pour l’entraîner hors de la pièce, puis hors de la maison, comme on guide un aveugle. Elle ne prononça pas un seul mot, même lorsque la jeune femme s’effondra sur le siège de la voiture, secouée de sanglots.

27.

Cade venait de raccrocher — il s'était longuement entretenu avec un agent du FBI de Birmingham — quand Jarrod passa la tête dans le bureau.

— La mère de la gosse est là, chef. Elle demande à vous voir.

Cade prit une profonde inspiration. Les rares renseignements dont il disposait n'étaient pas vraiment positifs.

— Donnez-moi une minute.

— O.K. Je la fais patienter.

Le jeune policier disparut et le shérif se passa les doigts dans les cheveux d'un geste nerveux. Il n'avait pas envie de mentir à Blythe, pas même pour la rassurer. La situation s'aggravait de minute en minute, mais la jeune femme méritait la vérité, si terrible fût-elle.

— Jarrod ! appela-t-il.

Le jeune homme repassa la tête par l'entrebâillement de la porte.

— Allez chercher Mme Wyndham.

— On dirait qu'elle a pleuré, dit Jarrod avant de s'éclipser de nouveau.

Cade se pencha sur la carte et les feuillets de notes déployés sur son plan de travail. Il avait consigné soigneusement chaque région, chaque rue, chaque chemin forestier qu'ils avaient passés au crible. Ils avaient pratiquement cherché partout, et s'il restait un lieu qu'ils n'avaient pas visité, ni lui ni Hoyt ne voyaient lequel.

Blythe apparut dans l'embrasure, les paupières bouffies de larmes. On aurait dit que jusqu'alors, elle n'avait pas saisi ce qui s'était passé et que, maintenant, l'affreuse réalité la terrassait.

— Des nouvelles ? demanda-t-elle.

Il secoua la tête d'un air désolé.

— Non. On attend.

— A votre avis, il l'a emmenée hors du comté ?

Il ne le pensait pas, non. Et d'après le ton de sa voix, Blythe semblait partager cette opinion. Le rituel établi vingt-cinq ans auparavant allait sans doute se reproduire, mais à quel endroit exactement, il n'aurait pas su le dire. A toutes fins utiles, il avait posté plusieurs de ses hommes autour de l'ancien théâtre du crime.

— Les recherches continuent, dit-il sans répondre à la question de Blythe.

— Il fait si froid, dehors ! murmura-t-elle en s'entourant de ses bras.

Bien qu'elle eût endossé une grosse veste matelassée bleu marine, elle claquait des dents.

Un flot de compassion submergea Cade. Il se sentait impuissant devant les événements. Il repensa à la fillette en robe de tricot rose et collants blancs, et étouffa un juron.

— On la retrouvera, déclara-t-il.

« Bravo pour ta sincérité ! »

Il chassa cette pensée. Il y avait une différence entre mentir à quelqu'un et lui redonner un peu d'espoir.

Il se leva et contourna le bureau, comme aimanté par la souffrance morale de la jeune femme. Allongeant le bras, il lui saisit délicatement le coude et l'attira vers lui. De sa main libre, il referma la porte et poussa le loquet. Lorsqu'il la serra dans ses bras, elle ne résista pas. Elle posa simplement la tête sur son épaule, comme une enfant fatiguée, tandis qu'il lui caressait doucement le dos. Au bout d'un moment, elle se recula et leva les yeux sur Cade.

— Si on ne la retrouve pas assez vite…

— Nous la retrouverons, répéta-t-il, tout en resserrant son étreinte. Ils sont nombreux à la chercher : quelqu'un finira par découvrir une piste.

— Même s'il ne l'a pas enlevée, Cade, il fait tellement froid…

— Les enfants sont beaucoup plus résistants qu'on ne le pense.

Il lui avait dit la même chose, la nuit de l'incendie, se rappela-t-il soudain.

Il changea de sujet.

— Est-ce que vous vous êtes souvenue d'un détail quelconque ? demanda-t-il à la jeune femme, afin d'attirer son attention sur l'instant présent plutôt que sur l'avenir incertain. Quelque chose qu'elle aurait dit, hier soir…

— Non, rien. En dehors du fait qu'elle est descendue à la cave dans l'après-midi pour chercher mes poupées, elle n'a rien entrepris qui sorte de l'ordinaire. Elle n'avait pas l'air agité ; au contraire, elle semblait parfaitement normale.

— Si elle est partie de son propre chef…

— Elle n'avait jamais désobéi, jusque-là, coupa Blythe. D'accord, elle est allée au sous-sol, mais ma grand-mère lui avait donné la permission. En revanche, déverrouiller la porte, puis sortir dans la nuit… non. Ça ne lui ressemble pas.

— Et si elle était allée au grand magasin ?

— Sans argent ? Sûrement pas ! Maddie est une petite fille intelligente.

Cade déglutit péniblement. Si Blythe avait raison, il ne restait plus qu'une seule option : la plus effroyable.

— S'il l'a enlevée, dit-il prudemment, et que les portes étaient verrouillées, ça veut dire qu'elle lui a ouvert. Pourquoi aurait-elle fait une chose pareille ?

En effet, si Maddie était aussi intelligente que sa

mère le prétendait, pour quelle raison ne s'était-elle pas méfiée d'un étranger ?

La jeune femme resta un long moment silencieuse.

— Peut-être pour la même raison que Sarah l'avait fait ? répondit-elle finalement.

Cade se remémora les paroles d'Abel que Blythe lui avait rapportées. Sarah devait connaître son meurtrier. Et elle devait lui faire confiance. Mais Maddie n'était à Crenshaw que depuis quelques semaines.

— Vous croyez qu'elle le connaît ?

Nouveau silence.

Enfin, Blythe secoua la tête.

— Je ne sais pas.

Elle hésita un instant, puis ajouta :

— Je suis allée la voir, Cade. J'espérais qu'elle pourrait retrouver Maddie.

— Qui ?

— Tewanda Hardy. Je me suis dit qu'elle verrait peut-être quelque chose.

— Blythe…

— Je sais. J'étais stupide. Vous aviez raison. Tewanda raconte aux gens ce qu'ils ont envie d'entendre.

— Qu'est-ce qu'elle vous a dit, alors ? demanda-t-il en s'efforçant d'adopter un ton neutre.

Visiblement, les déclarations de la voyante n'avaient pas convaincu Blythe.

— Elle m'a dit que Maddie était en sécurité mais

qu'elle refusait de communiquer l'endroit où elle s'était réfugiée, parce qu'elle avait peur que le tueur la trouve.

Elle laissa échapper un rire amer, divagant.

— Je ne comprends pas. Ça n'a rien à voir avec le fait qu'elle aurait ouvert la porte à ce type, dit Cade.

— Mais cela correspond aux révélations précédentes de Mme Hardy. D'après elle, Maddie a vu cet homme à travers les yeux de Sarah. Je me suis dit que… que Sarah lui avait peut-être enjoint d'ouvrir la porte.

— A l'homme qui l'a tuée ?

Il n'accordait aucun crédit aux croyances paranormales, mais à cette seule pensée, son sang s'était glacé dans ses veines.

— Peut-être que, pour une raison que nous ignorons, Maddie répète le schéma qui a conduit Sarah à la mort. Peut-être est-elle sous influence ? Voilà pourquoi je me suis rendue chez Tewanda. Je lui ai demandé d'entrer en contact avec Maddie.

— Ou avec Sarah ? Vous pensiez que Sarah pouvait nous dévoiler où était Maddie ?

— S'il l'a enlevée, il est possible que Maddie ne sache pas où elle est. C'est ce que Tewanda a dit. J'ai pensé, en effet, que Sarah…

Elle s'interrompit et secoua la tête.

— Ça n'a pas de sens ! dit-elle en soupirant. Je sais que ça paraît dingue. Mais qui enlèverait une enfant sous prétexte qu'Ada Pringle a raconté que j'allais écrire un livre ? Rien n'a de sens, Cade. Depuis le début.

Tout en parlant, elle s'était dirigée vers la fenêtre.

— Je vais demander à l'un de mes hommes de vous ramener chez vous.

— Je n'ai pas de chez moi. Je n'ai plus rien. Sans Maddie…

Un sanglot l'obligea à s'interrompre.

— Est-ce que votre grand-mère est à la maison ?

— Quoi ? fit-elle en tournant vers lui ses yeux noyés de larmes.

— Mme Ruth ne devait pas aller à Montgomery avec le Dr Etheridge, aujourd'hui ?

— Le docteur s'est décommandé. Il voulait participer aux recherches.

Cade n'avait pas aperçu le vieil homme, mais ça ne voulait rien dire. Ils étaient des douzaines à poursuivre les recherches. S'il avait été là, il lui aurait demandé d'administrer un calmant à Blythe.

— On va la retrouver, répéta Cade pour la énième fois.

Elle lui lança un regard circonspect.

— Je sais, dit-elle sans conviction.

— Maintenant, rentrez chez Mme Ruth et reposez-vous. Je vous appellerai dès que nous aurons localisé

Maddie. Vous êtes la personne dont elle aura le plus besoin.

Une étincelle d'espoir apparut dans les prunelles bleues de la jeune femme, et un pâle sourire étira ses lèvres. Elle renifla, cueillant du bout des doigts une ultime larme sur sa joue.

— Là, fit Cade en lui offrant un mouchoir.

Pendant qu'elle se mouchait, il appuya sur le bouton de l'Interphone.

— J'aimerais qu'on ramène Mme Wyndham chez elle, dit-il à Jarrod.

— Delores m'a accompagnée, dit Blythe. Elle m'attend. C'est elle qui m'a conduite…

La phrase resta en suspens, mais Cade devina la suite. La gouvernante avait emmené Blythe chez la voyante. C'était bien elle, d'ailleurs, qui avait convié Tewanda à la maison, car il doutait que Mme Ruth soit une adepte des sciences occultes.

— Elle va me ramener à la maison, acheva Blythe.

— Restez là-bas et ne bougez pas. Il faut que je sache où je peux vous joindre. Je vous contacterai dès que j'aurai du nouveau.

— Promettez-moi de m'appeler, quels que soient les résultats de l'enquête ! supplia-t-elle.

— Je vous le promets ! souffla-t-il.

*
* *

Sur les conseils de sa grand-mère, Blythe avait pris trois aspirines avec un whisky tassé, puis elle s'était allongée. Les yeux clos, elle entendait les deux femmes s'affairer dans la chambre à coucher de Ruth, tirant les rideaux, remontant les couvertures. Le téléphone trônait sur la table de nuit. Si Cade appelait…

Elle s'empressa de refermer son esprit à cette possibilité effrayante. Quels que soient les résultats de l'enquête. Tout, le meilleur comme le pire, était contenu dans cette simple requête.

Dès que Ruth et sa gouvernante furent sorties, Blythe rouvrit les paupières. La pendulette à côté du téléphone indiquait 23 heures.

Personne ne savait à quel moment Maddie était partie.

Etait-ce pendant qu'elle embrassait Cade dans la cuisine ? Ou plus tard, alors qu'elle somnolait ? Petit à petit, les images floues s'organisaient dans son esprit épuisé. La lucarne du sous-sol où il n'y avait aucune empreinte, la porte de l'office déverrouillée, comme la porte de la cuisine.

Etait-il possible que, victime d'une suggestion, Maddie ait ouvert cette porte toute seule avant de disparaître dans la nuit ? Mais pour aller où, grand Dieu ?

« Quelque part où elle est en sécurité. Où elles sont en sécurité. »

Les paroles de Tewanda résonnèrent à ses oreilles.

Quel était le sens de cet oracle ? Fallait-il croire aux fantômes ? Aux esprits errants qui essaieraient de communiquer avec les vivants ?

Blythe se remémora les cauchemars de Maddie, les terreurs nocturnes, le tapotement à la fenêtre.

Soudain, elle s'assit dans le lit, assaillie d'un tourbillon de mots, de phrases éparses.

Rachel était sa sœur. Elles couchaient dans le même lit mais Rachel dormait si profondément qu'elle ne l'entendait pas quand il venait.

Mais Sarah l'entendait chaque fois, n'est-ce pas ?

« Elle dormait dans ma chambre, il y a très très longtemps. »

« Il me fait peur. »

« Il faisait peur à Sarah, Maddie. Il n'est plus là. »

« Si, il est là. L'autre soir, il était dans la cour. Elle me l'a dit. »

« Qu'est-ce qu'elle t'a dit exactement ? »

« De me cacher. »

« Elle adorait aller chez sa mamie. Il ne pouvait pas la trouver quand elle était là-bas. »

« Quelque part où elle est en sécurité. Où elles sont en sécurité toutes les deux… »

Blythe rejeta la couverture et jaillit hors du lit. Elle avait décrit à Cade la séance d'hypnose, mais avait-il songé à envoyer ses hommes à la propriété des Wright ?

L'excitation faisait trembler ses mains tandis qu'elle enfilait ses bottes. Des dizaines de citoyens parcouraient sans trêve les bois. Est-ce que l'un d'eux avait pensé au pavillon brûlé ?

Blythe saisit le téléphone. Comme elle ne connaissait pas le numéro du poste de police local, elle composa le 911.

— Davis County 911. Que puis-je pour vous ?

— Je voudrais parler au shérif Jackson, s'il vous plaît.

— Est-ce une urgence, madame ?

— C'est Blythe Wyndham à l'appareil. Ma fille est l'enfant qui…

— Oui, madame Wyndham. Je suis au courant. Est-elle rentrée ?

— Pardon ?

— Votre petite fille est-elle revenue à la maison ?

— Non… Ecoutez, il faut absolument que je parle au shérif. Voulez-vous me connecter à son bureau ou me donner son numéro ?

— Au poste de police ?

Oh, mon Dieu ! Blythe tremblait d'impatience.

— Oui, monsieur. Au poste de police de Crenshaw.

— Ne quittez pas, je vous mets en contact.

Encore quelques sonneries, puis :

— Ici le bureau du shérif de Davis County.

Blythe reconnut la voix de Jarrod.

— C'est Blythe Wyndham. Passez-moi le shérif Jackson, s'il vous plaît. C'est urgent.

Une infime hésitation.

— Il parle sur l'autre ligne avec le FBI, madame Wyndham. Voulez-vous qu'il vous rappelle ? Etes-vous toujours au même numéro ?

— Oui... non ! Attendez ! Pouvez-vous prendre un message ? C'est très important.

— Ah... bien sûr. Une seconde...

Un bruissement de papier.

— Je vous écoute, dit Jarrod.

— Demandez-lui si... non. Dites-lui que je pars pour la maison des Wright. Dites-lui que Sarah s'est toujours sentie en sécurité là-bas, et qu'elle y est peut-être retournée.

— Sarah ?

— Maddie. Ma fille. Dites-lui qu'elle a très bien pu aller se réfugier chez les Wright. Avez-vous noté ?

— Mais, madame, cette maison a brûlé de fond en comble ! s'écria le jeune homme avec un accent de pitié.

— J'y étais, le soir de l'incendie, et je ne l'ai pas oublié. Avez-vous noté le message ?

— Oui, madame.

— Alors, veuillez le lui remettre dès qu'il aura raccroché son téléphone, compris ?

— Oui, madame. A votre service.

Toujours cet accent condescendant, comme s'il avait affaire à une folle ou à une hystérique.

Le sang de Blythe ne fit qu'un tour.

— Ecoutez, Jarrod. Si Cade n'a pas ce message, vous pourrez dire adieu à votre carrière dans la police. Parce que, au cas où vous l'auriez oublié, il a un enlèvement d'enfant sur les bras. Est-ce clair ?

— Oui, madame Wyndham.

L'arrogance juvénile avait disparu de la voix de son correspondant.

— Je compte sur vous, dit Blythe avant de raccrocher.

Puis elle prit une profonde inspiration. Elle avait promis à Cade de ne pas bouger, et elle allait trahir sa promesse. Mais elle avait essayé de le joindre et... si le dénommé Jarrod jugeait utile de lui transmettre son message, il viendrait à sa rescousse.

« Quelque part où elles sont en sécurité toutes les deux. »

Plus elle y songeait, plus elle était convaincue d'avoir déchiffré la prédiction de la voyante. Si c'était vrai, elle présenterait volontiers des excuses à Tewanda et à Delores.

« Oh ! Mon Dieu, faites que j'aie raison ! »

Au milieu de la pièce, elle fit volte-face pour s'approcher de la commode sculptée dont elle ouvrit le tiroir du haut. Le Colt de son grand-père reposait toujours dans sa cachette.

Blythe le saisit par la crosse et, en le soulevant, elle fut surprise, une fois de plus, par son poids. Elle n'avait jamais aimé les armes à feu. Mais grâce à son éducation, elle avait appris à s'en servir.

Presque calmement, le geste résolu, Blythe enfila sa veste matelassée et fourra le Colt dans sa poche.

28.

— Shérif? Un message!

Cade avait passé vingt minutes à répondre aux questions des journalistes. Le hall fourmillait de policiers de Davis County et des comtés voisins, de flics en civil, de volontaires.

— De quoi s'agit-il?

— Un rapport de la police de Dotham. Ah oui, et la mère de la gosse a appelé, elle aussi. Elle vous fait dire qu'elle se dirige vers le pavillon des Wright... Elle a ajouté que sa fille s'est toujours sentie en sécurité là-bas.

— Etes-vous sûr que c'était Mme Wyndham?

— Oui... La pauvre femme a pété les plombs. Elle n'a pas arrêté de confondre Sarah et Maddie, vous saisissez?

— Il y a longtemps qu'elle a appelé?

— Dix minutes, peut-être un peu plus. Juste avant ce rapport qui fait allusion à un témoin oculaire.

— Bien. Pas d'autres détails?

— Non. Ils veulent que vous les rappeliez.

Cade opina de la tête. Il allait expédier ce coup de fil, puis foncer à la propriété des Wright.

Il pivota sur ses talons… et faillit entrer en collision avec Hoyt Lee.

— Ils ont trouvé quelque chose à Dotham ? demanda l'ancien shérif.

— Peut-être. J'en saurai plus quand je les aurai rappelés.

— Tu vas avoir une flopée de témoignages, tu sais ? C'est le risque à prendre quand on lance un appel à témoins.

— Tu as sûrement raison.

— Sinon, ça va ?

— J'hésite entre une bonne douzaine de directions, et je ne sais plus où donner de la tête.

Hoyt lui posa la main sur l'épaule.

— Tu fais du bon boulot, petit gars.

— Merci… Mais il faut que je voie Blythe.

— Veux-tu que j'y aille ?

— Elle s'est mis dans la tête que Maddie est retournée dans la propriété des Wright.

— Elle pense que l'assassin a pu l'emmener là-bas ?

— Non. Elle croit que la gamine y est allée toute seule.

— Ah ? Cette baraque est située à plus de sept kilomètres de chez Ruth !

— C'est moins loin si on coupe à travers champs.

— Mais la petite Maddie ne connaît pas ces raccourcis. Bon sang, Cade, si tu veux mon avis, Blythe est en train de perdre les pédales. Franchement, même si la gosse voulait vraiment retourner là-bas, je doute qu'elle en ait été capable…

— Ce n'est pas ça, Hoyt.

Cade s'interrompit un instant, cherchant les mots appropriés pour expliquer à son ancien patron l'obsession que Blythe entretenait pour Sarah. Conscient que plusieurs personnes écoutaient leur conversation, il attira Hoyt dans son bureau.

— Qu'est-ce que c'est, alors ?

— Voilà…

Après que Cade lui eut tout raconté, son vieil ami lui jeta un coup d'œil acéré.

— Tu perds du temps, mon garçon. Si tu veux mon avis…

— Je ne te le demande pas, trancha Cade en lui glissant dans la main le message de la police de Dotham. Rappelle ce numéro, vérifie si leur témoin est fiable, et si c'est le cas, essaie d'en savoir plus, d'accord ?

Hoyt prit ses lunettes dans sa poche avant de déplier le feuillet. Il parcourut brièvement la note, puis regarda Cade.

— D'accord. Et toi, quand tu auras trouvé Blythe,

ramène-la ici. Il se pourrait qu'entre-temps, le suspect soit interpellé à Dotham, et alors, elle devra s'y rendre pour identifier l'enfant.

Cade hocha la tête, mais ses pensées voguaient vers le second message que Jarrod lui avait transmis. Ce n'était pas Maddie qui se sentait en sécurité dans le pavillon des Wright. C'était Sarah. Parce que son bourreau ne l'avait jamais importunée, là-bas.

« Ça se tient », pensa-t-il. Il était fort possible, suivant ce raisonnement, que Maddie ait voulu y retourner. Si elle avait fui une menace. Et si, comme l'autre nuit dans la cour de Mme Ruth, Sarah lui avait intimé l'ordre de se cacher.

« Parce que toi aussi, maintenant, tu crois à ces balivernes ? » se dit-il.

Si ça continuait, il irait grossir la clientèle crédule de Mme Hardy.

— Eh bien, tu y vas ou tu restes planté là ?

Hoyt le scrutait par-dessus ses lunettes cerclées de métal.

— Oui, oui, j'y vais !

— Ramène-la, Cade. Peut-être que d'ici là, nous aurons de bonnes nouvelles.

Blythe engagea l'Oldsmobile dans l'allée. Machinalement, elle manœuvra pour se ranger sous l'auvent du garage délabré.

Elle n'était pas revenue depuis l'incendie. En contemplant les ruines, elle se traita d'idiote.

« Maddie n'a pas pu revenir ici », pensa-t-elle.

Mais aussitôt après, une autre idée lui vint à l'esprit.

Sarah était en sécurité chez sa grand-mère.

Derrière la maison, la pelouse roussie s'étirait jusqu'à l'orée du bois. Fermant les yeux, Blythe crut revoir sur l'écran de ses paupières la frêle silhouette de Maddie dans sa chemise de nuit en flanelle blanche, filant tout droit vers le dément qui l'attendait dans le sous-bois.

Le dément qu'elle a fui, hier.

Blythe referma la portière de la voiture, et l'écho déchira le silence. Elle ne s'était encore jamais rendu compte à quel point ce site était isolé.

Les rafales d'un vent froid s'engouffraient entre les branches.

La jeune femme contourna la voiture, et tira sur la porte du garage qui roula en grinçant sur ses gonds. La pâle clarté hivernale filtra à l'intérieur, accrochant quelques outils rouillés cloués au mur, quelques vieilles boîtes de peinture. Il n'y avait rien d'autre. Pas de placard de rangement, pas de poubelle, aucun carton… nulle part où se cacher.

— Maddie ? fit-elle doucement, presque dans un murmure, qui parut néanmoins emplir l'espace vide. Maddie, tu es là ?

La jeune femme haussa les épaules contre le froid mordant, contre son désespoir. Les poings dans les poches, elle ressortit dans l'allée gravillonnée. Ses doigts gourds effleurèrent le Colt de son grand-père. La crosse métallique lui fit l'effet d'un bloc de glace.

Des gravats à moitié carbonisés jonchaient le sol gelé, entourés des rubans jaunes plastifiés que la police avait posés lors du sinistre. Son souffle formait des nuages floconneux de vapeur, tandis qu'elle s'avançait vers les restes de la maison.

Un seul mur était resté debout, à l'arrière. En s'approchant, elle huma l'âcre odeur qui l'avait imprégnée, au cours de cette nuit terrible. Un accès de panique rétrospective l'assaillit, mais elle parvint à se contrôler.

Elles avaient bien failli mourir toutes les deux.

Tel était le plan du tueur. Et si la porte du salon n'avait pas été fermée, il aurait réussi. Blythe se plia en deux pour passer sous le premier ruban jaune. Lorsqu'elle se redressa, son regard, où qu'il se posât, n'aperçut que des débris, des tuiles brisées, des bouts de bois consumés. Elle se trouvait à l'endroit précis où le feu avait pris.

— Maddie ? Où es-tu ?

Elle avait haussé le ton, mais les rafales de vent emportaient ses cris vers la forêt sombre.

La jeune femme mit les mains en porte-voix.

— Maddie ? Réponds-moi, ma chérie ! Je suis venue te chercher !

« Je n'ai plus de chez moi. Je n'ai plus rien. Sans Maddie… »

— Tu es là, Maddie ?

Quelque chose avait remué dans les ruines. Un grattement se fit entendre, semblable à une course de rats dans un conduit. Blythe tourna vivement la tête, cherchant à déceler l'origine du bruit. Il semblait provenir du cœur de la maison.

Elle enjamba un mur écroulé, pénétra dans un cercle jonché d'éclats de verre. Son pied dérapa sur une pierre, et sa cheville blessée le soir de l'incendie se tordit. La douleur fut intense, mais Blythe l'ignora. Se retenant aux bois de construction, elle poursuivit sa progression vers ce qui, autrefois, était le salon dans lequel elle avait entassé ses maigres possessions.

En boitillant, elle slaloma entre les caisses calcinées et autres épaves qu'elle ne se donna pas la peine d'identifier. Compte tenu de la destruction quasi totale du pavillon, elle ne savait plus trop comment s'orienter. Le réfrigérateur noirci se dressait néanmoins contre le seul mur que les flammes avaient épargné. En s'en servant comme point de repère, Blythe s'avança dans cette direction. Lorsqu'elle atteignit l'endroit où elle avait situé le bruit, elle s'arrêta.

— Maddie ? Où es-tu, Maddie ?

Elle attendit que le grattement se reproduise.

Si c'était un animal, il risquait de geler sur place. Sinon… Un craquement attira son attention vers l'emplacement de la cuisine. Alors qu'elle scrutait les décombres, une petite partie du sol sembla onduler. Blythe cligna des paupières. Le linoléum avait fondu mais le sol en dessous paraissait intact.

La partie qui avait bougé ondula de nouveau, révélant une fente entre les planches.

Une trappe !

Sans réfléchir davantage, Blythe se jeta en avant, attrapa le bord de l'abattant, banda les muscles de ses bras pour le soulever. Trop lourd. Ses doigts gourds se glissèrent dans l'interstice.

— Maddie ? murmura-t-elle d'une voix enrouée.

— Maman…

Comme si l'abattant ne pesait pas plus lourd qu'une plume, la jeune femme le rejeta en arrière, et il alla s'écraser contre les planches brûlées dans un nuage de suie et de cendres.

Blythe fut à peine consciente de la suie qui ruissela sur ses vêtements. Son univers se réduisit à un petit visage pâle, maculé de noir de fumée, et à une paire de grands yeux bleus qui la fixaient.

C'était un ancien puits asséché qui devait dater de l'époque où il n'y avait pas encore l'eau courante dans la maison des Wright, mais la jeune femme ne se demanda pas comment Maddie avait atterri là-dedans. Elle se pencha, la main tendue, et sentit bientôt la menotte de l'enfant se glisser dans sa paume. L'instant d'après, elle serrait sa fille sur sa poitrine.

— Maddie… Oh ! ma chérie…

Elle tint la fillette à bout de bras.

— Est-ce que tu es blessée ?

Les yeux bleus se détournèrent pour fixer un point dans le dos de sa mère. La jeune femme tressaillit, puis se tourna à son tour, et découvrit une voiture de patrouille qui venait de s'engager dans l'allée.

— Tout va bien, mon trésor, n'aie pas peur !

La portière du véhicule s'ouvrit, et Cade émergea dans l'air réfrigérant. Une sorte d'incommensurable euphorie s'empara de Blythe. Un rire joyeux lui échappa. C'était fini. Elle avait cru perdre son enfant, et elle l'avait retrouvée. Quel que soit l'incident qui avait incité Maddie à prendre la fuite, ça ne se reproduirait plus : elle y veillerait.

— Blythe ?

— Je l'ai trouvée ! cria-t-elle dans le vent. Elle était cachée dans le vieux puits. Elle va b…

Elle s'interrompit car la main de Cade se leva brusquement comme s'il voulait attraper son chapeau. Le Stetson s'envola et décrivit un arc de cercle avant de retomber comme un cerf volant dont on aurait tranché le fil.

Les yeux écarquillés, Blythe observa Cade. Son bras s'était figé à mi-chemin, puis sa main s'écrasa sur sa poitrine. Un second coup de feu fit écho au premier.

— Cade !

Le vent emporta son cri. Médusée, elle le vit basculer en arrière dans un mouvement au ralenti. Son corps heurta durement les gravillons, sa tête rebondit, puis il ne bougea plus.

29.

Blythe se redressa, livide. Elle s'apprêtait à courir vers Cade quand une troisième détonation explosa. Une balle fendit l'air et lui frôla les cheveux. Elle se replia précipitamment vers les ruines, la peur au ventre. Le tireur l'avait prise pour cible, et le besoin de se porter au secours de Cade céda le pas à l'impérieuse urgence de protéger Maddie. Se tournant, elle la saisit dans ses bras, la poussa vers le linoléum. La petite robe rose pâle se détachait trop nettement sur les pierres noires.

L'espace d'une seconde, elle songea à plonger dans la trappe avec Maddie. Mais le vieux puits risquait de se transformer en piège mortel. Le tueur n'aurait plus qu'à ouvrir l'abattant et à leur tirer dessus.

Comme à la pêche au harpon.

Chassant cette image lugubre, Blythe s'obligea à réfléchir. Les coups de feu avaient été tirés depuis le bois. Cade était tombé à la renverse, son chapeau avait roulé dans la poussière. Elle ne pouvait plus compter que sur elle-même.

Recouvrant la fillette de son corps, elle leva la tête de quelques centimètres pour scruter la ligne des arbres où elle avait aperçu la forme noire, le soir de l'incendie. Etait-il revenu à travers la forêt par Salter Road ? Si c'était le cas, il lui serait facile de disparaître sans laisser de trace. Seuls leurs corps témoigneraient de son passage.

Oh, non, pas Maddie ! pensa-t-elle. Jamais elle ne lui permettrait de toucher à Maddie.

Rien ne bougeait dans la forêt, parmi les troncs noueux. Mais elle savait qu'il était là-bas. Elle le sentait. Il était tapi dans les broussailles et attendait qu'elle commette une erreur.

Tournant la tête, elle lança un coup d'œil vers Cade, qui semblait toujours inconscient.

— Cade ? appela-t-elle.

Le tueur savait où elle était, il n'était donc pas nécessaire de garder le silence.

— Maman ?

— Chut ! fit-elle en caressant la joue de Maddie.

Le silence était retombé sur les décombres et, hormis le gémissement du vent, aucun bruit ne lui parvenait. Il devait guetter le bon moment pour surgir, mais elle ne le laisserait jamais poser la main sur Maddie. Non, pas tant qu'elle respirerait.

Elle regarda dans tous les sens. Le meurtrier se cachait derrière les arbres. Est-ce qu'il avançait inexorablement vers elles ?

La forêt formait un demi-cercle à droite de la propriété. Le garage était à gauche… Mais même si elle réussissait à se lever, il lui serait impossible d'atteindre l'Oldsmobile sans être abattue.

Il avait l'avantage, reconnut-elle. Il pouvait la voir alors qu'elle ignorait où il se trouvait. Si elle bougeait, elle s'exposerait et exposerait Maddie à un tir implacable.

— Maman ?

— Chut ! Tais-toi, mon bébé, j'ai besoin d'entendre.

Le vent masquerait un éventuel bruit de pas. Et quand le tueur serait tout près, il serait trop tard pour agir.

Lentement, elle retira le Colt de sa poche et le tint le plus loin possible de Maddie. Jusqu'alors, son rôle avait consisté à éloigner les armes à feu de sa fille, et maintenant, elle allait se servir d'un revolver pour la défendre.

« Il suffit de se placer au bon endroit. »

Relevant un peu la tête, elle examina les environs. Contrainte à rester à plat ventre, elle jouissait d'un champ de vision limité.

Elle inspira un grand coup et reporta son attention vers le réfrigérateur : il formait un angle de quatre-vingt-dix degrés avec l'unique mur restant. Si elle parvenait à y amener Maddie, la fillette serait protégée de deux côtés. Le meurtrier devrait venir de face pour l'abattre, et alors… Alors, elle le tuerait, se dit-elle avec une froide détermination.

Un bruit à gauche. Machinalement, elle ôta la sécurité de son arme, mais rien ne se passa. Une pierre roula au milieu des débris, puis ce fut le silence haché par les rafales de vent.

La jeune femme serra les dents. Au sentiment de panique s'ajoutait maintenant la volonté de se battre. De s'échapper et de sauver Maddie. Elles étaient trop vulnérables. Trop exposées. Il fallait coûte que coûte se déplacer. Une fois de plus, son regard se posa sur le réfrigérateur. Il offrait la seule possibilité de survie, décida-t-elle.

— Maddie, tu peux faire quelque chose pour moi ? chuchota-t-elle. Quelque chose de très important.

La petite tête blonde esquissa un signe affirmatif.

— Attention, il va falloir que tu fasses exactement ce que je te dirai, tu comprends ?

Nouveau hochement de tête.

Blythe posa le Colt par terre, prit le menton de Maddie et la força à tourner la tête vers la cuisine.

— Tu vois le frigo ?

Entre ses doigts, le menton de l'enfant eut un mouvement de haut en bas.

— Je veux que tu ailles là-bas et que tu te caches dans le coin entre le frigo et le mur. Le coin droit… Tu te souviens de ton côté droit, n'est-ce pas ?

La fillette hocha la tête.

— Montre-moi.

Maddie remua la main droite, et Blythe replia tendrement ses petits doigts.

— Tu peux le faire, trésor ? Tu peux te mettre dans le coin à droite du réfrigérateur ?

— Tu viendras aussi, maman ?

— Dès que je pourrai. Je veux que tu y ailles d'abord, et ensuite je te suivrai. Avance à quatre pattes, comme quand tu étais bébé, et ne lève pas la tête, d'accord ?

— Sinon, il va me tirer dessus, à moi aussi ?

Evidemment, Maddie avait parfaitement saisi la situation. Et elle avait très bien compris ce qui était arrivé à Cade. C'était une petite fille intelligente.

— Il ne tirera pas si tu avances à quatre pattes parce qu'il ne pourra pas te voir, dit-elle.

— Et toi, maman ? Tu vas venir me rejoindre, dès que je suis dans le coin ?

— Je te le promets.

— Pourquoi tu ne viens pas tout de suite avec moi ?

— Je dois rester ici jusqu'à ce que tu sois en sécurité, mon ange. Ensuite, je viendrai.

Maddie baissa les yeux sur l'arme.

— Tu vas lui tirer dessus ?

« S'il me donne une chance. »

— Tu restes par terre, d'accord ? Tu rampes comme un bébé et je serai derrière toi. Prête ?

Maddie hocha la tête, les yeux agrandis.

— Souviens-toi : à droite du frigo. Montre-moi ta main droite.

Docilement, la fillette leva de nouveau la main droite.

— Bravo ! Commence à ramper. Et reste bien collée au sol, tu as compris ?

L'enfant fit oui de la tête.

Blythe jeta un dernier coup d'œil vers les arbres avant de rouler sur le côté pour libérer Maddie.

— Vas-y, maintenant !

La petite fille obéit et se mit à parcourir sur le ventre les quelques mètres qui la séparaient du réfrigérateur.

Sitôt que Maddie s'éloigna, Blythe jeta un coup d'œil en direction de la forêt. Hissée sur les coudes, elle tenait le Colt à deux mains. La progression de la petite fille se signalait par des grattements, des froissements, mais l'homme qui avait blessé Cade ne se manifesta pas.

— Maman ?

Le chuchotement plaintif l'arracha à sa concentration. Blythe se retourna. Maddie était roulée en boule dans l'angle droit du mur, comme convenu.

« Bravo, ma fille ! Ma jolie petite fille… »

— Tu as promis, maman !

A son tour, la jeune femme se mit à avancer sur les coudes et les genoux, se propulsant à travers les éboulis, l'arme au poing. Bien qu'elle offrît une cible plus visible que Maddie, il ne se passa rien.

Enfin, elle rejoignit la fillette.

L'attente ne faisait que commencer. Il viendrait, elle le savait. Il était allé trop loin pour s'arrêter maintenant. Ce n'était plus qu'une question de minutes. A moins que l'une des équipes de policiers n'apparaisse miraculeusement.

Comme une réponse à cette prière, une voiture de patrouille tourna dans l'allée et prit la direction de la maison brûlée. Blythe leva le bras gauche afin d'attirer l'attention du chauffeur. Le véhicule freina derrière celui de Cade. De sa place, la jeune femme ne distinguait pas les traits du conducteur. Or, elle se devait de l'avertir. Sitôt qu'elle entendit un claquement de portière, elle hurla :

— Il est dans le bois! Il a tiré sur Cade!

L'arrivant s'immobilisa entre les deux voitures. Sa tignasse blanche ne laissait aucun doute sur son identité.

— Baisse la tête, Hoyt! cria-t-elle.

Aussitôt, l'ex-shérif se conforma aux instructions, mais il continua d'avancer, plié en deux.

Le cœur battant, Blythe le vit s'accroupir près de Cade. Le tas de pierres l'empêchait de voir ce que Hoyt faisait. Sans doute palpait-il le cou du blessé, à la recherche de son pouls.

Quelques secondes plus tard, il se redressa, et se

mit à parler dans un talkie-walkie. Appelait-il une ambulance ? Des renforts ?

— Est-ce qu'il va bien ?

— Il est vivant… Mais il a besoin de soins, répondit Hoyt. Que s'est-il passé ici ? Tu as retrouvé ta fille ?

— Elle est avec moi et elle va bien. Le tueur se cache dans le bois. Je t'en prie, sois prudent !

— T'en fais pas, j'arrive ! Je vais vous sortir de là.

— Tu as appelé une ambulance ?

— Oui, bien sûr. Maintenant, on va attirer le serpent hors de son nid.

Ce disant, le vieil homme se mit à slalomer dans la cour dévastée, mais là non plus, le tireur tapi dans le sous-bois ne tenta rien. Ça n'avait pas de sens. Le type qui avait essayé d'abattre Cade restait sans réaction devant le défi de Hoyt ?

Blythe fronça les sourcils, tandis que l'homme qu'elle connaissait depuis sa plus tendre enfance arrivait en courant. Quelque chose ne tournait pas rond, se dit-elle. Et cette réflexion fut suivie par un tourbillon de questions.

Quelqu'un en qui elle avait confiance, avait dit Abel Comstock en parlant du meurtrier de sa fille.

Peu de gens dans l'environnement de Sarah correspondaient à cette définition. Son père. Le pasteur de sa paroisse. Ses maîtres d'école. Son médecin.

Le très estimé shérif du comté ?

Tandis que les maillons de la chaîne s'emboîtaient les uns dans les autres, et qu'une conclusion terrifiante germait dans l'esprit de la jeune femme, Hoyt Lee ralentit l'allure. Il s'était relevé et avançait à grandes foulées vers l'angle où elle avait trouvé refuge, afin de soustraire Maddie aux griffes du monstre.

Le meurtrier que Sarah Comstock connaissait !

Le tueur qui n'avait pas inculpé Abel pour le meurtre de sa fille parce qu'il savait mieux que quiconque qu'il n'était pas coupable !

Toutes ces suppositions contredisaient la confiance inébranlable que Blythe vouait à Hoyt Lee. Petite, elle le considérait comme un oncle gentil et affectueux.

Pourtant, elle redressa le Colt, s'efforçant de viser la poitrine de l'ancien shérif, qui continuait d'avancer.

— Stop ! Ne t'approche pas, Hoyt !

— Qu'est-ce qui te prend, mon chou ? Tu me connais !

Il s'approchait toujours à grands pas.

— Sarah aussi te connaissait. Et elle te faisait confiance.

— Baisse cette putain d'arme, Blythe ! Et arrête tes conneries avant que quelqu'un soit blessé.

— Pas Maddie ! Pas mon bébé, Hoyt ! Tu ne l'auras pas comme tu as eu Sarah.

— Tu es cinglée, ma pauvre fille ! Si ta grand-mère entendait ça, elle aurait honte pour toi.

Bien que le Colt soit braqué sur lui, le vieil homme ne parut pas impressionné.

Pour la première fois, Blythe se demanda si elle n'était pas vraiment folle. Elle connaissait Hoyt Lee depuis toujours. C'était l'ami de son père.

Et l'ami d'Abel Comstock.

Pendant toutes ces années, Hoyt n'avait pas eu le moindre geste inconvenant. Il n'avait pas fait le moindre sous-entendu. Malgré une attitude protectrice, presque paternaliste, il n'avait jamais franchi la ligne de démarcation.

— Pose cette arme, Blythe, sinon tu vas le regretter jusqu'à la fin de tes jours. Le stress te joue de sales tours…

Ce disant, il enjamba le muret écroulé qui était jadis la façade de la maison des Wright.

Blythe raffermit le lourd revolver dans sa paume.

— Je croyais que tu avais appelé une ambulance ! Pourquoi tu n'es pas resté près de Cade ?

— Parce que je ne peux rien pour lui. Les infirmiers, qui ne tarderont pas à arriver, lui prodigueront les soins nécessaires.

Blythe essaya de calculer le temps qui s'était écoulé depuis qu'il avait parlé dans le talkie-walkie. Cinq minutes ? Plus ? Assez longtemps, en tout cas, pour que l'ambulance arrive. Mais elle n'entendait rien, hormis le sifflement du vent.

Alors, aussi lancinants et implacables que le tapotement à la fenêtre, les pas de Hoyt Lee martelèrent le plancher à moitié brûlé, alors qu'il continuait à progresser dans sa direction.

30.

— Ne t'approche pas ! Je te préviens !

Blythe braqua le canon du Colt sur le torse de Hoyt. L'idée qu'à un moment donné elle serait obligée de faire feu commençait à s'imposer. Dans son dos, Maddie s'était recroquevillée au maximum, comme si elle tentait de disparaître. Si la jeune femme avait conçu le moindre doute sur l'homme dont la silhouette massive semblait se précipiter vers leur refuge dérisoire, il fut balayé à ce moment-là. Blythe se tapit dans l'angle, serrant la crosse froide de toutes ses forces. Les souvenirs de son enfance et de son adolescence, la longue amitié qui avait lié sa famille à l'ancien shérif du comté défilèrent en une seconde dans sa mémoire.

— Pose ce flingue, sinon ta fille sera blessée ! Bon sang, sois raisonnable !

Il essayait de lui inculquer le doute, se dit-elle. La partie rationnelle de son esprit lui intimait d'appuyer sur la détente, mais la partie émotionnelle résistait.

— Ne m'oblige pas à te faire du mal, Hoyt ! supplia-t-elle.

Il était si près, maintenant, qu'elle apercevait le bleu délavé de ses iris. Il était armé, remarqua-t-elle, mais convaincu qu'elle serait incapable de tirer, il n'avait pas redressé son Browning.

— Donne-moi ça avant de faire une bêtise ! lâcha-t-il d'un ton mi-exaspéré, mi-amusé.

Il contourna la sombre ouverture du puits où Maddie s'était cachée… Cachée parce qu'il lui faisait peur, se rappela Blythe en frissonnant. Parce que Sarah le lui avait dit. Sarah, qui savait exactement à quel monstre elle avait affaire.

Hoyt n'était plus qu'à deux pas, désormais, paume ouverte, comme s'il s'attendait à ce qu'elle y dépose le Colt de son grand-père. S'il se rapprochait un peu plus, il parviendrait à la désarmer. Et alors…

Blythe resserra l'index sur la détente qui ne bougea pas d'un millimètre, puis elle appuya plus fort. La surprise dilata les pupilles de Hoyt, comme s'il venait juste de comprendre que son entreprise d'intimidation avait échoué.

Se ruant en avant, il tenta de repousser le Colt sur le côté. Le percuteur frappa l'amorce, mais il ne se passa rien. Au même instant, la main épaisse de Hoyt heurta le revolver enrayé. Malgré la violence du coup, Blythe ne desserra pas son étreinte. Elle essayait de redresser le Colt, quand le poing de son adversaire s'écrasa sur sa mâchoire. Pourtant, la jeune femme ne lâcha pas prise. Elle ne ressentait pas la douleur. Elle n'avait conscience que de Maddie, blottie convulsivement contre son dos. Le Colt fut arraché de sa main. Elle voulut s'y cramponner, mais Hoyt l'éloigna d'un geste brusque. Alors, elle bondit sur ses pieds, prête à lui arracher les yeux.

Il la frappa avec son avant-bras et, tandis qu'elle s'affaissait, il saisit le Colt par le canon.

Blythe pivota, levant la main pour esquiver un nouveau coup. La crosse s'abattit sur son poignet, et une onde de douleur l'irradia jusqu'à l'épaule. L'espace d'une seconde, elle resta à terre, paralysée. Puis elle entendit les cris.

Maddie poussait des cris stridents, comme dans ses cauchemars. Avait-elle déjà rêvé de cette scène, comme elle avait assisté en rêve au meurtre de Sarah ?

Renonçant à répondre à cette question, la jeune femme tenta de se relever sur un genou, mais elle ne put achever son geste. Le canon du Colt la cogna à la tempe, arrêtant net sa respiration. Un voile pourpre lui brouilla la vue, alors qu'elle s'effondrait sur les gravats et regardait, impuissante, Hoyt poser le Colt par terre.

Il leva ensuite son arme et, avec la lente résolution d'un tireur d'élite, il visa le front de Maddie, qui se mit à hurler.

Se débattant contre la léthargie qui menaçait de l'engloutir, Blythe ajouta ses cris à ceux de l'enfant.

— Non, non, Hoyt ! S'il te plaît, non !

Il ne daigna pas la regarder, même quand elle se mit à ramper vers lui. Toute son attention se portait sur sa cible. Horrifiée, Blythe vit le doigt du vieil homme caresser la détente. Elle entendit la détonation mais bizarrement, les cris de Maddie continuèrent à lui parvenir. Rouvrant les yeux, elle vit Hoyt chanceler. Il s'abattit en avant, les bras le long du corps. L'arrière de sa tête suintait de sang rouge et brillant contre le blanc neigeux de sa chevelure. Son front heurta le réfrigérateur avec un bruit caverneux, après quoi il s'effondra sur le lino, soulevant avec lui une nuée de suie. Maddie, recroquevillée dans l'angle, les paupières serrées, poussait toujours des cris de terreur.

Sortant de son hébétude, la jeune femme se tourna vers les vestiges de la façade. Cade, à genoux sur l'herbe brûlée, brandissait à deux mains son arme de service, mais peu après, le semi-automatique se mit à ployer comme s'il pesait trop lourd. Il appuya une main par terre, sa tête dodelina, et il s'affaissa de nouveau.

Enfin, Blythe réussit à se redresser. Son premier geste fut vers Maddie. Elle enjamba le corps de Hoyt sans baisser le regard, se pencha, souleva la petite fille et la cala sur sa hanche. Ensuite, elle contourna les jambes du meurtrier qui avait brutalisé une autre enfant, tant d'années plus tôt… Le monstre pervers ne terroriserait plus personne.

Elle passa peu après le muret écroulé qui marquait l'entrée du pavillon, et posa Maddie sur ses pieds avant de s'agenouiller près de l'homme qui leur avait sauvé la vie.

La tête de Cade plongeait vers le sol. Gentiment, elle lui prit le menton pour lui relever la tête. Il ouvrit ses yeux festonnés de longs cils noirs, fixant sur elle ses pupilles dilatées.

Du bout des doigts, elle essuya le filet de sang qui coulait sur son front, essayant d'évaluer la gravité de ses blessures. Il avait le teint cireux, les lèvres blanches, très froides. Elle s'en aperçut en l'embrassant.

Aucune sirène d'ambulance ne brisait le silence. Naturellement, Hoyt avait fait semblant d'appeler les secours.

— Avez-vous votre portable ? demanda-t-elle à Cade d'une voix douce.

Il plongea la main dans sa poche et en sortit son téléphone. Lorsqu'il le tendit à la jeune femme, leurs doigts se frôlèrent, et il tressaillit de douleur.

Elle ouvrit l'appareil et composa le 911.

Tandis que les sonneries s'égrenaient, elle jeta un coup d'œil à Maddie. La petite fille avait les joues mouillées de larmes, mais elle ne criait plus. Figée, hagarde, elle gardait les yeux fixés sur sa mère.

Blythe lui fit signe d'avancer et l'entoura d'un bras protecteur.

— Davis County 911. Quelle est votre demande ?

— C'est Blythe Wyndham. Je suis à la propriété des Wright, sur Wheeler Road. Nous avons besoin d'une ambulance.

— Qui a été blessé, madame Wyndham ?

— Le shérif Jackson. Il a reçu une balle…

Elle inspira profondément, et se força à poursuivre, malgré l'angoisse qui lui serrait la gorge :

— Dites-leur de faire vite.

— Comptez sur moi, madame Wyndham. Est-ce que ça va ?

— Je vais bien. Ma fille aussi.

Ce ne fut qu'après avoir prononcé ces mots qu'elle prit conscience du miracle. Elles étaient vivantes. Vivantes et indemnes.

— J'en suis ravi, madame. Je vous envoie des secours. Ne bougez pas : ils vont arriver d'une minute à l'autre.

— Merci.

Après avoir posé le téléphone par terre, Blythe s'assit sur l'herbe roussie, près de Cade. D'un bras, elle entourait Maddie. Elle passa l'autre sous le dos du blessé pour le soulever. Après une infime hésitation, il posa la tête sur son épaule.

— Merci, murmura-t-elle.

Tournant la tête, elle pressa les lèvres sur ses cheveux sombres et ondulés.

— Dieu merci, elle m'a prévenu…

Déroutée par cette déclaration singulière, la jeune femme fronça les sourcils.

— Qui vous a prévenu ?

— Maddie.

— Mais Maddie… Vous l'avez entendue ? Vous avez entendu ses cris ?

— Oh non ! fit Cade en secouant faiblement la tête. Elle murmurait.

— Elle murmurait ? Maddie murmurait ?

— Elle a touché mon visage. Ses petites mains étaient si froides… elle m'a dit que je devais faire quelque chose pour l'arrêter… Vous ne vous en souvenez pas ?

Blythe frissonna. Ce n'était pas Maddie qui avait prévenu Cade, pour la bonne raison qu'elle était là, près d'elle. La personne qui avait réveillé Cade n'était pas sa fille… Mais peut-être une autre petite fille qui attendait depuis longtemps que justice soit faite.

« Repose en paix, Sarah. »

Blythe ne doutait pas que l'esprit tourmenté de la pauvre petite victime soit enfin apaisé. Elle pressa une fois de plus ses lèvres sur les cheveux noirs de l'homme qu'elle tenait dans ses bras, mais elle ne lui posa plus aucune question. Elle savait que le destin s'était accompli.

Elle écouta le vent, tout en serrant contre elle les deux personnes qu'elle aimait le plus au monde, jusqu'à ce que les sirènes tant attendues se mettent à rugir dans le lointain.

Lorsque Cade rouvrit les yeux, il posa sur le décor un regard interrogateur. Le plafond au-dessus de sa tête ne lui était pas familier, pas plus que les murs laqués en vert pâle. Il n'était pas chez lui, se dit-il, essayant de reconnaître les lieux.

— Salut !

La voix douce teintée du suave accent du Sud attira son attention sur la femme assise à sa droite. La barre métallique qui les séparait l'aida à s'orienter.

Hôpital.

Aussitôt, la ronde des souvenirs rejaillit, et il se revit devant les ruines du pavillon des Wright.

— Comment va Maddie ?

— Elle va bien… Je crois qu'elle ne fera plus jamais de cauchemars. C'est fini, Cade. Tout est fini.

Tout, sauf le chagrin. La sensation d'avoir été trahi. Pour lui, ce ne serait probablement jamais fini.

— Tant mieux, dit-il d'une voix affreusement enrouée.

Il referma les yeux, en proie à une affreuse souffrance morale.

— Je sais qu'il était votre ami, dit Blythe doucement.

— C'était un monstre.

Il ne rouvrit pas les yeux pour observer l'impact de ces mots sur le visage de Blythe. La jeune femme avait deviné la vérité avant lui.

— Vous n'êtes pas le seul qu'il ait berné, Cade. Pour tout le monde, Hoyt personnifiait l'intégrité.

Il laissa échapper un soupir. Hoyt Lee avait été son maître à penser. L'homme qui lui avait inculqué tous les principes auxquels il tenait par-dessus tout. Comment avait-il pu se rendre coupable d'un crime aussi atroce sur la personne de Sarah Comstock ?

— Pourquoi ? murmura-t-il d'un ton amer.

— Je ne sais pas. La petite Sarah a-t-elle trouvé la force de le rejeter ? Lui a-t-il demandé quelque chose de tellement horrible qu'elle aurait décidé de lui tenir tête, malgré la peur qui la taraudait ? Peut-être que cette nuit-là, elle a atteint les limites de ce qu'elle pouvait supporter. Si elle l'a menacé de tout dévoiler... Hoyt n'avait pas l'habitude d'être défié.

Cade savait que Hoyt avait jadis une réputation de dureté. D'après les rumeurs, plus d'un ivrogne était ressorti d'une garde à vue couvert d'hématomes. Deux ou trois avaient même été sérieusement blessés.

Bien sûr, nul n'avait osé le poursuivre en justice pour mauvais traitements. A Crenshaw, la parole d'un flic n'était jamais mise en doute. Cade lui-même avait assisté à plusieurs reprises aux sautes d'humeur de son supérieur hiérarchique. Une fois, il avait dû le ceinturer pour arracher un suspect à sa vindicte. L'homme avait été inculpé pour violences conjugales, et Hoyt avait décidé de lui apprendre à quoi cela ressemblait d'être battu. Cade, qui venait tout juste de s'enrôler dans les forces de police, s'était interposé, de crainte que le mari violent n'y laisse sa peau. A l'époque, il s'était persuadé qu'une juste colère animait Hoyt. Mais de là à imaginer que ce soit un meurtrier…

— Sarah n'était qu'une petite fille, dit-il, des sanglots dans la voix.

— Pas pour lui, répondit posément Blythe.

Elle avait sûrement raison. Aux yeux de Hoyt, Sarah était devenue autre chose. Une autre personne. Une esclave sexuelle qu'il pouvait utiliser comme bon lui semblait. Jusqu'à ce que, comme Blythe l'avait supposé, Sarah se refuse à lui, lors de cette nuit fatale.

— Je suis content de l'avoir abattu moi-même.

C'était la pure vérité. Cade se félicitait d'avoir mis fin aux mensonges que ce bâtard débitait depuis un quart de siècle, et d'avoir vengé la malheureuse petite Sarah.

— Est-ce que vous vous rappelez ce que vous m'avez dit, après ?

Et comme il la scrutait sans comprendre, elle précisa :

— Vous m'avez raconté que Maddie vous avait dit de l'arrêter.

Il déploya un gros effort de mémoire, mais les bribes de souvenirs s'effilochaient. Il se rappelait seulement qu'il avait dégainé le Glock et qu'il avait appuyé sur la détente. Le reste se perdait dans un halo de souffrance.

— N… non, fit-il en s'efforçant de maîtriser la douleur qui lui martelait les tempes. Je ne m'en souviens pas.

— Ça n'a pas d'importance. J'ai simplement pensé que vous voudriez connaître la vérité… Je crois que c'était Sarah, Cade. Elle vous a choisi. Elle avait compris que vous étiez le seul à pouvoir mettre fin à ce long cauchemar.

— Il aurait pu changer le cours des choses s'il l'avait voulu.

Il se reporta en pensée dans la forêt de Smoke Hollow, près du cadavre d'Abel. Comstock ne lui avait pas tiré dessus, il le savait à présent. Il se demanda si Hoyt avait fait exprès de le rater parce qu'il le voyait toujours comme le fils qu'il n'avait jamais eu, ou parce qu'il ne le considérait pas comme une menace.

En cela, il ne s'était pas trompé. L'homme que Cade vénérait était la dernière personne qu'il aurait spontanément soupçonnée.

— Je ne comprends pas, dit Blythe.

Il rouvrit les yeux pour la regarder. Malgré les traces

de coups sur son visage, elle était la plus belle femme qu'il ait jamais vue. Et si ce qu'elle avait prétendu l'autre soir dans la cuisine de sa grand-mère était vrai…

— Ça ne fait rien, répondit-il. Pour le moment, je ne veux pas y penser.

— Vous avez raison. Efforcez-vous plutôt de guérir.

— J'espère que ma convalescence ne durera pas trop longtemps.

— D'après les médecins, vous avez eu de la chance. La balle n'a touché aucun organe vital. Vous avez perdu beaucoup de sang, vos tissus ont été endommagés mais à part ça…

Elle laissa sa phrase en suspens.

— Serez-vous là, Blythe ?

— Comment ?

— Serez-vous encore à Crenshaw quand je quitterai l'hôpital ?

Il attendit sa réponse — la réponse qui pourrait changer sa vie.

— Ça vous plairait que je sois là ? lui demanda-t-elle.

— Ne faites pas l'innocente. Personne ne vous croirait.

« Surtout pas moi. Pas après la façon dont vous avez démasqué Hoyt. »

— Est-ce innocent de vouloir vous l'entendre dire ?

— M'entendre dire que j'aimerais vous avoir près de moi à ma sortie de l'hôpital ?

— Oui. Pour commencer.

— D'accord : je souhaite que vous restiez à Crenshaw.

— Pourquoi ?

— A votre avis ?

— J'aimerais également l'entendre de votre bouche.

— Vous êtes une femme exigeante.

— Sans doute.

Elle méritait la vérité. Et s'il n'avait pas si peur de s'engager de nouveau, il la lui aurait déjà révélée.

— Parce que je voudrais finir ce que nous avons commencé dans la cuisine de Mme Ruth.

Blythe ouvrit la bouche, puis la referma sans un mot. Ensuite, elle esquissa un léger mouvement de tête qui émut profondément Cade, sans qu'il sache vraiment pourquoi.

— Vous n'êtes pas de mon avis ? murmura-t-il.

— Si.

— Mais ?

— J'aimerais que ça ne se passe pas ici.

Il se rappela une autre femme qui avait choisi de vivre dans une autre ville. Avec un autre homme.

— Je vis ici, Blythe. C'est chez moi.

« Et chez vous aussi, plus que vous ne pouvez l'imaginer. »

— Vous ne voulez pas lui donner une chance ? reprit-il.

— A qui ?

— A Crenshaw, U.S.A. La ville où vous avez grandi.

— Une ville qui ne m'a pas précisément bien accueillie.

— Je changerai ça. Laissez-moi essayer.

Des larmes vite réprimées firent briller les yeux de Blythe.

— Quand j'avais treize ans, la seule pensée de vous entendre un jour me demander ça…

La phrase se perdit dans un éclat de rire.

Cade haussa les sourcils d'un air faussement surpris.

— Ça vous étonne tellement que je vous demande de rester ?

— Oui… Enfin, non. C'est bizarre : mes sentiments n'ont absolument pas changé en vingt ans.

Il passa mentalement en revue chaque mot qu'elle avait prononcé. Signifiaient-ils vraiment ce qu'il avait compris ?

— Mais alors…

La jeune femme lui sourit.

— S'il y avait un bal de fin d'année, je t'aurais

demandé de m'y emmener, rien pour pouvoir me montrer à ton bras, Cade Jackson !

Cade sentit les battements de son cœur s'accélérer. Il n'y avait qu'une seule façon d'interpréter cette déclaration.

— Et moi, j'aurais adoré t'accompagner au bal, mademoiselle Mitchell.

Il tourna la tête et ferma les yeux, par crainte de trop dévoiler sa joie. Quand Blythe lui toucha la main, ses doigts saisirent les siens, les étreignirent avec un mélange de passion et de tendresse. La prochaine fois qu'il se réveillerait, elle serait là, il le savait. Et pour l'instant, c'était tout ce qui comptait.

DANS LA MÊME COLLECTION

Par ordre alphabétique d'auteur

BEVERLY BARTON	*Dans l'ombre de l'assassin*
OLGA BICOS	*Nuit d'orage*
OLGA BICOS	*La mort dans le miroir*
LAURIE BRETON	*Ne vois-tu pas la mort venir ?*
BARBARA BRETTON	*Le lien brisé*
JAN COFFEY	*La dernière victime*
JAN COFFEY	*L'accusé*
JASMINE CRESSWELL	*La Manipulatrice*
JASMINE CRESSWELL	*Le secret brisé*
JASMINE CRESSWELL	*La mort pour héritage*
JASMINE CRESSWELL	*Soupçons mortels*
JASMINE CRESSWELL	*Je saurai te retrouver*
CAMERON CRUISE	*La perle de sang*
MARGOT DALTON	*Amnésie*
MARGOT DALTON	*Kidnapping*
MARGOT DALTON	*Le sceau du mal*
MARGOT DALTON	*Crimes inavoués*
WINSLOW ELIOT	*L'innocence du mal*
ANDREA ELLISON	*Elles étaient si jolies*
LYNN ERICKSON	*Le Prédateur*
SUZANNE FORSTER	*Le cercle secret*
SUZANNE FORSTER	*Secrets*
MICHELLE GAGNON	*Le cercle de sang*
TESS GERRITSEN	*Présumée coupable*
TESS GERRITSEN	*Crimes masqués*
TESS GERRITSEN	*Ne m'oublie pas*
HEATHER GRAHAM	*L'invitation*
HEATHER GRAHAM	*L'ennemi sans visage*
HEATHER GRAHAM	*Le complot*
HEATHER GRAHAM	*Soupçons*
HEATHER GRAHAM	*La griffe de l'assassin*
HEATHER GRAHAM	*Prémonition*
HEATHER GRAHAM	*L'ombre de la mort*
HEATHER GRAHAM	*Danse avec la mort*
HEATHER GRAHAM	*Noires visions*
HEATHER GRAHAM	*Nuits blanches*
HEATHER GRAHAM	*Apparences*
HEATHER GRAHAM	*La crypte mystérieuse*
HEATHER GRAHAM	*Sombre présage*
HEATHER GRAHAM	*Hantise*
HEATHER GRAHAM	*Dangereuse vision*
HEATHER GRAHAM	*La nuit écarlate*

.../...

DANS LA MÊME COLLECTION
Par ordre alphabétique d'auteur

GINNA GRAY	*Le voile du secret*
GINNA GRAY	*La cavale*
GINNA GRAY	*Les bois meurtriers*
CAROLYN HAINES	*Les fiancées du Mississippi*
KAREN HARPER	*Testament mortel*
KAREN HARPER	*Le saut du diable*
KAREN HARPER	*L'œuvre du mal*
KAREN HARPER	*Les portes du mal*
KAREN HARPER	*Une femme dans la nuit*
KAREN HARPER	*Mortel mensonge*
KAREN HARPER	*Intention mortelle*
KATHRYN HARVEY	*La clé du passé*
BONNIE HEARN HILL	*La disparue de Sacramento*
BONNIE HEARN HILL	*Mortelle perfection*
CHRISTIANE HEGGAN	*Miami Confidential*
CHRISTIANE HEGGAN	*L'Alibi*
CHRISTIANE HEGGAN	*Intime conviction*
CHRISTIANE HEGGAN	*Labyrinthe meurtrier*
CHRISTIANE HEGGAN	*Par une nuit d'hiver*
CHRISTIANE HEGGAN	*Troublantes révélations*
CHRISTIANE HEGGAN	*Intention de tuer*
CHRISTIANE HEGGAN	*Meurtre à New York*
METSY HINGLE	*Le masque de la mort*
METSY HINGLE	*La fille de l'assassin*
METSY HINGLE	*Noces noires*
GWEN HUNTER	*Faux diagnostic*
GWEN HUNTER	*Virus*
GWEN HUNTER	*Les mains du diable*
GWEN HUNTER	*Le triangle du mal*
GWEN HUNTER	*La piste du mal*
LISA JACKSON	*Dans l'ombre du bayou*
LISA JACKSON	*Noire était la nuit*
LISA JACKSON	*Les disparues de la nuit*
CHRIS JORDAN	*L'étau*
PENNY JORDAN	*De mémoire de femme*
PENNY JORDAN	*La femme bafouée*
R.J. KAISER	*Qui a tué Jane Doe ?*
ALEX KAVA	*Sang Froid*
ALEX KAVA	*Le collectionneur*
ALEX KAVA	*Les âmes piégées*
ALEX KAVA	*Obsession meurtrière*
ALEX KAVA	*Le Pacte*
RACHEL LEE	*Neige de sang*
RACHEL LEE	*Le lien du mal*
RACHEL LEE	*Secret meurtrier*

.../...

DANS LA MÊME COLLECTION
Par ordre alphabétique d'auteur

DINAH McCALL	*Le silence des anges*
DINAH McCALL	*Les disparus de l'hiver*
DINAH McCALL	*Mélodie mortelle*
HELEN R. MYERS	*Mortelle impasse*
HELEN R. MYERS	*Les ombres du doute*
HELEN R. MYERS	*Mort suspecte*
HELEN R. MYERS	*Suspicion*
HELEN R. MYERS	*La marque du diable*
CARLA NEGGERS	*L'énigme de Cold Spring*
CARLA NEGGERS	*Piège invisible*
CARLA NEGGERS	*La dernière preuve*
CARLA NEGGERS	*Le voile noir*
CARLA NEGGERS	*La nuit du solstice*
CARLA NEGGERS	*Noirs desseins*
CARLA NEGGERS	*Une femme en fuite*
BRENDA NOVAK	*L'étrangleur de Sandpoint*
BRENDA NOVAK	*Noir secret*
MEG O'BRIEN	*Le piège*
MEG O'BRIEN	*En lettres de sang*
MEG O'BRIEN	*Pluie de sang*
MEG O'BRIEN	*La déchirure*
MEG O'BRIEN	*Spirale meurtrière*
SHIRLEY PALMER	*Zone d'ombre*
SHIRLEY PALMER	*Le bûcher des innocents*
EMILIE RICHARDS	*Le refuge irlandais*
EMILIE RICHARDS	*Mémoires de Louisiane*
EMILIE RICHARDS	*Le testament des Gerritsen*
EMILIE RICHARDS	*L'héritage des Robeson*
EMILIE RICHARDS	*L'écho de la rivière*
EMILIE RICHARDS	*Promesse d'Irlande*
EMILIE RICHARDS	*Du côté de Georgetown*
NORA ROBERTS	*Possession*
NORA ROBERTS	*Le cercle brisé*
NORA ROBERTS	*Et vos péchés seront pardonnés*
NORA ROBERTS	*Tabous*
NORA ROBERTS	*Coupable innocence*
NORA ROBERTS	*Maléfice*
NORA ROBERTS	*Enquêtes à Denver*
NORA ROBERTS	*Crimes à Denver*
NORA ROBERTS	*L'ultime refuge*
NORA ROBERTS	*Une femme dans la tourmente*
NORA ROBERTS	*Clair-obscur*
NORA ROBERTS	*Le secret du bayou*
FRANCIS ROE	*L'engrenage*
FRANCIS ROE	*Soins intensifs*

.../...

DANS LA MÊME COLLECTION

Par ordre alphabétique d'auteur

KAREN ROSE	*Le lys rouge*
KAREN ROSE	*Et tu périras par le feu*
KAREN ROSE	*Je te volerai ta mort*
KAREN ROSE	*Le cercle du mal*
KAREN ROSE	*Le sceau du silence*
M. J. ROSE	*Le cercle écarlate*
M. J. ROSE	*La cinquième victime*
M. J. ROSE	*Rédemption*
JOANN ROSS	*La femme de l'ombre*
SHARON SALA	*Sang de glace*
SHARON SALA	*Le soupir des roses*
SHARON SALA	*Meurtre en eaux troubles*
SHARON SALA	*L'œil du témoin*
SHARON SALA	*Expiation*
SHARON SALA	*Si tu te souviens*
SHARON SALA	*Dans les pas du tueur*
MAGGIE SHAYNE	*Noir paradis*
MAGGIE SHAYNE	*Un parfait coupable*
TAYLOR SMITH	*Le carnet noir*
TAYLOR SMITH	*La mémoire assassinée*
TAYLOR SMITH	*Morts en série*
ERICA SPINDLER	*Rapt*
ERICA SPINDLER	*Black Rose*
ERICA SPINDLER	*La griffe du mal*
ERICA SPINDLER	*Trahison*
ERICA SPINDLER	*Cauchemar*
ERICA SPINDLER	*Pulsion meurtrière*
ERICA SPINDLER	*Le silence du mal*
ERICA SPINDLER	*Jeux macabres*
ERICA SPINDLER	*Le tueur d'anges*
ERICA SPINDLER	*Collection macabre*
ERICA SPINDLER	*Et vous serez châtiés*
ERICA SPINDLER	*L'innocence volée*
AMANDA STEVENS	*N'oublie pas que je t'attends*
AMANDA STEVENS	*La poupée brisée*
AMANDA STEVENS	*Juste après minuit*
AMANDA STEVENS	*Le repaire du mal*
ANNE STUART	*La veuve*
TARA TAYLOR QUINN	*Enlèvement*
ELISE TITLE	*Obsession*
CHARLOTTE VALE ALLEN	*L'enfance volée*

.../...

DANS LA MÊME COLLECTION
Par ordre alphabétique d'auteur

LAURA VAN WORMER	*La proie du tueur*
GAYLE WILSON	*Les disparus du Mississippi*
GAYLE WILSON	*Rumeurs*
GAYLE WILSON	*Le secret de Maddie*
KAREN YOUNG	*Passé meurtrier*

5 TITRES À PARAÎTRE EN MAI 2010

MIRA

Composé et édité par les
éditions Harlequin

Achevé d'imprimer en Allemagne
par GGP Media GmbH, Pößneck
en février 2010

Dépôt légal en mars 2010
N° d'éditeur : 14832